KB046468

다윈영의
악의기원

2

박 지 리
장 편 소 설

율로율로

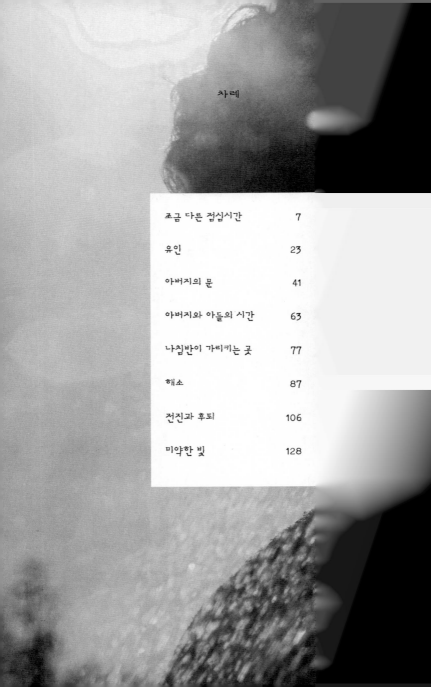

차례

조금 다른 점심시간

오전 내 책상에 앉아 판결문 사본을 만들던 조이는 점심시간이 됐다는 동료의 말을 듣고 함께 직원 휴게실로 갔다. 늘 그렇듯 도시락은 오늘도 역시 집에서 싸 온 샌드위치와 채소 샐러드였다. 동료들이 꺼낸 도시락 역시 법원 서기관 메뉴가 따로 있나 싶을 정도로 비슷했다. 간혹 늘 같은 휴게실에서 같은 도시락만 먹는 것을 불평하는 동료도 있지만, 조이는 자신의 점심 식사에 만족했다.

아내가 정성 들여 준비해 주는 도시락은 1지구의 어느 훌륭한 식당 메뉴보다도 믿을 수 있었다. 제아무리 최고급 호텔 식당이라도 처음부터 끝까지 곁에서 요리 과정을 지켜보지 않는 한 뒤에서 무슨 짓을 할지 알 수 없는 법이었다. 요리사의 침이 섞였을지도 모를 스테이크를 비싼 값 내고 먹느니, 아내의 소박하고 정결한, 그래서 믿을 수 있는 샌드위치가 훨씬 나았다.

부가적인 재미도 있었다. 아내는 날마다 도시락에 조금씩 변화를 주었다. 직접 간 과일 주스를 더한다든가, 샐러드 드레싱을 바꾼다든가, 종류가 다른 치즈를 한 장 더 넣는다든가 하는 식으로. 베이컨만 예상하고 있다가 갑자기 그 사이에서 치즈의 풍미를 느낄 땐 꼭 그 샌드위치만 한 크기로 축소된 앞으로의 자기 인생과 대면하는 것 같기도 했다. 예상된 베이컨과 갑작스럽지만 놀랍지는 않은 치즈. 그 정도 조합만으로도 인생은 변하며 충분히 의미가 있었다.

"들었어? 곧 인사 이동이 있을 거라던데."

"그래 봤자 창가 자리에서 문 쪽으로 옮겨 가는 정도겠지."

"그래 봤자라니. 그 정도면 급격한 인사 이동이지. 문 쪽에서 복사기 쪽으로 이동한 나도 있잖아."

조이는 잔잔하게 웃는 동료들을 따라 웃었다. 동료들은 일반인들이 법원 서기들에게 가지고 있는 고정관념 그대로의 모습을 하고 있었다. 유행과는 한참 동떨어진 품이 큰 정장, 사회생활에 지장받지 않을 만한 최소한의 유머 감각, 작은 철자 실수도 잡아내는 꼼꼼함, 출세에 대한 열망과 맞바꾼 일상의 안정감······. 조이는 자기 역시 다른 사람 눈에 그렇게 비친다는 것을 잘 알고 있었다. 그리고 그렇게 보이는 것에 아무런 불만도 없었다. 남은 인생도 이대로만 흘러간다면 더 바랄 게 없을 것이다.

웃음이 멎고 잠시 침묵이 돌자 동료 한 명이 새로운 화제를 꺼내야 한다는 의무감을 느꼈는지 "그런데 조이, 그 10년짜리 판결문은 다 끝냈어?"라며 지금 맡고 있는 일에 관해 물어 왔다.

"다 끝난 판결이긴 하지만 그래도 좀 꺼림칙하지 않아? 부인을 죽였는데 고작 10년이라니."

동료가 말하는 10년짜리 판결문이란 2지구에서 일어난 살인 사건의 판결로, 남편이 부정을 저지른 부인을 살해해 10년 형을 받은 사건이었다. 징역 10년은 고액 사기범들이 받는 형량 정도로 살인죄를 가장 엄중한 벌로 다뤄 온 법원 판례에 비하면 굉장히 적은 형량이었다. 판사는 판결문에서 "부부간의 신뢰를 저버린 부인의 행동은 남편 개인에 대한 정신적인 살인이자 오랜 시간 상위 지구가 구축한 도덕 관념에 대한 살인이므로, 그 점을 감형 사유로 참작한다."라고 했다. 조이는 판사의 의견에 동의했다. 나쁜 것은 살인이 아니라 먼저 신뢰를 깨뜨린 행동이었다. 어머니에게 전화를 걸어 그 말을 할까 몇 번 망설였지만 끝내 하지 않았다.

조이는 동료에게 말했다.

"나야 뭐, 틀린 글자 없게 그대로 옮겨 치면 되지, 판사 열 명이 모여서 합의한 결정에 꺼림칙하고 말 게 뭐 있나? 10년을 100년으로 잘못 칠 때나 꺼림칙하지."

동료들이 "하여튼 타고난 서기라니까." 하며 웃었다. 조이도 따라 웃었다. 신선하고 위생적인 음식과 간간이 웃음이 나오는 대화. 매일 그렇듯 오늘도 아무 일도 일어나지 않는, 꼭 바로 앞의 샌드위치 도시락 같은 점심이었다.

아직 시간이 남았지만 조이는 먼저 자리로 돌아와 다시 업무를 시작했다. 동료들과 어울리기 위해 마음에도 없는 '법원 서기 유머'를 계속할 바엔 점심시간을 다소 손해 보더라도 최고 재판관들의 판결문을 읽는 게 더 편하고 유익했다.

법원 서기 일은 복잡해 보이면서도 간단했다. 주 업무는 최종심까지 끝난 사건의 판결문을 각 심리에 따라 정리하는 것인데, 상위 지구에 비해 중위 지구와 하위 지구에서 올라온 판결문이 압도적으로 많았다. 세 지구별로 각기 다른 절차를 적용하는 현행법 체계에 따른 결과였다.

현행 헌법은 7, 8, 9 하위 지구에는 7지구 지방법원을 거친 뒤 4지구 고등법원과 1지구 최고법원에 두 번 항소심을 제기할 수 있는 3심제를, 4, 5, 6지구에는 4지구 재판 뒤 1지구 법원으로 항소심을 보내는 2심제를, 그리고 1, 2, 3지구에는 항소심 없이 1지구 법원이 내린 판결이 최초 판결이자 최후 판결이 되게 하는 단심제를 보장하고 있었다.

어린 시절 법의 기초에 대해 배웠을 때 조이는 이것이 상위 지구의 권리를 극단적으로 제한하는 잘못된 체계라고 생각했다. 법의 기본 정신은 평등에 기반한 것이라 했는데 정작 헌법은 법이라는 이름으로 불평등을 정당화하고 있기 때문이었다. 근본이 잘못된 체제가 어떻게 지금껏 유지될 수 있는지 의문이었다. 흔히 반역자들이라고 하는 9지구 사람들이 1지구보다 더 많은 법의 보호를 누리고 있다는 사실은 또 다른 무형의 반역 같았다. 무엇보다 전 지구를 통틀어 가장 많은 권력을 가지고 있으면서 법적인 권리에 있어서만큼은 심각한 불평등을 받아들이고 있는 상위 지구 사람들이 이해되지 않았다.

지금 생각하면 어린아이답게 표면적인 평등에만 몰두한 짧은 생각이었다. 어른이 되어서야 비로소 이 불평등한 체제의 최고 수호자가 바로 법을 바꿀 권력이 있음에도 기꺼이 권리를 제한당하는 상위 지구, 특히 1지구인들이라는 것을 알게 되었다.

1지구인들은 정체성의 뿌리를 단심제에서 찾았다. 정의란 번복될 수 없고, 번복되어서도 안 되는 불변의 가치라고 믿기 때문이었다. 3심제와 2심제는 하위 지구와 중위 지구의 법원이 '정의'를 판단할 때 실수할 수 있음을 전제로 이루어지는 것인데, 1지구 법원에서는 결코 그런 실수가 전제될 수 없었다. 상위 지구의 유일한 재판장이자 모든 항소심의 최종 판결지인 1지구 법원의 실수를 가정하는 순간 정의는 영원히 실종돼 버릴 것이기 때문이다.

1지구 법원은 상위 지구의 사건인 경우 전원 합의체를 구성해 3심제를 거치는 것보다 더 많은 시간과 노력을 심리에 쏟아부었고, 상위 지구 주민들은 그렇게 이루어진 판결을 절대적으로 존중하고 신뢰했다. 엄밀히 말하면 신뢰할 수밖에 없기도 했다. 4지구, 7지구 법원에 자신들의 심리를 맡길 수도 없는 상위 지구 사람들이 1지구 법원을 믿지 못하겠다며 법원의 권위에 도전하는 순간 사법 체계의 피라미드는 무너지게 돼 있기 때문이었다. 사법 체계의 붕괴는 곧 사회의 붕괴와 직결되고, 그 종말론에서 가장 많은 것을 잃게 될 피해자들은 현재 가장 많은 것을 소유하고 있는 상위 지구 사람들이었다. 그런 의미에서 오직 하나의 절대적인 재판장에게 자신들의 판결을 맡기도록 돼 있는 상위 지구 사람들의 운명은 오랜 세월 생존에 가장 유리한 방식을 찾아 그들 스스로 개척해 얻은 수확물인 셈이었다.

그러나 상위 지구, 특히 1지구 주민들의 운명이 재판장에서 좌지우지될 일은 실제로 많지 않았다. 1지구를 관통하는 기본 정신은 법원을 절대적으로 신뢰하되, 생활 면에서는 법원과 최대한 멀리 떨어져 지내는 것이었다. 그 정신이 수치로 나타나듯 1지구가 관련된 소송 비율은 다른 지구들에 비해 현저히 낮았다. 1지구 사람들은 소를 제기하는 쪽이든 당하는 쪽이든 법원을 들락날락거리는 것을 개인과 가문의 크나큰 수치로 여겨 법원으로 가기 전 먼저 자기들이 받은 교육의 지혜를 빌려 협상하고 중재하고, 심지어는 손해를 감수하고 양보하는 쪽을 택했다. 그리고 그 정신을 중위 · 하위 지구, 암묵적으로는 상업 지구인 2, 3지구와도 차별된 자신들만의 정통성으로 자부했다. 갖가지 자질구레한 문제들까지 법에 호소하는 사람들을 지켜보는 법원 직원으로서 조이는 법에 의해 다스려지기 전에 스스로 법이 되고자 하는 1지구인들의 자부심을 높이 샀다. 그러나 같은 1지구인으로서 그러한 자부심이 자신의 피 속에도 흐르는지는 아직까지 확신하지 못하고 있었다.

점심시간이 20분쯤 남았을 때 사무실 입구 쪽에서 작은 소란이 이는 것이 느껴졌다. 조이는 점심 식사를 마치고 돌아오는 동료들이 만드는 소음이라고 생각해 별 신경을 쓰지 않았는데, 곧이어 누군가가 "조이, 손님이 오셨어."라고 외쳤다.

조이는 이 시간에 직장으로 자신을 찾아올 사람이 누가 있을까 싶어 사람을 착각한 건 아닌지 하는 생각이 들었다. 그런데 고개를 들어 손님의 정체를 확인한 순간, 하던 일을 놓고 자리에서 벌떡 일어날 수밖에 없었다.

"어쩐 일이세요, 여기까지."

조이는 놀라움과 반가움이 뒤섞여 얼른 다가가 인사했다. 그는 창밖을 쳐다보더니 "지나가는 길에 네 생각이 나서."라고 대답했다. 하루 종일 분 단위로 짜인 일정을 소화해야 하는 문교부 차관이 지나가는 길에 갑자기 친구 동생이 생각나서 법원 건물 중에서도 가장 후미진 곳에 위치한 서기 사무실까지 직접 찾아왔다는 말을 액면 그대로 받아들일 순 없었지만, 조이는 그가 찾아온 것이 진정으로 기뻐 "영광이네요." 하며 웃었다.

그가 왔다는 소식에 다른 사무실 직원들까지 주위로 몰려들었다. 연예인의 연예인이 있듯, 공무원 사회에도 공무원의 공무원이 있었다. 차기 문교부 장관으로 낙점된 것이나 다름없는 그 역시 공무원들의 선망을 받는 관료들 중 한 명이었다. 문교부는 여러 행정청 사이에서도 가장 독립적이고 독점적인 지위를 누리는 기관이었다. 대통령이 장차관을 임명하는 보통의 다른 기관들과 달리 문교부의 장관은 부 내에서 투표로 선출했다. 정권 교체에 휘둘리지 않고 일관성 있는 교육을 펼치기 위해 국가 수립부터 이어져 온 전통이었다. 건국 영웅들은 국가 업무에서 가장 중요한 것은 경제나 군사가 아닌 교육이라고 믿었다. 교육은 퇴보나 거짓이 없고, 최악의 상황에서도 늘 미래를 약속하기 때문이었다.

문화와 교육이 선진사회의 정수로 추앙받는 사회 분위기 속에서 대통령과 같은 임기의 문교부 장관은 암묵적으로 '작은 대통령'으로 불렸고, 그가 직접 임명하는 차관은 후계자나 다름없었다. 마흔 명에 달하는 역대 대통령 중 반 이상이 문교부 장관 출신이고, 그들 모두 이전엔 차관의 직위를 거쳤다는 것은 잘 알려진 사실이었다. 그러니 갑자기 서 기관을 찾아온 그를 보고 직원들이 흥분하는 것은 당연한 일이었다.

그가 싱글임을 알고 있는 젊은 여직원들이 특별히 인사를 나누고 싶어 하는 눈치였다. 조이는 혹시라도 그가 불편해하는 상황이 만들어질까 봐 주위에는 개인적인 만남이라고 양해를 구한 뒤, 얼른 다른 방으로 그를 데리고 갔다. 동료들이 문교부 차관과의 '개인적 만남'을 어떻게 추리할지는 모르지만, 아무리 상상력을 펼쳐 본들 '샌드위치 속에 든 예상치 못한 치즈' 이상의 깊이에는 닿지 못할 것이다.

전체 회의를 할 때만 사용하는 회의실이 다행히 비어 있었다. 문을 닫자 그가 재킷 안주머니에서 담배를 꺼냈다. 품에 넣고 다닌 지 오래된 듯 케이스가 낡아 있었다. 불을 붙이려던 그는 머뭇대며 "아, 여기도 금연 구역인가?"라고 물었다. 금연 구역이었다. 그러나 조이는 그런 자잘한 법규로 그의 행동을 규제하고 싶지는 않았다. 평소의 그라면 다른 사람 앞에서 절대 담배를 꺼내 들지 않았을 테니까.

조이는 "이러면 괜찮을 거예요, 어차피 잘 안 들어오는 방이니까."라고 말하며 얼른 창문 한쪽을 열었다. 그는 마저 불을 붙이면서 "걸리면 내가 그랬다고 해."라고 했다. 10대 중반 아이나 쓸 법한 말투여서 조이는 살짝 웃음이 나오기도 했고, 웃음이 가신 뒤엔 왠지 모르게 또 살짝 슬퍼지기도 했다. 그때 담배 연기를 창밖으로 내뿜으며 마당의 주차 구역을 살펴보던 그가 선을 넘어 주차해 놓은 한 차를 보고 "저러면 안 되지."라고 혼잣말처럼 말했다.

"저러면 다른 사람이 불편해지잖아. 다 같이 쓰는 곳인데 피해를 주면 안 되지."

조이는 그가 말하는 차로 슬쩍 시선을 던졌다. 동료인 미켈의 차였다. 그는 평소에도 주차 실력이 꽝으로 알려져 있기 때문에 오늘 이 정도면 그나마 훌륭한 편이라고 할 수 있었다.

그때 그가 옅은 웃음을 띠며 다시 말했다.

"그러고 보니 내가 이런 말을 하는 게 너는 무척 우습겠다. 다른 사람도 아닌 내가 조이 너에게."

그의 웃음은 스스로를 향해 있었다. 조이는 조금 전에 문득 슬퍼진 까닭이 바로 이런 점 때문인지도 모르겠다는 생각이 들었다. 그는 중년이 된 지금까지도 자신의 언행을 매번 그 10대 어린아이에게 확인받고 있는 것 같았다. 조이는 얼른 "무슨…… 그런 생각은 전혀 안 해요."라고 대답했다. 그는 아무 말도 없었다. 피우지 않은 담배가 말 대신 타들어 갔다.

잠시 뒤, 그가 뜸을 들이며 다시 입을 열었다.

"……요즘 들어 루미랑 우리 다원이 종종 연락하고 지내는 것 같던데, 알고 있어?"

조이는 그제야 비로소 오늘 그가 자신을 찾아온 진짜 목적이 무엇인지 알아챘다. 얼마 전 다원이 집으로 전화해 온 것처럼 만약 루미도 그의 집으로 연락한 적이 있다면 자신이 느꼈던 당혹감을 그는 몇 배로 더 느꼈을 터였다.

"그러는 모양이에요."

"어렸을 땐 추도식 때 만나도 서로 데면데면하더니. 역시 애들은 한순간에 친구가 되나 봐."

"동갑인 데다가 저희끼리 아는 사이이기도 하니⋯⋯."

그는 다시 담배를 입에 문 뒤 고통스러워 보이는 표정으로 연기를 빨아들였다. 조이는 그가 담배를 즐기는 게 아니라 스스로를 괴롭히는 도구로 이용하는 것 같은 느낌이 들었다. 친구들 앞에서 어른인 척 굴기 위해 눈물을 참아 가며 매운 연기를 삼키는 소년처럼.

"그런데 너에게 이런 말을 해선 안 되겠지만⋯⋯. 난 왜 다원과 루미가 가깝게 지내는 게 달갑지가 않을까?"

창밖에서 차가 지나가는 소리와 사람들의 말소리가 희미하게 들려왔다. 조이는 그 소음들이 모두 사라지기를 기다렸다가 말했다.

"이해해요."

이해한다. 사람들이 일상적으로 너무 많이, 생각 없이 쓰는 말이었다. 그러나 조이는 심사숙고해서 그 단어를 골랐다. 그것 말고 자신의 마음을 알릴 다른 말은 찾을 수가 없었다. 그가 씁쓸하게 웃었다.

"아니, 이해해 줄 필요는 없어⋯⋯. 너에게 그것까지 바라진 않아. 그건 말도 안 되는 일이야."

조이는 자신을 믿지 않는 그에게 확신을 주기 위해 단호하게 말했다.

"아니요, 형. 난 정말 형을 이해해요. 물론 이런 말이 어떤 면에선 형의 기분을 더 상하게 할 수 있다는 건 알아요. 어떻게 한 인간이 다른 인간을 완전히 이해할 수 있겠어요⋯⋯.

하지만 제가 생각하고 상상할 수 있는 영역 안에서 전 진심으로 형을 이해해요. 그래서 그때 형에게 그런 말을 했던 거예요. 제 말에 어떤 빈정거림이나 다른 의도가 없다는 걸 알아주셔야 해요. 그때나 지금이나 제 마음은 한결같아요. 이젠 형이 조금 편해지셨으면 좋겠어요."

그가 부드러운 미소를 지었다.

"넌 어렸을 때부터 참 착했지. 지금도 기억나. 우리가 못된 장난을 쳐도 부모님께 절대 고자질하는 법이 없었어."

조이는 고개를 저었다.

"형이 잘못 기억하고 있는 거예요. 저한테 못된 장난을 친 건 제이 형이었고, 형은 그때마다 늘 저를 달래 줬죠. 초콜릿이나 장난감을 주기도 하고, 아깐 너무 아팠겠다며 머리를 쓰다듬어 주고요."

"그랬던가."

"그랬어요."

기억의 밑바닥까지 가지 않고 중간에서 대충 중얼거리다 말아 버리는 그의 말을 조이는 그렇게 확실한 사실의 세계로 마저 끌어냈다. 그러나 그에게 받은 것은 초콜릿이나 장난감 따위만이 아니었다. 다정한 손길이 다가 아니었다. 그는 공부를 가르쳐 주고, 함께 진로를 고민해 주고, 공무원이 되는 데 필요한 추천서도 써 주었다. 1지구에서 공무원이 되기 위해선 비혈연관계에 있는 기존 공무원의 추천서를 받아야 하는데 대개는 부모가 아는 인맥을 이용해 손쉽게 해결했다. 그러나 부모님은 어떤 도움도 주지 않았다. 아버지도 어머니도 4지구 출신 여자와 결혼해 고작 법원 말단 공무원이 된다는 아들을 자랑스러워하지 않았다. 그러나 조이는 하급 공직 사회의 조용하고 안정적인 분위기가 좋았고 일생을 그 속에서 보내고 싶었다. 부모님은 결코 한 번도 주지 못한 것이었다.

그때 그는 벌써 행정 고시에 합격해 5급 사무관이었는데, 연락은 꾸준히 하고 있었지만 차마 추천서를 써 달라고 부탁하기는 어려웠다. 자질 없는 자에게 함부로 추천서를 써 주는 것은 추천인의 신뢰도와 이후의 출세에 큰 타격을 주는 일이기 때문이었다. 조이는 자신이 그다지 우수한 사람이 아니라는 것을 스스로 잘 알고 있었다. 그런데 서기직에 지원서를 냈다는 것을 어떻게 알았는지 그가 선뜻 먼저 추천서를 써서 보내 주었다. 조이는 지금껏 그것에 감사하고 있었다. 그러나 그에게서 받은 것을 생각하면 그 추천서 역시 사소한 것에 지나지 않았다. 그는 삶을 선물해 주었다.

"이제 가야겠다. 더 늦었다간 보좌관이 잡으러 올 거야."

조이는 시계를 확인하는 그를 보며 다시 열여섯 살 소년을 마주하는 것 같은 기분이 들었다. 그가 인지하고 있는지는 모르지만 그의 입에선 종종 어린아이나 쓸 법한 말투가 배어 나왔다. 보좌관이 잡으러 올 거야. 그는 꼭 이곳에서 도망치고 싶어 하는 어린 소년 같았다. 조이는 자신에게 그럴 능력만 있다면 그를 쫓는 두려움을 완전히 소멸시켜 주고 싶었다. 그가 미신을 믿는 사람이라면 거실 벽에 걸어 둔 호두알 정물화라도 선물했을 것이다. 그러나 실질적으로 자신이 할 수 있는 거라곤 고작 부모라는 권위를 이용해 루미를 통제하는 것뿐이었다. 비참하게도 그 통제마저 잘 이루어지지 않을 때가 많지만.

"루미한텐 제가 잘 말할게요. 다원은 특수한 환경에 있는 아이니 시간 뺏지 말라고요."

그는 뒤늦게 자신이 한 말에 부끄러움이 느껴지는 듯 고개를 저었다.

"아니, 그냥 둬. 그 나이 때는 원래 부모님이 하지 말라고 하면 더 하고 싶어지잖아. 더군다나 내 일방적인 감정인걸. 루미에겐 미안해. 너에게도."

"미안하긴요. 아무튼 너무 신경 쓰진 마세요. 잠깐 어울리다가 얼마 못 가 싫증 낼 거예요. 원래 금방 뜨거워졌다가 식는 애니까."

조이는 바깥까지 배웅 나가고 싶었지만, 그는 엘리베이터 앞에서 그만 작별 인사를 하자고 했다.

"힘든 일 있으면 연락해. 요즘 일은 할 만해?"

"지금껏 신경 써 주신 것만 해도 감사해요. 머리도 안 좋은 제가 여기까지 올 수 있었던 것도 다 형 덕분이에요."

"머리가 안 좋다니. 위대한 해리 헌터 씨 아들이 지나치게 겸손하네. 넌 좀 더 자만해도 돼."

"아버지 피는 제이 형한테로만 쏠렸으니까요."

"사춘기 소년 같은 말을 하는구나. 내가 보기엔 너도 아저씨를 그대로 닮았어. 네가 카메라에 흥미만 느꼈다면 아버지 뒤를 이어 훌륭한 사진작가가 되었을 거야."

1층에 멈추어 있던 엘리베이터가 한 층마다 멈춰 서며 느리게 올라오고 있었다. 법원 서기관 건물답게 엘리베이터도 꼼꼼했다. 조이는 그가 오늘처럼 개인적으로 찾아오는 일은 다시 없을 것 같아 오래전부터 마음속에 품어 두었던 말을 입 밖으로 꺼냈다.

"어렸을 땐 형이 제 친형이었으면 얼마나 좋을까 하는 생각을 종종 했어요."

"난 널 친동생으로 생각하고 있어."

"영광이에요. 형 같은 대단한 사람에게 그런 말을 듣다니."

엘리베이터가 열리며 안에 있던 사람들 여러 명이 내렸다. 조이는 문 열림 버튼을 누르면서 그를 돌아보았다. 그의 얼굴은 순간적으로 어둠에 잠겨 있었다. 조이는 어쩌면 자신이 방금 한 말이 그에게 잘못 번역됐을지도 모른다는 생각이 들었다. '형 같은 대단한 사람.' 아무리 진심을 다해도 그와의 사이엔 운명적으로 굴곡진 거울이 존재했다. 자신이 제이 헌터의 동생인 한 자기 입에서 나오는 모든 말이 그에겐 다른 의미로 비쳐질 수밖에 없을 것이다. 조이는 자기 기분에 취해 괜한 말을 했나 싶었다. 역시 그를 가장 편하게 해 주는 길은 이런 시덥잖은 진심을 전하는 게 아니라, 지금

껏 그래 왔듯 그의 삶에서 최대한 멀리 떨어져 없는 사람인
척 있어 주는 것이었다.

그때 그가 굳었던 얼굴을 풀며 물었다.

"참, 이번 주 일요일에 루미가 다윈이랑 인류사 박물관에
갈 거라던데, 들었어?"

"그래요? 전 금시초문인데. 그런 얘기까지 알고 있다니,
역시 문교부 차관 정보력이 대단한데요."

"정보력은 무슨. 지난 토요일에 다윈이 축구 경기 하는
걸 보러 루미가 학교에 왔었어. 그때 나한테 외출을 허락해
달라고 하더군."

"그 녀석, 언제 또 프라임스쿨까지. 부모인데도 자식이
하고 다니는 일을 전혀 알 수가 없다니까요."

사람들이 다 내린 뒤 그가 엘리베이터에 올랐다. 조이는
버튼에서 손을 뗐다. 그가 말했다.

"조만간 너한테 얘기하면 추궁하지 말고 속는 셈 치고 그
냥 넘어가 줘. 어차피 둘이 만나 봤자 음반 가게나 영화관을
가는 정도겠지."

영문을 모르겠는 말에 조이는 엘리베이터 문이 닫히기
전 얼른 물었다.

"속는 셈 치라니, 그게 무슨 말이에요?"

엘리베이터가 닫히면서 그가 한 말이 문틈으로 들려왔다.

"무슨 말이긴, 첫째 주 일요일엔 인류사 박물관이 휴관이
잖아."

유인

10월 첫째 주 일요일, 루미는 옷장에서 교복을 꺼냈다. 인간이 있는 모든 곳이 잠재적인 전쟁터라면 프리메라 여학교 교복은 꽤 훌륭한 전투복이었다. 학교의 상징인 초록 리본을 목에 두르는 것만으로도 일단 모든 싸움에서 우위를 점할 수 있으니. 학교엔 교복을 입어야 하는 교칙을 불평하는 아이들이 더러 있었다. 그 애들은 하나같이 고위 공무원이나 정치인의 딸들로, 자신들의 존재감을 확인받는 데 굳이 초록 리본이 필요하지 않은 태생적 행운아들이었다.

그러나 자신은 달랐다. 루미는 거울 앞에 섰다. 자신은 초록 리본에서부터 새싹이 그려진 학교 배지, 프리메라 전용 양말까지 모두 필요했고, 그것들을 하나도 빠뜨리지 않고 완벽하게 갖춰 입었을 때에야 간신히 그 애들과 어깨를 나란히 하고 서서 최소한의 공정한 평가라도 받을 수 있는 존재였다. 준비를 마친 루미는 방에서 나와 1층으로 내려갔다.

현관문을 나서려는데 아빠가 물었다.

"아침부터 어딜 가니?"

며칠 전 저녁 식사를 하면서 이미 얘기한 주말 계획을 다시 묻는 것에 루미는 자신의 정직성을 시험당하는 기분이 들었다. 물론 아빠는 그러한 의도 없이 단순히 그날 일을 잊어버려서 묻는 것이겠지만.

"말했잖아요, 아침엔 교회에 갔다가 오후에는 인류사 박물관에서 열리는 전시회를 보러 간다고."

그것이 아빠의 간섭 없이 일요일을 가장 오래 밖에서 보낼 수 있는 일정이었다. 성탄절 같은 기념일을 챙기는 면에선 기본적으로 기독교인이지만 아빠가 교회에 가는 것은 한 번도 본 적이 없는 데다 어른들 누구도 인류사 박물관에 가는 것을 반대할 리 없기 때문이었다. 자신을 탐탁지 않아 하는 것 같은 니스 아저씨조차 인류사 박물관이란 말에는 결국 외출을 허락해 주었으니.

"그런데 왜 교복을 입고 가니? 일요일인데."

"이게 저한테 가장 잘 어울리니까요."

"아무리 잘 어울려도 일요일에 교복을 입고 다니는 것은 남들 보기에 우스운 일이야."

"일반 학교 교복일 때는 그렇겠죠. 하지만 프리메라 교복을 우습게 생각하는 사람은 아무도 없어요."

"글쎄다, 나는 좀 우습구나."

비아냥거리는 아빠의 말투에 루미는 안간힘을 쓰고 기울이는 자신의 모든 노력이 하찮아지는 모멸감이 들었다. 따지고 보면 일요일까지 프리메라 교복의 도움을 받을 수밖에 없는 근본적인 원인은 아빠에게 있었다. 아빠가 프리메라 여학생의 일반적인 아빠들처럼 사회적 명성이 있는 사람이었다면 딸이 초록색 리본 따위에 의지해야 할 일은 없었을 테니까. 딸에게 학교 교복만큼의 자랑스러움도 주지 못하는 아빠가 저런 말을 할 자격이 있을까.

"당연히 그러시겠죠. 아빠는 우리 학교와 이 교복의 가치를 절대 알 수 없는 사람이니까."

루미는 그대로 현관문을 닫아 아빠와 그 지루하기 짝이 없는 호두 정물화를 함께 가둬 버렸다.

일요일을 맞은 문화 거리는 어느 곳이나 인파로 북적였다. 그중에서도 자연체험 박물관, 현대 미술관 같은 인기 문화 시설 앞은 입장을 기다리는 사람들로 도로까지 긴 행렬을 이루고 있었다. 루미는 그들을 힐끔거리며 지나쳤다. 평소라면 문화생활에 적극적인 교양인들이라고 생각됐을 사람들이 오늘은 벽에 걸린 그림밖에 쳐다볼 줄 모르는 나태한 방관자들로밖에 보이지 않았다.

그런데 뜻밖에도 인류사 박물관으로 가는 길은 텅 비어

있었다. 평소대로라면 학습 견학을 온 아이들과 부모들로 가장 북적이고 있어야 할 곳이었다. 어떻게 된 일인지 몰라 루미는 주변을 둘러보았다. 그때 박물관 앞까지 갔다가 되돌아오는 듯한 사람들이 몇몇 눈에 띄었다. 무엇 때문인지 다들 실망한 얼굴들을 하고 있었다. 루미는 일단 그들을 지나쳐 박물관 가까이 가 보았다. 그러나 계단을 다 오르기도 전에 자연히 그들과 같은 얼굴이 될 수밖에 없었다. 계단 위로 보이는 입구에 출입을 막는 쇠사슬이 걸려 있고, 그 안쪽으로 '첫째 주 일요일은 정기 휴관일입니다.'라는 푯말이 서 있었다.

그제야 루미는 아카이브의 휴관일만 신경 쓰다가 인류사 박물관 휴관일까지는 미처 생각하지 못했다는 것을 깨달았다. 작은 것까지 치밀하게 계산하지 못한 자신에게 잠깐 실망감이 들었지만 어차피 인류사 박물관은 다윈을 불러내기 위한 구실에 불과했으니, 휴관이래도 상관없었다. 아빠와 니스 아저씨에게 한 말 역시 문제될 건 없었다. 거짓말을 광고하는 격이 돼 버리긴 했어도 박물관 직원이 아닌 이상 어른들 중 박물관 휴관일을 일일이 알고 있는 사람은 아무도 없을 테니.

다윈과 만나기로 한 약속 장소는 인류사 박물관을 지나 문화 거리의 상징인 거대 지구본 구조물이 있는 광장이었다. 먼저 도착해 기다리고 있는 다윈의 모습이 멀리서 눈에 들어왔다. 실제 지구의 형상을 똑같이 축소해 만든 지구본 구조물 앞에 서 있으면 일시적이면서도 암시적으로 그 사람이 이 세계와 어떤 관계를 맺고 있는지가 연상되는데, 지구본을 등지고 선 다윈은 부모의 품에 안겨 있는 아이처럼 평화롭고 조화로워 보였다. 다윈은 자신이 태어난 이 세계를 사랑하고 있고, 이 세계 역시 다윈을 무척 아끼는 것 같았다.

그때 지나가던 사람들이 호기심과 존경심이 뒤섞인 눈빛으로 다윈을 힐끔거렸다. 한 무리의 여자애들은 아예 가던 길까지 멈추고 다윈의 근처를 서성였다. 모두 다윈이 입고 있는 프라임스쿨 교복 때문이었다.

다윈도 교복을 입고 나오긴 했지만, 루미는 다윈이 자신과 같은 목적으로 교복을 입은 게 아니란 것쯤은 알고 있었다. 다윈은 단지 일요일 특별 외출 시에는 반드시 교복을 착용해야 한다는 학교 규율을 성실히 따른 것뿐이었다. 루미는 프라임 강령 책자 중 특별 외출에 관한 내용을 서술해 놓은 조항이 정확히 몇 번이었는지를 떠올려 보았다. 아마 32조 2항쯤이었던 것 같았다. 1항이 외출 일주일 전까지 부모님이 학교에 미리 통보를 해 주어야 한다는 내용이었으니. 루미는 웬만한 프라임 보이들보다 자신이 더 프라임스쿨의 규율을 자세히 알고 있으리라 자신했다. 다 레오가 신입생 때 받은 프라임 강령 책자를 여러 번 읽은 덕분이었다.

겉표지에 프라임스쿨 독수리 문장이 찍혀 있는 그 책자를 읽을 때마다 자기의 세계관에 부합하는 법전을 찾은 것 같아 가슴이 두근거렸다. 자신이 남자였다면 분명 그 규칙

이 지배하는 세계에 속해 있었을 것이었다. 정작 진짜 프라임 보이인 레오는 그 책을 펼쳐 보지도 않은 채 "가지고 싶으면 가져." 하며 쓸모없는 물건인 양 줘 버렸지만.

네 명의 여자애들은 떠날 기미 없이 서로를 밀쳐 가며 계속 다윈의 주변을 맴돌았다. 길거리에서 프라임 보이를 우연히 만나는 행운을 쉽게 지나칠 수 없는 모양이었다. 드디어 용기를 내 말을 걸기로 결정했는지 여자아이들이 다윈에게로 몇 발짝 다가갔다. 루미는 다윈이 다른 여자애들에게 어떻게 반응하는지 보고 싶어 걸음을 멈추고 기다렸다.

그런데 여자애들이 말을 건네려는 순간, 다윈이 이쪽으로 먼저 손을 흔들며 인사했다.

"루미야."

다윈의 시선을 따라 고개를 돌린 여자애들은 곧 프리메라 교복을 알아채고 자기들끼리 몇 마디 수군거리더니 기가 죽은 얼굴로 발길을 돌렸다. 루미는 그 여자애들에게서 약간의 승리감을 느끼긴 했지만, 그보다는 다윈의 '순수한 무지'에 다시 한 번 놀랐다. 다윈은 자신을 둘러싸고 흐르는 기류를 전혀 감지하지 못하고 있었다. 아니, 애초에 그런 것이 존재한다는 사실조차 모르는 것 같았다. 사람들이 자신을 어떻게 생각하는지, 자신의 교복에 얼마나 선망의 눈길을 보내는지, 자신의 존재에서 얼마나 깊은 열등감을 느끼는지 조금도 인식하지 못했다. 저렇게 많은 걸 가진 인간이 어떻게 자기 스스로에게 저렇게까지 무감각할 수 있을까.

루미는 다원이 좋았고 그런 특성이 다원의 장점이란 것도 알았지만, 마음 깊은 곳에선 다원이 마냥 어린애처럼 느껴지기도 했다.

다원이 달려와 인사했다.

"잘 지냈어? 그런데 루미 너도 교복을 입고 나왔네."

"네가 교복 입고 나올 거란 걸 알고 있었거든."

다원이 웃으며 말했다.

"내가 혼자만 교복을 입고 다니면 창피할까 봐?"

바로 이런 점이었다. 다원 영 외에 어느 누가 감히 프라임 스쿨 교복에 창피하다는 감정을 연결 지을 수 있을까. 루미는 근본적으로 다원이 자기와는 다른 부류의 인간이라는 것을 인정할 수밖에 없을 것 같았다.

다원이 물었다.

"그런데 오늘 인류사 박물관은 휴관이던데? 혹시 날짜를 잘못 안 거 아니야?"

체육대회 때 만난 이후로 다원은 거의 매일 저녁 집으로 전화를 걸어 왔다. 루미는 인류사 박물관 핑계 뒤에 숨은 진짜 계획을 다원에게 모두 이야기해 줄 준비를 하고 있었다. 그런데 그때마다 늘 아빠가 감시하듯 주변을 지키고 서 있었다. 소파에 앉아 신문을 보는 척하고 서랍에서 무언가를 찾는 시늉을 했지만, 사실은 다원과의 통화에 귀를 기울이고 있다는 것이 어색한 몸짓에서 그대로 느껴졌다. 아빠에게 괜한 트집을 잡히지 않으려면 '인류사 박물관에 가면 가장 먼저 뭘 보고 싶어?' 같은 시시한 대화 외에는 일절 꺼내선 안 됐다. 제이 삼촌의 죽음에 관해 조사하고 있고 그 일에 다윈까지 끌어들이고 있다는 사실을 아빠가 알면 비아냥 정도로 넘어가지는 않을 테니.

루미는 한적한 길로 다윈을 이끌며 말했다.

"처음부터 인류사 박물관에 갈 생각은 없었어. 물론 표도 끊지 않았고."

다윈은 순간적으로 놀란 얼굴이 되긴 했지만 '그럼 오늘 무슨 일 때문에 만나자고 한 거야?'라고 물어 오지는 않았다. 곧 평정을 되찾은 게 아마도 머릿속에서 자기 나름대로 추측을 하고 있는 것 같았다.

루미는 그 추측을 바르게 이끌어 줄 가이드가 돼 줄 겸 준비한 이야기를 시작했다.

"다윈, 너랑 니스 아저씨는 아주 특별한 관계지?"

갑작스럽게 들릴 수밖에 없는 질문에 "나랑 아버지?"라고 되물은 다윈은 곧 "그래, 특별한 관계지."라고 인정하면서 동시에 덧붙였다.

"하지만 나뿐만 아니라 이 세상 부모와 자식은 모두 특별한 관계잖아. 그런데 갑자기 그건 왜?"

루미는 자기가 정해 놓은 방향으로 다윈을 계속 이끌었다.

"불행하게도 꼭 그렇지만은 않아. 알고 보면 서로 말도 하지 않고 지내는 부자지간도 꽤 많은 게 현실이니까. 다윈 넌 당사자라 잘 모르겠지만 삼자의 눈으로 보면 너와 아저씨의 관계는 일반적인 아버지와 아들보다 훨씬 끈끈해 보여."

다원이 머뭇거리듯 대답했다.

"엄마가 일찍 돌아가시고 아버지가 날 혼자 키우셔서 더 그렇게 보일지도 몰라."

다원의 동의에 힘입어 루미는 준비했던 가장 중요한 말을 꺼냈다.

"그럼 다원 넌 전적으로 니스 아저씨의 영향을 받고 자란 거라고 할 수 있겠네? 아저씨가 세상을 바라보는 사고방식에 말이야."

다원은 고개를 끄덕이며 "그럴지도."라고 대답했다.

루미는 다시 구체적으로 물었다.

"사고방식을 공유한다는 것은 서로의 생각을 예측할 수도 있다는 뜻이겠지?"

다원이 주변을 둘러보며 말했다.

"말을 끊어서 미안한데, 난 루미 네가 무슨 말을 하려는 건지 잘 모르겠어. 어디로 가고 있는지도. 조금만 더 걸어가면 문화 거리 끝이잖아."

루미는 다원의 팔을 가볍게 잡아끌며 말했다.

"걱정 마, 제대로 가고 있으니까. 다 왔어. 그보다 내 질문에 답을 해 봐. 넌 아저씨가 무슨 생각을 하는지도 유추할 수 있어?"

다원은 걸어온 길을 잠깐 뒤돌아 본 뒤, 다시 걸음을 옮기며 말했다.

"사안에 따라 다르겠지."

"예를 들면?"

"예를 들면…… 식당에 가서 아버지가 어떤 메뉴를 주문할지는 대충 짐작할 수 있겠지만, 잠들기 전 아버지가 무슨 생각을 하는지까지는 알 수 없겠지."

"그렇다면 이 질문에 대해 한번 생각해 볼래?"

"어떤 질문인데?"

루미는 조금 뜸을 들인 뒤에 물었다.

"니스 아저씨는 과연 날 좋아하실까, 싫어하실까?"

다원은 조금의 지체도 없이 대답했다.

"그건 너무 쉬운 질문이야. 당연히 좋아하시지."

다원의 목소리엔 한 치의 의심도 깃들어 있지 않았다.

루미는 그 안전한 세계에 날카로운 핀을 꽂듯이 물었다.

"그래? 그런데 난 왜 아저씨가 날 싫어하는 것 같지?"

다원은 "그럴 리가."라며 웃었다. 루미는 웃지도 않고 자신의 발언을 취소하지도 않은 채 걸음만 옮겼다. 침묵이 길어지자 그제야 다원도 단순한 농담이 아닌 것 같은 생각이 들었는지 빠르게 몇 걸음을 뛰어와 앞을 가로막고 섰다.

"진심으로 하는 말이야?"

루미는 다원과 정면으로 마주 보고 선 채 대답했다.

"아저씨가 진심으로 날 싫어하신다면 나도 진심일 수밖에 없겠지."

다원은 당황한 기색으로 목소리를 높였다.

"다른 건 몰라도 그것만은 100퍼센트 확신해서 루미 네가 틀렸다고 말할 수 있어. 왜 그런 생각을 하는 거야? ……아, 혹시 지난번에 할아버지 집에 갔을 때 아버지가 별로 말씀을 안 하셔서 그래? 그런데 그건 아버지가 일요일까지 일하시느라 피곤해서 그랬던 거지 네가 싫어서 그랬던 건 절대 아니야. 루미 네가 이런 생각을 하고 있다는 걸 알면 나보다도 아버지가 더 놀라실걸. 정말이야. 아버지는 널 초대해서 기쁘다고 하셨어."

다원은 아버지를 변호하려고 지난 일을 거론했지만, 루미는 오히려 그 때문에 한쪽에 덮어 두었던 그날의 감정이 다시 되살아나고 말았다. 차를 타고 오갈 때 한 마디도 말을 걸어 주지 않았던 것은 다원 말대로 아저씨가 피곤했기 때문이라고 이해할 수 있었다. 그러나 거실에서 처음 마주쳤을 때 순간적으로 니스 아저씨 얼굴에 스쳐 지나갔던 불쾌한 표정……. 그것은 단순히 깜짝 손님을 보고 놀란 감정만은 아닌 것 같았다. 그보다 훨씬 본능적이고 원초적인 감정이었다. 마치 자기 집에 들어와서는 안 되는 사람이 들어와 있는 것에 대한 적대감 같은. 자신이 올 줄 전혀 모르고 있었다고 한 말로 미루어 보건대, 차 키를 못 찾겠다는 거짓 핑계를 대 가며 다원을 서재로 불러들인 것 역시 자신을 초대한 것을 급하게 추궁하기 위해서였을 것이다. 잃어버렸다면 그 전날 밤 이전에 잃어버렸을 차 키가 아침에 입은 옷 주머니 속에 들어 있고, 그 사실을 차 키를 직접 챙긴 당사자인 아저씨가 잠깐 사이 착각했을 리 없으니까. 만약 전날과 같은 옷을 입은 거라면 아저씨의 말을 믿을 수도 있었을 것이다. 그러나 그날 아저씨가 방에서 입고 나온 정장은 어디를 봐도 구김 하나 없는, 아침에 새로 꺼내 입은 옷이었다. 거기다가 정말 차 키를 찾는 거라면 굳이 닫지 않아도 될 문까지 일부러 닫고……. 그렇다고 니스 아저씨에게 화가 나거나 한 것은 아니었다. 다만 아저씨가 거짓말과 위장에 너무 서툴러서 조금 더 비참한 기분이 들긴 했다.

단지 그날 하루만의 느낌으로 얻은 결론이 아니었다. 지난번 체육대회에서 말을 걸었을 때도 아저씨는 다른 사람에겐 다 친절하면서 유독 자신에게는 차가웠다. 조금이라도 사이가 가까워질 것을 경계하는지 일부러 러너 할아버지한테까지 퉁명스럽게 굴면서. 시간을 거슬러 올라가 보면 의심은 더 넓고 깊게 번질 수 있었다. 매년 제이 삼촌의 추도식에 참석하면서도 자신에게는 한 번도 다정하게 말을 걸지 않았던 일, 가끔 눈이 마주치면 얼른 다른 곳으로 시선을 피해 버린 일, 형식적인 인사치레라도 다원과 친구로 지내라고 권유한 적이 없었던 일……. 그 모든 게 정말 다 오해일 수 있을까?

오해가 아니라면 니스 아저씨가 자신을 싫어하는 이유에 대해서도 어느 정도 짐작하는 바가 있었다. 비록 제이 삼촌과의 우정으로 추도식에 참석하고 자기 집과 관계를 맺고 있긴 하지만, 니스 아저씨는 자신의 사회적 지위에 '조이 헌터와 그 가족'은 너무 수준 미달이라고 생각하는 것이다. 그래서 추도식 이외에는 한 번도 가족끼리 만날 자리를 만들지 않고 자신과 다윈이 특별한 사이가 될지도 모를 가능성까지 모두 차단하고 싶은 것이다.

이 초라한 짐작이 모두 사실이래도 루미는 니스 아저씨를 미워하기는커녕 누구보다도 이해할 수밖에 없다고 생각했다. 자신이 문교부 차관이래도 자기 아들이 7급 법원 서기 딸보다는 권력가 집안의 딸을 만나길 원할 테니까.

루미는 마주 보고 선 다윈의 눈동자를 바라보았다. 이런 것들에 대해 이야기한다 해도 어린아이 같은 다윈은 아저씨의 마음도, 자신의 마음도 전혀 이해하지 못하고 세상 모든 사람들의 마음이 자기와 같다고만 얘기할 것이다.

루미는 앞을 가로막고 선 다윈의 곁을 스쳐 지나가며 말했다.

"그냥 그런 느낌이 들어. 난 날 싫어하는 사람은 본능적으로 느낄 수가 있거든. 우리 아빠 엄마처럼 날 별로 안 좋아하는 부모님 밑에서 살다 보니까 자연스럽게 터득하게 된 능력 같아."

다윈은 잘못된 학설을 수정하려는 학자처럼 열성적으로 해명했다.

"루미 네 느낌을 내가 강제할 순 없지만, 그래도 그건 분명 네가 잘못 생각하고 있는 거야. 우리 아버지도, 너희 부모님도, 아무도 널 싫어하지 않아. 어떻게 널 싫어할 수 있겠어? 루미 널 아는 이 세상 모든 사람들은 다 널 아끼고 좋아해."

눈앞에 드러난 걸 그대로 믿는 어린아이나 할 법한 이야기였지만 듣기에는 기분 좋은 말이었다. 루미는 웃으며 다윈에게 물었다.

"넌 정말 아저씨가 날 좋아한다고 생각해?"

다윈은 한 점의 의심도 품지 않은 목소리로 말했다.

"내 생각이 아니라 사실이야."

"네 말이 맞았으면 좋겠어. 나도 이유도 모르는 채 아저씨한테 미움받긴 싫으니까. 난 아저씨를 많이 좋아하고 존경하거든. 그런데 다윈, 만약 아저씨가 날 싫어하는 게 사실이라면 내가 아저씨 생각을 바로 읽었다는 거겠지? 반대로 아저씨가 날 좋아한다면 네가 아저씨 생각을 바로 읽은 거고."

"난 아버지 아들이야. 아까 루미 네가 아버지와 내 관계가 특별하다고 했지? 독선적으로 굴고 싶지는 않지만 이번만은 전적으로 내가 옳다고 말할 수 있어."

루미는 걸음을 멈추었다.

"그럼 증명해 볼래? 다윈 네가 얼마나 아저씨 생각을 읽을 수 있는지."

"증명이라니? 어떻게?"

어느새 길이 아카이브 입구에 다다라 있었다.

종합 자료실로 들어가자 지난번 그 데스크의 여자가 알아보고 "다시 왔네요. 학생." 하며 아는 척을 했다. 루미는 여자의 눈길이 뒤이어 들어서는 다윈에게 완전히 압도당하는 것을 느꼈다. 프라임 보이 앞에선 나이 든 여자도 서로 먼저 말을 걸어 보라며 떠미는 10대 여자애들과 다를 바가 없었다. 여자는 프라임 보이를 특별 외출 시킬 수 있는 프리메라 여학생의 위상을 오늘 다시 한 번 실감했을 것이다. 일요일에 교복을 입고 외출하도록 한 프라임스쿨 규율은 아무튼 훌륭한 것이었다.

루미는 여자의 존재를 무시한 채 방명록에 이름만 적고 개인 검색실로 향했다. 뒤에서 다윈이 "안녕하세요."라고 인사하는 소리가 들렸다. 저 정도의 여자에게 건네기엔 지나치게 다정한 인사였다.

검색실의 컴퓨터 자리는 모두 비어 있었다. 화창한 일요일까지 이 구석진 아카이브에 틀어박혀서 옛 자료를 파헤치고 싶은 사람은 없는 모양이었다. 루미는 가운데 컴퓨터 자리에 앉은 뒤 옆의 의자를 끌어 다윈을 앉게 했다. 시계는 열 시 삼십 분을 넘어가고 있었다. 다윈의 복귀 시간까지 남은 시간은 일곱 시간 삼십 분. 길지 짧을지 지금으로선 전혀 알 수 없었다. 자료 검색란을 클릭하니 일반 검색과 특별 검색으로 나뉘었다. 루미는 지난번엔 있는지도 몰라서 들어가 볼 시도조차 하지 않았던 특별 검색란을 클릭했다. 곧 아이디와 비밀번호를 입력해야 하는 두 개의 칸이 나타났다.

루미는 마우스에서 손을 뗀 뒤 다원에게 말했다.

"바로 여기야. 과연 네가 아저씨 생각을 얼마나 잘 읽는지 증명할 수 있는 곳이."

"여기서 어떻게?"

루미는 다원 쪽으로 몸을 틀며 말했다.

"다원, 우리가 찾고 있는 그 잃어버린 사진 있지, 그 사진이 이곳에도 저장돼 있어. 그런데 그 사진을 볼 수 있는 사람은 아이디를 발급받은 3급 이상의 공무원들뿐이래. 말도 안 되는 일이지? 우리 할아버지가 찍은 사진을 가족인 내가 볼 수 없다니."

말을 하다 보니 지난번의 억울함이 다시 치밀어 올랐다.

다원이 물었다.

"정말로 그 사진이 여기 저장돼 있어?"

"확실해. 분명히 있어."

"하지만 3급 이상 공무원들에게만 아이디가 발급된다면 우리가 볼 수 있는 방법은 없다는 뜻이잖아."

"맞아, 우린 볼 수 없어."

"그런데 여긴 왜?"

루미는 다원을 향해 몸을 기울이며 말했다.

"우린 볼 수 없지만 니스 아저씨는 볼 수 있지. 아저씨가 볼 수 있다는 건 우리도 볼 수 있다는 거고. 우리가 아저씨의 아이디와 비밀번호만 알아낼 수 있다면 말이야."

순간, 다원의 갈색 눈동자가 흔들리는 것이 느껴졌다.

"아버지 아이디를 도용하자는 거야?"

루미는 말없이 고개만 끄덕였다.

다원이 당황한 얼굴로 고개를 저으며 말했다.

"아무리 우리 아버지라도 그건 불법이야."

다원의 정직한 성격상 처음에 반발할 거라는 건 충분히 예상한 일이었다.

루미는 데스크 여자가 듣지 못하도록 목소리를 낮췄다.

"나도 알아. 그런데 다원, 한번 생각해 봐. 과연 아저씨가 우리 할아버지 사진을 손녀인 내가 보는 걸 싫어하실 것 같은지. 아저씬 우리 할아버지가 훈장을 받으실 수 있도록 힘써 주신 분이라고 아빠가 그랬어. 할아버지 사진이 더 많은 빛을 받을 수 있도록 해 주신 거야. 그렇다면 난 이번에도 분명히 아저씨가 이 문제를 해결해 주시려고 할 것 같다는 확신이 들어. 다원 넌 그렇게 생각하지 않아?"

다원은 잠깐 대답을 머뭇거렸지만 곧 수긍할 수밖에 없다는 듯 고개를 끄덕거렸다.

"하지만 난 아직 아저씨에게까지 도움을 요청하고 싶진 않아. 정 방법이 없으면 최후엔 아저씨께 사진을 확인해 달라고 부탁하는 수밖에 없겠지만, 할 수 있는 한은 내 힘으로 알아내고 싶어. 그래야 의미가 있는 거잖아. 또 아직 사진과 제이 삼촌의 죽음이 어떻게 연결된 건지 확실히 모르는데 섣불리 얘기를 꺼내서 아저씨를 신경 쓰게 하고 싶지도 않고. 그러니까 지금 시점에서 아무에게도 피해를 주지 않고 그 사진을 확인할 수 있는 유일한 방법은 우리가 아저씨 생각을 유추해서 아이디를 알아내는 것뿐이야."

다원의 눈동자 위로 많은 생각이 스쳐 지나가고 있는 게 느껴졌다. 겉으로는 잘 드러나지 않지만 사진 한 장에 의지해 9지구까지 함께 가 준 것을 보면 다원은 분명 호기심과 모험심을 가진 아이였다. 지금 이 순간 다원의 그 특성을 최대한 이끌어 내는 말을 해야 했다.

"다원, 나를 도와줄 사람은 이 세상에 너밖에 없어."

아버지의 문

컴퓨터가 내뿜는 더운 공기 때문인지 갑자기 검색실 안이 답답하게 느껴졌다. 다원은 창문이라도 열려 있으면 좋겠다는 생각에 뒤를 힐끗거렸다. 그런데 다시 보니 모든 창문이 활짝 열려 있고 정원에서 꽤 신선한 바람이 불어오고 있었다. 잎이 우거진 곳에서는 작지만 새소리도 들렸다. 일요일을 즐기기에 더없이 좋은 날씨였다. 약간의 기분 전환을 느낀 다원은 원래 있던 곳으로 시선을 돌렸다. 그 순간, 숨 막히는 기분이 다시 몰려왔다. 다원은 자신이 느끼는 기분의 출처에 당황스러웠다. 사람을 가두는 것 같은 폐쇄적인 공기는 외부가 아닌 루미의 눈동자에서 전해져 오고 있었다.

닫혀 있는 인류사 박물관 문을 봤을 때부터 계획과 다른 하루가 되리라는 예감은 어느 정도 했었다. 아무것도 모르는 채 9지구에 가게 됐을 때처럼 오늘도 루미는 예상하지 못한 다른 일을 계획하고 있는 것 같았다. 일주일 간의 전화 통화 내용이 모두 거짓이었다는 것이 드러났는데도 이상하게 속았다거나 놀림을 당했다는 기분은 들지 않았다. 오히려 루미의 속도에 맞추지 못하고 있는 자신이 조금 실망스러웠다. 음악으로 말하자면 '루미 헌터'는 변주였고, 계획과 다른 음을 짚는 예측 불가능성은 늘 즐거운 긴장감을 주었다. 루미 아닌 다른 사람에게서는 한 번도 느껴 보지 못한, 오로지 루미만이 줄 수 있는 감정이었다. 다원은 오늘도 기꺼이 루미가 들려주는 그 변주에 몸을 맡길 준비를 했다. 날씨가 좋으니 어쩌면 박물관 같은 곳 대신 네온강에 보트를 타러 가자고 하는 건 아닐까 추측하면서.

그러나 루미가 느닷없이 아버지 얘기를 꺼내며 "난 왜 아저씨가 날 싫어하는 것 같지?"라고 묻는 순간 귓가에 맴돌던 왈츠 선율은 난데없는 큰북 소리로 바뀌었다. 가슴이 뛰었다. 아무리 루미에게 즉흥성이 허용된다 하더라도 그것은 변주의 범위에 속할 수 있는 변화가 아니었다. 주제에서부터 악기 선택, 연주 방식까지 모두 틀린, 완전히 잘못된 음악이었다. 다원은 루미가 왜 갑자기 그런 공감 안 가는 연주를 하는지 이해할 수가 없었다.

"다원, 나를 도와줄 사람은 이 세상에 너밖에 없어."

확고한 의미를 가진 루미의 눈동자를 마주 보고 있는 지금, 다원은 여태껏 루미의 연주를 잘못 이해한 쪽은 자신이었다는 것을 깨달았다. 루미는 처음부터 변주곡을 연주하고 있던 게 아니었다. 오히려 추도식 때부터 지금까지 늘 일관된 주제로 연주하고 있었다. '제이 헌터'라는 불멸의…….

"다원, 왜 아무 말이 없어? 생각하고 있는 거야?"

언뜻 피곤한 기분이 살갗을 스치고 지나갔다. 다원은 지난주 내내 가슴 설렜던 자신이 한심하게 느껴졌다. 매일 저녁 전화를 걸며 자신이 일요일의 만남을 기대하고 있었던 동안 루미는 오직 사진 찾을 방법만 연구하고 있었던 것이다. 다원은 루미의 눈동자를 피해 시선을 다른 쪽으로 옮겼다. 할 수만 있다면 이 자리에서도 옮겨 가고 싶었다. 루미와 함께 있는 시간에서 벗어나고 싶다는 생각을 하게 될 줄은 상상도 하지 못했다.

"응? 다원, 어서. 네가 아니면 날 도와줄 사람은 아무도 없어."

다원은 쉽게 고개를 들 수가 없었다. 루미의 얼굴을 마주하는 순간 자기 눈에 담긴 피곤함을 그대로 들켜 버릴 것 같았다. 자신이 느끼는 부정적인 감정을 루미가 알아차리게 하고 싶지 않았다. 그렇게 되면 모든 것들이 한순간에 끝나 버릴 것 같았다. 무엇이 시작되었고, 무엇이 진행되고 있고, 앞으로 무엇이 일어날지 모르는 채.

"다원."

루미의 간절한 목소리가 다시 들렸다. 이대로 마냥 시선을 회피한 채 앉아 있을 수만은 없어 다윈은 굳은 얼굴을 풀지 못한 채 루미에게로 천천히 시선을 돌렸다. 얼굴을 마주하고 나면 분명히 서로가 서로에게 실망하게 될 것이다. 어쩌면 오늘이 루미를 이렇게 가까이에서 보는 마지막이 될지도 몰랐다. 다윈은 그 순간이 어떻게 각인될까 생각하며 천천히 루미를 마주 보았다.

그런데 루미의 두 눈을 다시 보는 순간, 다윈은 신기하게도 방금 전까지 복잡하게 얽혀 있던 감정의 매듭이 단숨에 풀리는 것을 느꼈다. 숨을 짓눌렀던 무거운 공기는 온데간데없이 사라지고 상쾌한 나무 향기가 바람결에 실려 왔다. 그 향기에 다윈은 불순했던 자신의 마음이 정화되는 것을 느꼈다. 조금 전의 낯선 감정은 예상과 다른 상황에 직면한 데서 오는 일시적 피로였을 뿐, 루미를 향한 마음의 본질은 조금도 달라진 게 없었다. 루미의 짙은 속눈썹은 여전히 마음을 설레게 했고, "다윈."이라고 발음하는 입술은 그것이 요구하는 모든 것을 들어주고 싶게 만들었다.

루미 헌터라는 마법에라도 걸린 것처럼 다윈은 자신의 입에서 나올 것이라 예상했던 말과 완전히 반대되는 말을 내뱉었다.

"좋아, 뭐부터 시작할까?"

그 순간 루미의 얼굴 위로 아침이 오는 듯한 미소가 번졌다. 철자 몇 개를 추측해 내는 것으로 이런 감동적인 웃음을 볼 수 있다면야.

루미가 들뜬 목소리로 말했다.

"아이디는 보통 자신에게 의미 있는 단어로 만들잖아. 체육대회 때 여쭤 봤더니 아저씨에게 가장 소중한 사람은 다윈 너래. 먼저 네 이름을 입력해 볼까?"

다윈은 아버지라면 충분히 그럴 수 있다는 데 동의하며 자기 이름을 입력했다. 그러나 확인 버튼을 누르자 바로 '존재하지 않는 아이디입니다.'라는 문구가 떴다.

"너희 엄마 이름은?"

루미가 곧바로 다음 후보를 말했다. 다윈은 무척 오랜만에 엄마 이름을 떠올리며 자판을 눌렀다. 그러나 그것 역시 아니었다. 루미는 지체 없이 "그럼 아저씨 본인이나 너희 할아버지 이름."이라고 제안했다. 그러나 결과엔 변함이 없었고, 네 명의 이름을 여러 가지로 조합한 합성어도 모두 마찬가지였다.

루미가 말했다.

"여기까지가 내가 생각해 낼 수 있는 전부야. 내가 이름 말고 아저씨에 대해 아는 게 뭐가 있겠어."

연이은 실패에도 루미의 목소리는 전혀 활기를 잃지 않았다. 애초에 이름 몇 개로 관문을 넘을 수 있을 거라고는 기대하지 않은 모양이었다. 루미가 "이젠 다윈 네 차례야."라고 말했다. 다윈은 숨겨진 보물을 찾으러 가는 배의 키를 물려받은 기분이었다. 이제는 자신이 이 배의 선장이 되어야 했다. 루미가 "뭐가 가장 먼저 떠올라?"라고 물었다. 다윈은 루미의 기대에 빨리 부응하고 싶었지만 어느 쪽으로 키를 틀어야 할지 아직 감이 잡히지 않았다. 사방으로 뚫린 바다가 오히려 거대한 벽에 가로막혀 있는 것 같은 고립감을 주었다. 좀처럼 진척이 없자 루미가 "다원, 네가 한번 니스 아저씨라고 생각해 봐."라고 했다.

"넌 지금 막 문교부 차관이 됐어. 큰 사무실이 생겼고, 거느리는 부하 직원들도 많지. 첫 번째로 할 일은 사무를 보기 위한 아이디와 패스워드를 만드는 거야. 네가 아저씨라면 지금 상황에서 어떤 단어를 쓸 것 같아?"

루미의 목소리가 최면을 걸듯 아버지의 사무실 문 앞으로 배를 이끌었다. 다원은 손잡이를 돌려 문을 열었다. 그러나 문이 열린 순간 눈앞에 펼쳐진 것은 목적지로 인도하는 항로가 아니라 출항 전에 가능했던 상상치를 훨씬 뛰어넘는 무한한 세계였다.

언어란 평생의 시간을 쏟아부어도 절대 그 깊이와 넓이를 헤아릴 수 없는 망망대해다. 처음과 끝이 불분명하고 방향성조차 없다. 그 푸른 무한함 속에 던져진 다원은 타고 있던 배에서마저 떨어져 아득한 수평선 너머로 실종되는 기분이 들었다. 그런데 마지막 순간, 표류를 멈추게 해 주는 작은 부표 하나가 손에 잡혔다. 바다가 아무리 넓대도 평범한 인간의 유영에는 한계가 있는 것처럼, 한 인간이 다루는 언어에도 일정한 경계가 있을 수밖에 없다. 그 범위를 결정짓는 것은 그를 둘러싼 환경일 것이다. 그렇다면 이 까마득한 바다에서도 길은 보였다. 아버지를 둘러싼 환경이 바로 자신을 둘러싼 환경이므로. 다윈은 루미 말대로 정말 아버지가 돼 보기로 했다.

일단 자신이 아는 아버지라면 업무와 관련이 적은 일상의 의미 없는 단어들로 아이디를 만들지는 않을 것 같았다. 다음은 정신적이고 추상적인 단어와 물리적이고 구체적인 단어. 아버지는 두 지점 중 어느 쪽에 더 가까이 서 있을까. 가령 누군가를 만났을 때 아버지는 그를 단순히 육체라고 느낄까, 아니면 영혼이라고 느낄까. 다윈은 후자 쪽을 택했다. 아버지는 사랑이 있는 분이었다. 그렇게 해서 추려진 단어가 프라임, 교육, 다음 세대, 노력, 자아실현, 신뢰였다. 다윈은 차례대로 그것들을 입력했다. 그러나 모두 차례대로 문 앞에서 거절당했다.

지켜보고 있던 루미가 말했다.

"다른 식으로 접근해 보는 건 어때? 좀 더 아저씨의 사생활과 관련된 걸로 말이야."

다윈은 루미의 제안대로 아버지의 사적인 인생을 차지하는 비중이 높은 것들을 생각해 보았다. 아버지의 하루는 집에서 출발해 관청에서 여덟 시간 혹은 더 오랜 시간을 보낸 뒤, 다시 집으로 돌아오는 것으로 이루어져 있다. 그 반복되는 일상의 사적인 시간을 채우고 있는 것은 호두나무 거리, 가족, 벤이었다. 다윈은 기대와 긴장을 반반씩 느끼며 그것들의 철자를 눌렀다. 그러나 1분도 채 안 돼 기대와 긴장은 쓰고 있던 허물을 벗고 덩그러니 실망감이 되어 서 있었다.

루미는 쉬지 않고 말했다.

"이것도 다 아니야. 다음은?"

시계는 벌써 세 시를 넘어가고 있었다. 어깨가 무겁게 짓눌리는 느낌에 다윈은 잠깐 쉬고 싶었지만, 루미의 눈빛이 모니터에서 떨어질 줄을 몰라 그런 말을 꺼내기가 어려웠다. 제이 아저씨 일에 관한 한 루미는 조금도 지치지 않는 것 같았다. 그때 데스크에서 봤던 직원이 다가와 "도움이 필요한가요?"라고 물어 왔다. 검색실에 지나치게 오래 있는 것에 마음이 쓰여 일부러 들른 모양이었다. 다윈은 친절이 고마웠지만, 그래서 더 미안한 마음이 들기도 했다. 자신과 루미가 지금 하고 있는 일은 직원을 속이고 그의 업무를 방해하는 것이었다.

"감사하지만 괜찮아요. 도움이 필요하면 말씀드릴게요."

직원은 무척 상냥한 태도로 "그래요. 나중에라도 도움이 필요하면 부르세요."라고 말하며 돌아갔다. 그런데 직원이 나가고 나자 루미가 퉁명한 목소리로 "쓸데없이 관심은." 하고 혼잣말을 했다. 다윈은 루미가 다른 사람을 그런 태도로 대하는 것을 처음 보는 터라 조금 뜻밖으로 느껴졌다. 그러나 긴장과 스트레스로 인해 자신답지 않은 면모가 나온 것이라 이해하고 잊어버리기로 했다. 겉으로 드러내진 않지만 루미도 몇 시간 동안 계속되는 실패로 당연히 피로해졌을 것이다.

다원은 루미를 위해 이 지루한 탐색을 얼른 끝내고 싶었지만 머릿속 자원은 거의 고갈된 상태였다. 바닥이 드러나 더는 캐낼 수 있는 것들이 없어 보였다. 지금까지 찾아낸 것들 말고 아버지의 인생에서 큰 비중을 차지하고 있는 것이 뭐가 더 남았을까…….

다원은 그런 생각을 하며 무심코 루미를 바라보았다. 그런데 루미의 눈동자와 마주치는 순간 정전기 같은 것이 일더니 실제로 물리적 자극을 받은 것처럼 눈이 움찔거렸다. 쉬지 않고 열쇠 꾸러미를 뒤적이면서도 지금껏 눈앞에 바로 보이는 가장 가능성 높은 키를 외면해 온 자신의 부주의에 실소가 나왔다. 왜 가족 못지않게 아버지의 마음과 시간을 차지한 그를 잊고 있었을까. 자기 역시 태어나서 지금까지 매년 하루씩은 그를 추모하는 데 할애했는데.

"그러고 보니까 제이 아저씨일 수도 있지 않을까?"

"우리 삼촌?"

반짝이는 루미의 눈이 더 반짝였다. 루미 역시 그 전기가 통한 것이다. 다원은 서둘러 제이 헌터라는 철자를 입력한 뒤 확인 버튼을 눌렀다. 판결이 나길 기다리는 짧은 시간 동안 제이 헌터가 문에 들어맞는 열쇠이기를 바라는 열망으로 심장이 두근거렸다. 한시라도 빨리 아버지의 생각을 읽는 일에서만큼은 자신이 전적으로 옳다는 것을 루미에게 증명하고 싶었다. 그것만 증명되면 루미도 다시는 아버지가 자기를 싫어하는 것 같다는 잘못된 생각을 하지 않을 것이다.

그런데 그 열망이 정점에 닿는 순간, 다원은 요동치던 심장의 두근거림이 갑자기 멎는 것을 느꼈다. 이윽고 그 진공속으로 낯선 물음들이 몰려와 새 심장인 양 뛰기 시작했다. 만약 제이 헌터가 아버지의 문을 여는 열쇠가 맞다면 그 사실을 어떻게 받아들여야 할까……? 망망대해의 단어들 중에서 오직 제이 헌터라는 존재를 선택할 만큼 아버지에겐 제이 아저씨가 소중한 사람인 걸까? 엄마보다도? 할아버지보다도? 나보다도? 아버지 자신보다도?

그러나 화면 속 모래시계가 회전을 끝내는 순간 그 의문은 쓸데없는 고민이었던 것으로 밝혀졌다. 화면에 뜬 문구는 이번에도 '존재하지 않는 아이디입니다.'였다. 성을 빼고 이름만 입력해 보았지만 결과는 마찬가지였다. 제이와 아버지 이름을 합한 합성어 역시 실패였다.

루미가 아쉬움이 담긴 목소리로 말했다.

"이번엔 맞을지도 모른다는 느낌이 왔었는데."

다원은 조금 전 느꼈던 공백 상태의 기분을 금세 떨쳐 버리고 가장 유력해 보였던 답이 거부당한 것을 루미와 함께 아쉬워했다. 아무도 풀 수 없는 수수께끼를 내는 스핑크스가 문 앞을 지키고 있는 것 같았다. 다원은 다시 생각에 잠겼다.

이것은 어디까지나 루미의 일이었다. 자신은 루미에게 도움을 주는 부수적인 역할에 지나지 않았다. 솔직히 루미만큼 그 사진의 존재를 확인하고 싶은 것도 아니었다. 아버지가 자신을 싫어한다는 루미의 오해 역시 다음번 만남에서 아버지가 다정하게 대하는 것으로 충분히 풀어 줄 수 있었다. 그런데 아버지의 생각을 읽었다고 확신했던 단어들이 보기 좋게 모두 실패하면서부터 다윈은 이 일이 반드시 자기가 해결해야 하는 본연의 임무로 느껴지기 시작했다. 그리고 가장 가능성이 높았던 '제이 헌터'까지 무너진 다음에는 루미를 기쁘게 해 주고 싶다는 단순한 바람이 아예 아버지의 생각을 읽고 싶다는 본질적인 소망으로 바뀌었다. 아버지의 생각을 읽는 데 성공해 안정적인 무언가를 이끌어 내고 싶다는 열망. 지금은 그 열기가 온 마음을 차지해 자신이 하고 있는 일이 루미와는 전혀 상관없는 일처럼 느껴지기까지 했다.

다윈은 모든 정보를 동원해 아버지가 선택했을 법한 단어 몇 개를 더 생각해 냈지만, 결과적으로는 아무 의미도 없는 것들이었다. 열쇠가 아무리 많아도 문을 열 수 있는 것은 정확히 들어맞는 단 하나의 열쇠였다. 시간이 지나면 성의 높이가 낮아질 것이라는 기대와 달리 관문을 통과하지 못한 단어들이 시체처럼 쌓여 더 높은 벽을 만들어 냈다. 다윈은 아버지의 성 밖에서 맴돌고 있는 기분이 들었다. 그 성 앞에선 자기도 다른 사람들과 다를 것 없이 굳게 닫힌 문을 열어 달라고 호소해야 하는 주변인에 지나지 않는 것 같았다. 다윈은 자신이 아버지에 대해 이렇게나 모른다는 사실이 당혹스러웠다.

시간이 얼마나 흘렀는지 아까 왔던 직원이 다시 들어와 "주말에는 한 시간 일찍 폐관이라 40분 후에는 나와야 해요."라고 알려 주었다.

다윈은 아버지의 사고 체계에 이성적으로 접근해서 아이디를 추측한다는 기본 전제를 포기하고 떠오르는 아무 문구나 입력해 보았다. 아버지가 졸업한 학교들, 가지고 있는 자동차 모델, 좋아하는 영화, 관청이 위치한 거리 이름, 직함, 즐겨 마시는 위스키 이름…….

한낮의 열기가 점점 가시고 있었다. 너무 오래 키보드에 손을 올려놓고 있던 탓에 손목이 저려 왔다. 다윈은 그만 키보드에서 손을 거뒀다. 통증 때문이 아니라 더 이상 앞으로 나아갈 수 없게 바닥이 드러난 웅덩이 때문이었다. 자신이 아버지에 대해 알고 있다고 생각한 세계는 바다가 아니라 웅덩이였고, 그 안을 누비는 자기 몸짓도 키를 쥐고 떠나는 항해가 아닌 잠깐 물 몇 방울이 튀고 마는 첨벙거림에 불과했다.

다윈은 루미에게 말했다.

"더 이상 떠오르는 게 없어……. 미안."

루미는 실망감을 애써 숨기는 표정으로 웃었다.

"미안하긴. 다윈 너라면 바로 아저씨 아이디를 알아낼 거라고 생각한 내가 너무 단순한 거였지. 지금 생각하면 이상해. 그렇게 많은 단어들 중에서 오직 하나를 다윈 네가 찾아

넬 수 있을 거라고 확신했다니."

"루미 너만 그랬던 건 아냐. 나도 어느 정도 시도해 보면 결국엔 성공할 줄 알았으니까. 아버지 아이디를 알아내는 게 이렇게 어려울 줄은 몰랐어."

"아저씨는 단순한 분이 아니잖아. 만약 우리 아빠 같은 사람이었다면 분명 자기 이름으로 아이디를 만들었을 거야. 복잡한 걸 싫어하니까."

"조이 아저씨 아이디를 알아내는 거였다면 좋았을 텐데."

"우리 아빠는 아이디를 만들 기회도 갖지 못했는걸, 뭐. 말단 공무원의 비애지. 본인이 거기에 만족하고 있는 건 더 큰 비애고."

데스크 직원에게 보였던 루미의 냉소적인 얼굴이 자기 아빠 이야기를 하는 순간 다시 드러나는 것을 보고 다원은 당혹스러웠다. 그러나 생각해 보면 이번이 처음이 아니었다. 추도식 날 제이 아저씨 방에서나 지난번 할아버지와의 대화에서나 루미는 자기 아빠에 대해 지나치게 냉정한 평가를 하고 있었다.

다원은 조심스럽게 말했다.

"부모님에 대해 너무 신랄하게 말하는 것 아냐?"

루미는 별일 아니라는 듯 반응했다.

"신랄하긴. 부모가 자식에게 바라는 기대치가 있듯이 자식도 부모한테 바라는 기대치가 있는 건 당연한 거야. 다원 넌 아저씨에게 바라는 거 없어?"

다원은 갑작스러운 질문에 머뭇거렸다.

"아버지에게 바라는 것? 글쎄……. 그런 건 생각해 본 적이 없는 것 같은데."

"생각해 본 적이 없는 게 아니라 생각해 볼 필요가 없었던 거 아냐? 아저씬 완벽한 분이시니까."

"이 세상에 완벽한 사람은 없어."

"그래? 그럼 아저씨가 완벽하지 않은 점을 한 가지라도 찾을 수 있어?"

루미는 그렇게 물으면서 "아, 거짓말에 서툴다거나 하는 식의 단점은 제외야."라고 덧붙였다. 다원은 루미가 왜 '거짓말'이라는 예를 특정한 건지 알 수 없었지만 아마도 궁극적으로는 장점이 될 부분을 단점으로 치부하지 말라는 얘기인 것 같았다.

다원은 '인간은 완벽하지 않다.'는 이 세계의 일반 명제를 증명하기 위해 생각에 잠겼지만, 아버지가 어떤 결점이 있는지 금방 떠오르는 게 없었다. 아버지가 기억에 남는 실수를 한 적도, 자신이 아버지에게 지금의 아버지와 다른 아버지가 되기를 바란 적도 없었다. 한 인간이라는 존재로 생각할 때는 아버지 역시 자신이 모르는 나약한 점이 있겠지만, 적어도 아버지라는 존재만으로 봤을 땐 눈에 띄는 흠결 없이 완벽했다. 그러나 루미에게 그대로 얘기할 수는 없었다. 다원은 간신히 아버지의 시시한 습관 하나를 생각

54

해 냈다.

"그러고 보니까 아버진 정리 정돈에 서투르셔. 옷도 아무렇게나 대충 던져 놓고 책도 제자리에 두는 경우가 별로 없어. 그래서 어렸을 때는 아버지 서재를 정리하는 게 내 일이었어. 아버지가 읽고 난 책을 아무렇게나 꽂아 놓으면 내가 같은 분야의 책들은 한곳에 모아 두고 전집은 번호대로 정리해 드리는 거야."

다윈은 지금처럼 해가 지고 있던 어느 주말 오후를 떠올렸다. 아버지는 책상에 앉아 무언가를 읽고 있었고, 자신은 책장 앞을 왔다 갔다 하며 제자리를 벗어난 책을 원래 자리에 돌려놓고 있었다. 일이라고는 했지만 사실은 좋아하는 놀이에 가까웠다. 다윈은 잊고 있던 그날이 기억나 자기도 모르게 미소 지었다.

"그런데 내가 그렇게 정리를 해 놓아도 아버지는 얼마 안 가 맘대로 책을 흩뜨려 놓으시는 거야. 어떤 건 아예 일부러……."

그때였다. 정리를 끝내 놓은 책장에서 어디 숨어 있었는지 모르는 책 한 권이 툭 떨어지듯, 평평했던 기억 속에서 특별한 대화 한 토막이 돌출했다.

"아버지, 『종의 기원』은 16번이에요. 왜 자꾸 이 책을 맨 앞에 놓으시는 거예요."

"그게 보기가 훨씬 좋아서. 『종의 기원』이 첫 번째에 있어야 모든 순서가 바로 잡히는 기분이 들거든. 출판사에 전화해서 번호를 다시 매겨 달라고 부탁할까 봐."

"이게 아버지가 가장 좋아하는 책이에요?"

"그렇게 말하고는 싶지만 그러면 안 되겠지? 한 번도 읽지 않은 책을 가장 좋아한다고 말했다가 다윈 네가 내용을 물어보면 곤란해질 테니까."

"한 번도 읽어 보지 않은 책을 이렇게 특별 취급 하신단 말이에요?"

"제목만으로도 완벽한 책이니까. 종의 기원이라니, 꼭 이 세상 모든 질문의 해답이 되는 문구 같지 않니? 업무를 보다 보면 가끔 그 문구를 입력할 일이 있는데, 그럴 때마다 꼭 내가 인류의 비밀을 푸는 학자가 된 것 같은 기분이 든단다."

"다윈처럼요?"

자신의 농담에 아버지도 함께 웃었다.

그날의 웃음이 귓가에서 울리는 것을 느끼며 다윈은 다시 키보드에 손을 올렸다. 루미가 "왜? 뭔가 생각나는 게 있어?"라고 물었다. 다윈은 '종의 기원' 철자를 천천히, 그리고 완벽하게 누르는 것으로 대답을 대신했다. 입력을 끝내고 확인 버튼을 누르는 순간 멈춰 있던 커서가 저절로 패스워드로 넘어갔다.

"아!"

루미가 짧은 비명을 질렀다가 데스크 쪽을 살피며 얼른 입을 막았다. 다윈은 루미의 흥분에 동참하고 싶었지만 아직 스핑크스를 완전히 물리친 것은 아니었다. 화면엔 '비밀번호 네 자리를 입력해 주세요.'라는 새로운 수수께끼가 제시되어 있었다. 숫자를 알아내는 것은 어쩌면 문자로 된 아이디를 추측하는 것보다 더 막연하고 불가능한지도 몰랐다. 그러나 첫 번째 답을 맞힌 순간 다원은 자신이 이미 두 번째 답을 알고 있다는 생각이 들었다.

그 답을 입력하려는데 루미가 먼저 물었다.

"다원, 『종의 기원』 출간 연도가 언제인지 알아?"

다원은 루미가 말한 텔레파시란 게 정말 작동하고 있다는 확신이 들었다.

"1859년."

다원은 루미를 위해 키보드에 올려놓았던 손을 비켜 주었다. 이제부터는 루미의 차례였다. 루미가 키보드에 손을 올리고 특별 검색란에 '해리 헌터' 이름을 쳤다. 다원은 완벽한 호흡으로 루미와 협연하고 있는 기분이 들었다. 곧 해리 헌터의 이름으로 저장되어 있는 폴더의 일련번호가 떴다. 막대한 양의 폴더가 있을 거라는 예상과 달리 단 한 개로, 앞자리 번호가 60년 전 연도로 시작되고 있었다.

루미가 흥분한 목소리로 말했다.

"이거야, 12월의 폭동 사진. 역시 있을 줄 알았어. 도대체 이걸 왜 일반인이 못 보게 통제해 놓은 걸까?"

다원은 지난 법학 시간 때 레오가 '12월의 폭동' 이야기를 암시하자마자 엄하게 굳어졌던 교수님 얼굴이 떠올랐다.

"사회적으로 민감한 문제여서 그런 것 아닐까? 어른들은 그때 이야기를 꺼내는 것조차 불편해하니까."

"60년이나 지난 일인데?"

"9지구에 가 봐서 알잖아. 어떤 면에선 아직도 현재 진행형인 것 같지 않아?"

루미는 고개를 끄덕거리면서도 반대 의견을 제시했다.

"그걸 끊어 내기 위해서라도 하루빨리 공개해야 하는 거 아니야? 이렇게 계속 숨기고만 있으니까 60년이 지난 지금까지도 현재 진행형의 문제가 되고 있잖아."

루미의 질문에 다원은 지금껏 한 번도 생각해 보지 않았던 것들을 생각해 보게 되었다.

"나도 잘은 모르겠지만…… 일반인들이 이런 자료에 무방비로 노출되면 각 지구 간에 분열이 더 조장될까 봐 그러는 거 아닐까? 폭동을 겪은 사람들 일부는 지금도 살아 있잖아. 앞으로 몇십 년 더 지나서 이 사건과 관련된 사람들이 모두 사망하고 나면 일반 공개로 돌릴 계획인지도 모르지. 그때는 좀 더 객관적인 시각으로 이 기록들을 대면할 수 있을 테니까."

루미는 납득했다는 듯 고개를 끄덕거리며 폴더를 클릭했다. 곧 크기가 축소되어 있는 사진들이 화면 한 가득 떴다. 루미가 사진 한 장 한 장을 눌러 크기를 키웠다. 다원은 사진에 시선을 집중했다. 60년 전의 겨울이 파노라마처럼 지나갔다. 이 황량한 전경은 역사적 기록이면서 동시에 해리 할아버지의 기억이기도 할 것이었다. 다원은 노쇠한 노인으로만 느껴졌던 해리 할아버지가 젊어서는 얼마나 치열한 삶을 산 행동가였는지 비로소 알게 돼 존경심이 들었다.

해리 할아버지가 문화 훈장을 받을 때 감사장을 장식했던 한 문구는 '1지구인이 가진 정의로운 사명감과 헌신을 대표하는 인물'이라는 것이었다. 다원은 그때 해리 할아버지가 폭동의 조짐이 보인다는 소식을 듣고 유일하게 9지구로 달려간 사진작가였다는 이야기를 들었다. 그래서 다른 작가들은 찍지 못한 '12월의 폭동' 초창기 모습을 유일하게 역사로 남길 수 있었다고. 다원은 사진을 보며 자신의 일에 사명감을 가진 한 인간이 인류를 위해 얼마나 귀중한 유산을 남길 수 있는지를 실감했다. 역사는 해리 할아버지에게 큰 빚을 지고 있었다.

"다원, 그 후드 입은 사람들 사진이야."

루미의 말대로 제이 아저씨 앨범에서 보았던 사진들 두 장이 나타났다. 그리고 그 뒤로 본격적인 폭동 현장이 이어졌다. 불타는 건물들, 군인들과 폭도들의 격렬한 대치, 도망가는 민간인들, 길에 방치된 시신들……. 끔찍한 모습에 다원은 자기도 모르게 시선을 피하고 말았다. 사진을 보기 전에는 막연히 '분열을 막기 위해서'라고만 추정했던 생각이 당시의 실상을 담은 사진을 직접 목격하고 나자 지금의 통제를 적극적으로 지지하는 쪽으로 바뀌었다. 이런 잔인한 사진이 일반인과 어린아이들에게까지 무차별적으로 공개 된다면 세대를 이어 끝없는 증오심만 불러일으킬 것이다. 과거로 인해 현재와 미래가 상처 입는다면 사회적으로 너무나 큰 손해였다.

수복한 땅에 다시 깃발을 올리고 있는 정부군의 사진을 마지막으로 파일은 끝이 났다. 제이 아저씨 앨범에서 사라졌을 것으로 추정되는 사진은 없었다. 다윈은 허탈감과 후련함이 동시에 밀려왔다.

"지난번에 말했던 대로 역시 그 빈 자리는 그날과 상관없는 사진을 잘못 끼워서 제이 아저씨가 나중에 떼어 버린 거였나 봐."

루미는 아무 말 없이 뒤에서부터 앞으로 다시 사진을 돌렸다. 기대가 컸던 만큼 후련함보다는 허탈감을 더 크게 느끼는 모양이었다. 다윈은 어떻게 루미를 위로해 줘야 할까 생각했다.

그런데 그때 루미가 손으로 화면 한 지점을 가리키며 말했다.

"아니야, 다윈. 여길 봐. 여기 파일 일련번호 옆에 쓰여 있는 pt1~pt108은 1번부터 108번까지의 사진이 있다는 뜻이야. 그래서 사진을 보면 아래쪽에 번호가 다 매겨져 있잖아."

루미는 화면을 내리면서 계속 말했다.

"그런데, 보여? 후드를 입은 애들이 찍힌 13번 사진까지는 순서대로 있는데 갑자기 14번과 15번은 없고 다시 후디 사진인 16번으로 이어져 있어."

다원은 루미가 가리키는 지점을 확인했다. 루미의 말대로 정말 번호가 두 개 비어 있었다. 다원은 늘어졌던 자세를 바로 잡았다. 알 수 없는 긴장감이 몰려왔다.

루미가 말했다.

"후드를 입은 사람들의 사진을 같이 모아 놓은 흐름대로라면 9지구에서 그 할아버지들이 얘기했던 사진이 14번이나 15번에 있어야 해. 그런데 여기엔 그 사진마저도 없어."

"왜 없는 거지?"

루미는 잠시 입을 다물었다가 말했다.

"삭제된 거야."

"삭제?"

"그래, 다원. 누군가 고의적으로 삭제한 거야. 앨범에서 사라진 사진 한 장에, 우리가 9지구에 가져갔던 사진 세 장 중 한 장까지 더해서 두 장을. 사진은 삭제했지만 파일 번호까지는 수정하지 못했어. 그렇게까지 하는 데에는 프로그램을 다시 짜는 게 너무 복잡했거나 부주의했거나 해서."

"그런데 네 말대로라면 왜 그 사진들만 삭제한 거지? 같은 날 찍힌 다른 사진 두 장은 그대로 두고 말이야."

"모르겠어. 그 사진들에만 뭔가 다른 점이 있었는지, 아니면 그날의 사진들을 다 삭제하면 너무 눈에 띌 것 같아서 부담스러웠던지……. 그건 더 생각해 봐야 해. 그런데 다원, 나 지금 무서운 생각이 들었어."

루미답지 않게 목소리가 떨리고 있었다. 다원은 이유도 모르는 채 자기까지 초조한 기분이 들었다.

"무서운 생각이라니?"

"전에도 말했지만 이걸로 확실히 알겠어. 제이 삼촌을 죽인 범인은 절대 9지구 사람이 아니야. 1지구…… 그것도 상당히 높은 권력을 가지고 있는 사람이 분명해."

구름이 해를 가렸는지 삽시간에 창으로 그늘이 졌다. 다원은 아이디를 찾는 작업이 끝나고 나면 루미에게 당당히 '아버지가 널 싫어하는 게 아니라는 내 생각이 맞다는 게 증명됐지?'라고 말하려고 했다. 그러나 그럴 타이밍은 이미 지난 것 같았다. 아니면 처음부터 아예 있지 않았거나.

아버지와 아들의 시간

 10월의 둘째 주 일요일, 아침 운동 삼아 마을을 한 바퀴 돌던 러너는 문득 길에서 뛰고 있는 사람이 자기 한 명뿐이라는 것을 깨달았다. 지나가면서 이웃들 집을 둘러보니 얼마 전까지만 해도 훤히 열어 두고 지냈던 창문들이 어느새 모두 닫혀 있었다. 그제야 러너는 바뀐 계절을 실감했다. 확실히 며칠 사이에 아침 저녁 공기가 부쩍 차가워지긴 했다. 어제와 같은 날이려니 하고 외투 없이 산책에 나섰다간 폐로 들어차는 찬바람에 황급히 집으로 발길을 돌려야 할 판이었다. 여기서 조금 더 지나면 어디에 사는 누가 벌써 감기에 걸렸다든가 하는 얘기가 주민 센터를 오가는 노인들의 인사말이 될 테고.

 그러나 러너는 이 정도의 선선한 바람도 무서워 벌벌 떠는 약골들이 한심해 속으로 비웃어 주었다. 라디에이터를 틀기만 하면 언제든 따듯한 김이 솟아나오고 매일 뜨거운 물로 목욕할 수 있는 집에 살면서 저렇게들 몸을 사리다니. 러너는 지켜보는 사람이 없는 것을 알면서도 보란 듯이 속력을 높였다. 자신이 뛰는 발소리를 듣고 다들 정신을 차려야 했다. 고작 뒷목에 서늘한 느낌이 드는 이런 추위는 추위라고 할 수도 없었다. 진짜 추위는 칼바람에 피부가 찢어지고, 동상으로 발가락이 썩고, 덮을 것도 없이 12월의 밤을 지새워야 하는 것을 말하는 것이다.

달려가면서 보니 실버힐의 나무들도 가을 날씨에 어울리는 옷으로 바꿔 입을 준비를 하고 있었다. 찬바람이 따듯한 공기를 밀어 내는 것 따위는 조금도 아쉽지 않지만 한 가지, 여름이 끝나면서 바비큐 파티 시즌도 함께 막이 내렸다는 것은 조금 서운했다. 이번 여름에는 이런저런 이유로 다른 해보다 파티를 적게 했다. 파티를 적게 했다는 건 그만큼 이웃들에게 자랑스러운 아들과 손자를 보여 줄 기회도 적었다는 것을 의미했다. 노년의 삶에서 느낄 수 있는 가장 큰 즐거움이 사라진 것이다.

그러나 러너는 지난 일에 오래 붙들려 있지 않기로 했다. 아쉽긴 해도 이번 여름이 끝이 아니었다. 다음 해도 있고 그다음 해도 있다. 해가 갈수록 니스와 다윈은 더 훌륭해질 테니 그때는 지금보다 더 성대한 파티를 할 일이 많이 생길 것이다. 그 자리에 함께하기 위해선 무엇보다 자신이 지금만큼의 건강을 계속 유지하는 게 중요했다. 러너는 저 앞에 아들과 손자의 원대한 미래가 있는 상상을 하며 힘을 내 달려갔다. 쉬지 않고 달리다 보면 어느새 상상이 현실이 돼 있다는 게 이 두 발로 직접 체득한 삶의 교훈이었다.

정오가 되기 전 니스의 차가 집 앞에 도착했다. 러너는 미리 정원에서 기다리고 있다가 차에서 내리는 아들과 손자를 반갑게 맞이했다. 품에 안기는 다윈은 언제나처럼 사랑스러웠다. 러너는 내심 기대하고 있던 깜짝 손님이 없는 것을 보고는 조금 아쉬워서 다윈에게 말했다.

"오늘은 루미가 같이 안 왔구나. 같이 오는 줄 알았는데."

"루미가 요즘 좀 바쁜 것 같아서요."

"공부하느라?"

"아마 그렇겠죠?"

"역시 프리메라 학생답구나."

러너는 다윈과 앞서 걸으며 뒤에서 걸어오는 니스를 힐끗거렸다. 눈이 마주치자 니스는 다른 곳으로 시선을 돌렸다. 아무튼 무뚝뚝한 건 여전했다. 그러나 뜨겁게 끓어오르던 한여름의 기세가 시간에 자연히 꺾이는 것처럼, 지난여름 아들을 사로잡았던 영문을 알 수 없는 분노도 차츰 사그라드는 것 같았다. 러너는 그간 니스가 보인 과격한 언동을 자연의 일부인 인간이 계절의 흐름에 반응한 것으로 이해하기로 했다. 그렇게 생각하면 모든 게 무리 없이 받아들여졌다. 문교부 차관으로서 책임져야 할 막중한 업무와 바른

생활의 모범이 돼야 한다는 압박감이 작렬하는 태양처럼 아들을 극한의 열기로 몰고 갔고, 순진하게 부하 직원들에게 터뜨릴 성격은 못 되니 자기편이라는 절대적인 믿음이 있는 아버지에게 그 스트레스를 해소한 것이리라. 러너는 자신이 희생양이 돼서 아들이 편안한 가을을 맞이할 수만 있다면 언제든 기쁘게 그 역할을 자처하리라 생각했다.

점심 식사를 하며 러너는 니스와 다윈에게 물었다.

"오후에는 낚시를 가는 게 어떠냐? 지난번에 낚시를 가려다 못 가서. 장비들도 미리 다 손질해 두었는데."

예상대로 다윈은 단번에 "좋아요."라고 대답했다. 문제는 아들이었다. 러너는 니스의 눈치를 살피며 긴장 속에서 답을 기다렸다. 만약 니스가 자기는 그냥 집에 있을 테니 두 사람만 갔다 오라고 한다면 낚시를 가는 의미의 반은 줄어들 것이다.

"……그러죠."

오래 뜸을 들이던 니스가 고개를 끄덕였다. 러너는 아들의 동의가 간절한 기도에 대한 하느님의 응답이나 되는 것처럼 기뻤다. 물론 실제로도 하느님보다 아들이 훨씬 소중하고 대단한 존재였다.

실버힐에서 차로 40분쯤 걸리는 낚시터는 낚시터 본연의 목적보다도 인근 주민들을 위한 명상 센터 역할을 하는 곳이었다. 애써서 물고기를 낚으려는 사람은 없었다. 다들

고요한 수면과 기약 없이 기다리는 행위, 정적을 일시에 깨뜨리는 움직임에서 물고기 한 마리보다 더 큰 무언가를 얻어 갔다. 낚싯대를 물속에 던져 두긴 했지만 러너 역시 큰 욕심은 부리지 않았다. 삼대가 이렇게 나란히 앉아 시간과 생각을 공유하고, 먼 훗날 이 오후를 각자의 기억 속에서 추억이라는 이름으로 더듬게 된다면 더 바랄 것이 없었다. 물론 운 좋게 월척까지 낚는다면 그 추억이 한층 더 빛을 발하겠지만.

"좋네요. 나오길 잘했어요."

호수를 바라보던 니스가 말했다. 아들은 별 의미 없이 흘린 말이겠지만, 러너는 그 한마디에 뿌듯함을 넘어 감격스러운 기분까지 들었다. 아들에게서 이런 공감을 얻은 지가 언제인지 기억도 나지 않았다. 명상적 인간인 아들이 낚시를 좋아하리란 것은 충분히 짐작 가능한 일이었다. 이렇게 편안해하는 니스의 얼굴을 보고 있으니 아들이 어렸을 때 이런 시간을 많이 갖지 못한 것이 다시 후회됐다. 젊었을 땐 사업가로 바깥에서 바쁘게 보낸 시간들이 러너 영이라는 인간을 쌓아 올리는 것이라 자신했는데, 지금 와서 보니 그 자신만만했던 시간의 이면에서 아들과 쌓았어야 할 유대감에 금이 가고 아버지라는 기반이 흔들리면서 결국엔 인간 러너 영마저 허물어지고 있었다. 아들이 아이에서 소년으로 성장할 때 곁에 있어 주면서 무엇을 좋아하고, 무슨 생각을 하고, 어디에 가고 싶은지 들었으면 좋았을 것을…….

러너는 쓸쓸한 기분이 드는 것을 굳이 숨기지 않고 대답했다.

"그래, 정말 좋구나. 시간만 좀 더 예전으로 돌아가면 바랄 게 없을 텐데."

"……돌아가고 싶은 때가 있으세요?"

다른 때 같으면 별 대꾸가 없었을 아들이 웬일인지 순순히 대화를 이어 나가는 것에 러너는 더 감상적이 되었다.

"네가 다윈 나이였을 때로 돌아갔으면 좋겠구나."

니스는 다시 평소대로 말이 없어졌다. 러너는 그럼 그렇지 싶어 이어 말했다.

"그때로 돌아간다면 너에게 더 좋은 아버지가 될 수 있을 것 같은데 말이야. 한 번 시행착오를 겪었으니까. 니스 네가 열여섯이었을 때라니……. 생각만 해도 좋구나."

니스가 호수에 시선을 둔 채 말했다.

"전 싫어요. 지금이 좋아요."

"부럽구나. 그만큼 넌 지금껏 다윈에게 좋은 아버지였다는 뜻이니까."

"좋은 아버지는 무슨. 그냥 지나간 시간을 돌아보면서 후회하는 일에 현재의 시간을 쓰고 싶지 않다는 뜻이에요. 시간을 되돌리고 싶다는 건…… 아무리 바라 봤자 결국엔 불가능한 일이니까."

"아니, 넌 얼마든지 자신감을 가져도 돼. 누가 봐도 니스 너는 훌륭한 아버지니까. 다윈, 어떠니? 할아비 말이 맞지?"

러너는 다윈의 동의를 구할 겸 고개를 돌렸다. 그런데 다윈은 호수에 시선을 고정한 채 아무 반응도 없었다. 무슨 생각을 그리 골똘히 하는지 아예 자기에게 말을 걸고 있다는 것조차 모르는 것 같았다. 그러고 보니 호수에 낚싯대를 걸쳐 놓고 앉은 뒤로는 다윈의 목소리를 한 번도 듣지 못했다.

러너는 "다윈." 하고 조금 큰 목소리로 불렀다. 그제야 다윈이 고개를 돌렸다.

"무슨 일 있니? 아무 말이 없으니까 다윈 너답지가 않은 게 걱정이 드는구나."

다윈이 당황한 얼굴로 입을 열었다.

"아, 죄송해요. 호수를 보고 있으니까 그냥 잠깐 딴생각이 들어서⋯⋯. 그런데 제가 평소에 엄청난 수다쟁이인가 봐요. 이 정도로 할아버지가 걱정하시는 걸 보면."

"수다쟁이는 쓸데없는 말까지 떠드는 사람을 말하는 거고, 우리 다윈은 시인이지. 언어로 우리 인생을 풍부하게 해 주니까."

"오늘 루미가 같이 안 와서 다행이에요. 할아버지가 하시는 말을 루미가 들었으면 정말 창피했을 거예요."

"이 정도로? 시인은 아무것도 아니지. 판단을 할 땐 법률가이고, 노래를 부를 땐 가수가 부럽지 않은데."

"할아버지, 전 노래에 전혀 소질이 없는걸요."

"그럴 리가. 다윈 넌 니스의 좋은 목소리를 그대로 이어

받았는데. 아버지가 기자회견을 할 때의 목소리는 참 훌륭하지 않던? 어렸을 땐 가수가 되고 싶다고 성화였단다. 그러고 보니 누구더라, 무슨 헐크인가 그랬는데, 특히나 그 가수를 좋아했지. 성이 하도 특이해서 아직도 기억나는구나."

"정말요? 가수인 아버지라니 상상이 안 가요."

다윈의 호기심 어린 반응에 니스가 난감한 표정으로 말했다.

"성화는 무슨. 그만한 나이 때 가수 꿈 한번 안 꿔 본 애들이 있어요? 다윈, 오해하지 마렴. 너보다 더 어렸을 때 잠깐 스쳐 갔던, 그야말로 하룻밤 꿈이니까."

다윈이 물었다.

"그럼 진짜로 진지하게 생각하신 꿈은 뭐였는데요? 지금 꿈을 이루신 거예요?"

러너는 다윈이 참 좋은 질문을 던졌다고 생각하며 아들이 어떤 대답을 할지, 질문을 한 다윈보다도 더 기대에 차서 두 귀를 바짝 기울였다. 니스는 제 소년 시절을 떠올리는지 아득한 눈길로 호수를 바라보다가 한참 만에야 입을 열었다.

"다윈 네 나이 땐 아카이브 관장이 되어야겠다고 생각했지. 대학교에 들어가선 문교부의 직원이 되어야겠다고 생각했고, 문교부 직원이 되고 나니까 더 높은 직급에 올라가야겠다 싶더구나. 지금 그렇게 살고는 있지만 글쎄, 꿈을 이루었는지는 잘 모르겠다."

러너는 "아카이브요?"라고 묻는 다윈을 얼른 앞질러 끼어들었다.

"그건 문교부 차관이 네 최종 목적지가 아니어서 그런 거다."

아들이 또 스스로를 괴롭히는 유약한 생각에 빠지기 전에 아버지인 자신이 강인하게 이끌어 주어야 했다.

"왜 여기서 멈출 거로만 생각하냐? 넌 아직 한창 나이인데다 지금보다 더 높은 자리에 앉을 능력도 충분한데. 그뿐이냐? 대중 인지도도 올라가고 있고 정가에서 호감도도 높지. 이게 다 뭘 뜻하는 것이겠냐? 문교부 차관이 끝이 아니라 장관에 오른 다음 대통령이 되는 게 네 목적지라는 거야. 그 자리에 오르고 나면 비로소 꿈을 이루었다는 느낌이 들 거다."

러너는 아들에게 늘 해 주고 싶었던 이야기를 좋은 분위기에서 자연스럽게 꺼낼 수 있게 된 것에 흡족했다. 아들도 하루빨리 자기 운명을 깨닫고 그 꿈을 이루기 위해 차근차근 길을 닦아 나가야 했다. 그런데 니스는 농담이라도 들은 양 피식하고 비웃는 소리를 냈다.

"무슨 말씀을 하시는 거예요, 대통령이라니. 그런 생각은 한 번도 해 본 적 없어요."

"넌 없더라도 네가 차관이 된 순간부터 다른 사람들은 다 하고 있는 생각이란다. 아직 시간이 있으니 너도 지금부터 생각하면 되지."

"저 같은 사람이 대통령이 된다면 그건 이 나라 사람들에게 불행한 일이에요."

이제는 웬만한 일에선 아들의 말에 반박하지 않고 좋게 좋게 기분을 맞춰 줄 생각이었지만, 아들의 장래 문제에 있어서만큼은 절대 물러설 수가 없었다.

"대중 앞에서 스스로 대통령이 될 만한 자격이 있다고 떠드는 사람만큼 뒤가 지저분한 인간도 없지. 원래 가장 정직하고 양심적인 사람이 죄책감도 가장 많이 느끼는 법이란다. 그런 면에서 니스 넌 공직에 최적이지. 네가 내 아들이 아니더라도 네가 대통령 선거에 나온다면, 나는 너를 뽑을 거다. 내 친구들도 늘 그렇게 말하고."

니스가 뒷머리에 손깍지를 끼더니 먼 곳으로 시선을 돌렸다.

"됐어요. 이제 그런 얘기는 그만해요. 오늘은 가족끼리 보내는 시간이잖아요. 대통령이 되는 게 뭐가 중요해요."

러너는 흥분한 자신과 달리 한 점 흐트러짐 없는 목소리로 그렇게 말하는 아들의 초연함에 약간 부끄러웠다. 역시 훌륭한 아들이었다. 대통령이 될 자격을 충분히 갖춘.

호숫가에 노을이 내리는 풍광이 꼭 하늘에서 붉은 와인을 흘려 보내는 것 같았다. 물기를 머금은 바람이 제법 차가웠지만 러너는 전혀 추운 줄 몰랐다. 아들과 손자가 양옆에 앉아 있으니 바람 한 점 침입할 수 없는 성벽에 둘러싸인

72

것보다 더 든든했다. 물론 약골처럼 아들과 손자에게 보호만 받고 있을 생각은 없었다. 자신 역시 두 사람이 언제나 편히 쉴 수 있는 듬직한 성벽이 되어 모든 어려움을 막아 줄 것이다. 물고기를 넣어 갈 통은 텅 비었지만, 살진 물고기들이 그 안에서 떼 지어 헤엄치고 다니는 듯한 충만감이 들었다.

풍경이 점차 어둠에 묻혔다. 이제 그만 낚싯대를 걷을 시간이었다. 밤낚시를 즐기는 몇몇 사람들만 빼고는 다들 짐을 챙겨 집으로 돌아갈 채비를 했다.

러녀는 차 뒷좌석에 올라타 등받이에 편안히 몸을 기댔다. 좋은 시간을 보낸 만족감이 따뜻한 이불이 되어 온몸을 덮어 주었다. 그 아늑한 기분 때문인지 출발하고 얼마 안 돼 바로 졸음이 쏟아지기 시작했다. 이 행복한 시간을 잠 따위로 허비하고 싶지 않아 정신을 차리려 애썼지만, 늙고 무거워진 눈꺼풀은 계속 밑으로 처지기만 했다. 앞에서 니스와 다윈은 무슨 이야기인가를 나누고 있었다. 둘의 다정한 목소리가 꿈과 현실 사이를 왔다 갔다 하며 어렴풋이 들려왔다.

"실버힐에 들렀다 가면 열 시나 돼서 집에 도착하겠구나. 내일 학교로 돌아가려면 일찍 일어나야 하는데 피곤해서 어쩌지?"

"피곤하긴요, 오랜만에 야외에 나오니까 기분 전환도 되고 좋은걸요."

"그래, 좋긴 하더구나. 겨울엔 힘들겠지만 봄이 되면 더 자주 나오자꾸나."

"아버지…… 그런데 아까 아카이브 관장이 되는 게 어렸을 때 꿈이었다고 하셨죠?"

"꿈이라기보단 그냥 그래야 한다고 생각했다는 거지."

"왜 아카이브 관장이 돼야 한다고 생각하셨는데요?"

"글쎄다, 왜였는지는 잊어버렸구나……. 아마 어린 마음에 오래된 역사 기록물들을 지키는 일이 멋있어 보여서였겠지."

"그래요? 그럼 뭐 하나만 여쭤 봐도 돼요?"

"물론이지."

"아카이브에 저장된 자료를 삭제하는 게 쉬운 일인가요?"

"……무슨 말이니?"

"개인이 국가 기록물을 임의로 지우는 것 말이에요. 그게 쉬운 일인가요?"

"왜 갑자기 그런 게 궁금해졌는지 모르겠구나."

"아, 그게…… 요즘 학교에서 배우는 내용이라서요."

"그런 걸 다 배우다니 꽤 실무적인 수업인가 보구나. 쉬운 일이고 어려운 일이고를 따지기 전에 중한 범죄지."

"가능은 하고요?"

"가능은 하겠지."

"실제로 하는 사람도 있고요?"

"글쎄다……. 살인이 중한 범죄라고 법률서에 쓰여 있어도 살인을 저지르는 사람은 있으니, 그런 일을 하는 사람도 있을 수는 있겠지."

"그렇지만 아무래도 일반인들에겐 어려운 일이겠죠? 보통 사람은 그런 것에 접근할 권한이 없으니까요. 공무원 중에서도 고위직 공무원에게나 가능한 일인 거 맞죠?"

"무슨 과목에서 그런 걸 배우는 거니? 법률? 사회? 아무래도 수업의 목적이 뭔지 학교에 한번 문의를 해 봐야 할 것 같구나."

"그게, 사실은요…… 루미가 개인적으로 궁금해해서요."

"루미가? 그 애가 그걸 왜?"

"사실 루미는 제이 아저씨의 죽음에 의문을 품고 있거든요."

"……의문이라니?"

"아직 확실히 말할 수 있는 단계는 아니에요. 나중에 뭔가 알아내면 말씀드릴게요. 루미에게도 비밀을 지키겠다고 했거든요. 조이 아저씨는 루미가 제이 아저씨의 죽음에 관해 얘기하는 것을 싫어하시는 모양이에요. 혹시라도 아저씨께 제가 이런 말 했다고 알려 주시면 안 돼요. 아무튼 아카이브 자료를 삭제하는 건 고위 공직자나 할 수 있는 일인 게 맞는 거죠?"

러너는 귓가에 희미하게 들리는 '제이의 죽음'이라는 소리를 듣고 얼른 눈을 떠 이야기에 끼어들고 싶었지만, 끝이 보이지 않는 바닥에 닻을 내린 졸음이 말이 나오지 않는 깊은 곳으로 의식을 끌어내렸다.

얼마나 지났을까. "할아버지, 다 왔어요."라는 다원의 목소리를 듣고 러너는 잠이 깼다. 그런데 눈을 뜬 순간 호수에 낚시를 갔던 일도, 거기서 행복한 대화를 나누었던 일도, 아들의 장래를 떠올리며 가슴 설렜던 일도 모두 잠깐 꾸고 만 꿈처럼 느껴졌다. 몽롱한 정신보다도 니스의 얼굴이 그런 혼란을 더 부추겼다. 호수를 떠날 때만 해도 분명 평온기에 접어들었다고 생각했던 아들의 눈빛이 다시 예민한 원래 모습으로 돌아가 있었다.

나침반이 가리키는 곳

정부 종합 청사 단지에 있는 행정부 건물로 들어온 루미는 정보 공개 청구 자료 발급을 담당하는 부서를 찾아갔다. 조금이라도 불안해하는 모습을 보였다가는 의심을 살지도 모르니 최대한 당당하게 행동해야 했다. 물론 프리메라 여학교 교복을 입고서는 당당하지 않게 행동하는 게 더 어려울 테지만.

루미는 발급 업무를 보는 데스크로 가 신분증을 내밀었다. 본인 것이 아닌 조이 헌터, 아빠의 신분증이었다.

"아빠가 정보 공개 청구를 신청한 게 있는데 오늘 나온다고 해서요. 아빠가 출장 때문에 시간이 안 나서 저보고 대신 찾아 달라고 하셔서 왔어요."

루미는 담당자를 유심히 살폈다. 수수한 넥타이를 매고

있는, 30대 초반으로 보이는 남자였다. 말단 민원 업무를 맡고 있는 것으로 추정컨대 1지구 출신이 아닐 확률이 높았다. 루미는 남자의 호감을 사기 위해 의식적으로 미소를 지어 보였다. 제이 삼촌을 위해서라면 무엇이든 할 각오가 되어 있지만, 잘못된 법 때문에 자신이 범법자가 되고 이런 시시한 남자의 환심까지 얻어야 한다는 게 너무나 부당하게 느껴졌다.

제이 삼촌을 살해한 사람이 1지구에 사는 3급 이상의 고위직 공무원이라는 확신이 든 순간, 루미는 오랫동안 소득 없이 어둠만 휘젓던 손이 드디어 무언가를 움켜쥐는 기분이었다. 잡은 것을 놓치지 않기 위해선 신중히 계획을 세워야 했다. 가장 먼저 해야 할 일은 3급 이상 고위직 공무원들에 대한 신상 정보를 확보하는 것이었다. 분명히 그들 중에서 제이 삼촌과 접점이 있는 사람이 있을 테니. 루미는 아카이브를 다녀온 다음 날 바로 행정부를 찾았다. 그러나 손에 쥔 것의 실체를 확인해 보려는 순간, 아카이브의 불합리한 시스템이 그랬듯이 이번에도 부당한 법이 앞을 가로막았다.

꼼꼼해 보이는 인상의 담당자가 말했다.

"어떤 형태의 정보든 행정부를 통한 정보 공개 청구는 스무 살 이상의 성인에게만 자격이 있는 거예요."

루미는 아카이브에서 했던 것처럼 그 법의 부당함에 항

의할 논리적 근거를 충분히 갖추고 있었다. 극비 정보도 아 닌, 국민을 위해 일하는 공무원의 인사 정보를 국민인 자신 이 보지 못하는 것은 알 권리에 대한 침해이며, 죽을 때까지 정보 공개 청구를 한 번도 시도해 보지 않은 사람이 태반인 현실에서 정보 공개 청구에 관심을 가질 만큼 사회적으로 성숙한 시민에게는 나이에 상관없이 성인과 동등한 자격을 주는 것이 진정한 민주주의라고. 그러나 루미는 목까지 치 민 그 뜨거운 목소리를 애써 다시 삼켰다. 아무리 합리적인 항의라 해도 법적인 근거가 없는 한 결국엔 큰 목소리로 떠 드는 불평에 불과하다는 것을 지난번 경험을 통해 배웠다. 재량권이 없는 말단 공무원과 대립하는 것 역시 아무 소득 없이 적대감만 자처하는 일이었다. "용건이 남았나요?"라 고 묻는 직원에게 루미는 "충분해요."라며 일단 물러섰다.

어둠 속에서 무언가를 움켜쥐었던 손이 불합리한 힘에 의해 강제로 펼쳐지면서 다시 빈손이 돼 있었다. 마치 모든 법들이 의도적이고 악의적으로 삼촌의 죽음을 밝힐 길을 가로막고 있는 것 같았다. 청사 공원에 앉은 루미는 사방이 막힌 곳에 둘러싸여 있는 답답함에 공원 풍경으로 눈길을 돌렸다. 공무원들의 휴식처답게 나무 한 그루 한 그루가 규 칙적으로 정렬되어 있었다. 잎 색깔이 변하기 시작한 나무 들에서 시간의 흐름이 느껴졌다. 시간의 흐름……. 루미는 지난 석 달간의 시간을 천천히 되돌아보았다. 다른 세상이 나 다름없던 9지구를 지나 불가능해 보였던 아카이브의 벽을 뚫고 드디어 범인의 그림자가 비쳐 보이는 문 앞까지 도달한 지금까지의 과정이 역사 지도에 남은 정복자의 행군 경로처럼 머릿속에 한 줄로 그려졌다. 그러자 이 위대한 전진이 시시하고 불합리한 법 조항 하나에 막혀 좌절되는 것을 순순히 받아들일 수는 없다는 생각이 들었다. 바로 눈앞에 보이는 땅의 정복을 스무 살이 될 때까지 미루는 한심한 짓은 더욱더.

법을 숭상하는 1지구인으로서 수치스러운 일이긴 하지만, 루미는 이 세계의 법이 완벽하지 않다는 사실을 인정하기로 했다. 그리고 나니 이후의 명제들은 자연적으로 형성되었다. 완벽하지 않은 것은 잘못된 것이다. 잘못된 것은 보완되어야 한다. 다행히도 잘못되고 완벽하지 않은 법을 보완하는 방법은 이미 존재하고 있었다. '편법'이라는 다소 명예롭지 못한 이름으로.

루미는 아빠가 샤워하는 틈을 타 아빠 지갑에서 몰래 신분증을 꺼냈다. 하루 정도 신분증이 없어져도 아빠는 전혀 눈치채지 못할 것이다. 아침과 저녁만으로 모자라 점심까지 집에서 싼 도시락으로 해결하는 지루한 일상에 신분증을 꺼내 보일 만한 사건이 생길 리 없으니. 루미는 다시 행정부를 방문해 조이 헌터의 이름으로 3급 이상 공무원들의 신상 정보를 요청하는 신청서를 작성했다. 그리고는 지난번 봤던 꼼꼼한 인상의 직원을 피해 다소 졸린 듯한 얼굴을 한 직원에게 신청서를 내밀었다. 직원은 "본인이 직접 접수하셔야 해요."라며 서류를 돌려주려 했다. 루미는 방금 전까지 아빠와 같이 있었는데 아빠가 주차 문제로 자기에게 맡기고 급히 자리를 비웠다고 둘러댔다. 그러자 직원은 더 이상의 추궁 없이 신청서를 접수해 주었다. 학생이 이런 정보 공개 청구를 할 이유가 없다고 생각하는 것에 프리메라 교복의 신뢰가 더해진 결과였을 것이다. 청구 자료를 받기까지는 열흘이 걸린다고 했다. 루미는 저녁에 아빠가 씻는 틈을 타 신분증을 제자리에 돌려놓았다. 아무 말이 없는 걸 보면 아빠는 역시 신분증이 없어진 것을 전혀 눈치채지 못하고 있었다.

드디어 청구한 정보를 수령하는 날이었다. 신청은 비교적 수월하게 해냈지만 수령 시에는 본인이 직접 정보 공개 청구 수취실에 와서 신분증을 제시하고 서명한 뒤 받아 가야 한다고 했다. 루미는 다시 한 번 아빠 지갑에서 몰래 신분증을 꺼냈다. 이것만으로 충분할지는 모르지만 일단은 부딪쳐 보는 수밖에 없었다.

시선이 부딪치자 루미는 남자의 눈길을 피하지 않고 계속 응시했다. 만약 '청구 자료는 반드시 본인이 와서 수령해야 합니다.'라고 단호하게 나오거나 아빠의 직장 전화번호를 물어 출장 사실 관계를 확인한다면, 아빠 신분증 도용을 책임져야 할 뿐 아니라 손만 뻗으면 닿을 거리에 있는 이 자료를 눈앞에서 잃게 될 것이다. 그렇게 되면 몇 년 치 신문을 뒤져 공무원들의 인사 현황 공고를 일일이 수집하는 방법밖에는 없었다. 물론 절대적으로 불가능한 일은 아니었다. 그러나 신문에는 이름과 나이, 최종 학력, 현재 거주지 외에는 출신 지역이나 학교가 상세하게 소개되지 않는다. 정보 공개 청구로 쉽게 알아낼 수 있는 신상 정보를 개인적으로 수집하려 했다가는 얼마 남지 않은 공소시효가 허무하게 끝나 버릴 것이다.

남자가 지나치게 오래 신분증을 확인하는 것 같았다. 루미는 남자의 관심을 돌리기 위해 얼른 프리메라 학생증을 꺼냈다. 그럴 리는 없겠지만 남자는 1지구 출신이 아니어서 어쩌면 프리메라 여학교 교복을 못 알아보는 것인지도 몰랐다.

루미는 데스크 위로 학생증을 내밀며 말했다.

"필요하시면 아빠 직장에 전화해 보세요. 전 루미 헌터고요, 프리메라 학생이에요."

모험을 감수하고 한 말인데 그 순간 남자의 얼굴에 이전까지와는 다른 기색이 감돌았다. 다른 사람들에게서 늘 받아 온, 인정과 호의의 감정이었다. 남자는 정말로 프리메라 교복을 못 알아본 모양이었다.

남자가 웃으며 말했다.

"부모님이 자랑스러워하는 딸이겠네요. 이렇게 심부름도 하고."

남자는 지체 없이 서류를 넘겨 주며 서명을 요청했다. 루미는 '헌터'라고만 적었다. 가족을 대표해 옳은 일을 하고 있는 것이기에 죄책감은 들지 않았다.

뛰다시피 해 공원으로 온 루미는 인적이 드문 벤치를 골라 앉은 뒤, 숨을 고르며 품에 안고 온 서류를 천천히 넘겼다. 열 명씩 한 장에 추려 백 장 가깝게 정리된 서류에는 이름과 나이, 직급, 학력, 경력, 출신 지구 등이 상세히 기재돼 있어 한 장을 살펴보는 데만도 꽤 오랜 시간이 걸렸다. 중간 정도에서 니스 아저씨 이름을 발견하고는 잠시 반가운 기분이 들었지만, 다른 사람의 이력을 살펴보는 시간의 반도 쓰지 않고 바로 다음 사람으로 관심을 옮겼다. 삼촌을 죽인 범인을 찾는 일에서만큼은 가장 의미 없는 이름이었다.

바람이 쌀쌀하게 느껴지기 시작할 즈음, 루미는 한 시간에 걸친 명단 조사를 끝내고 서류의 마지막 장을 덮었다. 눈에 피로감이 들었다. 루미는 지난번처럼 공원의 풍경으로 시선을 돌렸다. 일렬로 늘어선 나무들이 서류 속 이름들을 연상시켰다. 이제는 앨범 속에서 사라진 사진과 아카이브에서 삭제된 사진들과의 관계를 논리적으로 유추해야 할 때였다. 잘 다듬어진 나무들이 생각을 정리하는 데 도움을 주는 것 같았다. 루미는 나뭇가지의 형상처럼 생각의 연결 고리를 이어 나갔다.

지금까지 해 온 모든 조사의 기본 전제는 범인이 삼촌을 죽이고 사진을 가져갔다는 것이었다. 그 전제를 지키기 위해선 사진이 사라진 날을 삼촌이 살해당한 날로 고정하고,

그 전후로 사진이 사라졌을 가능성은 완전히 배제해야 한다. 다른 가능성을 조금이라도 허용하는 순간 사라진 사진과 삼촌의 피살은 완전히 별개의 사건이 돼 버리기 때문이다.

범인은 그 밤에 삼촌을 죽이고 사진을 훔쳐 갔다. 그러면 앨범에서 사진이 사라진 시기는 30년 전으로 고정되고, 아카이브에서 사진이 삭제된 시기는 디지털 작업이 시행된 이후이니 최대한 5년 전이다. 그것이 의미하는 게 뭘까? ……범인은 삼촌을 죽인 당시뿐만 아니라 25년이 넘어서까지 그 사진에 집착했다는 뜻이다. 그렇게 긴 시간 동안 사진에 집착할 만한 동기를 가진 사람이 누굴까? 아니, 그 전에 먼저 다른 질문을 해야 한다. 누가 애초에 삼촌이 그 사진을 가지고 있다는 사실을 알았을까? 이 질문은 삼촌과 범인을 서로 아는 사이로 추정한 것과 연결되기도 한다.

범인은 30년 전 삼촌이 그 사진을 가지고 있었다는 것을 알았던 사람이자 한밤중에 삼촌 방에 들어가고도 별 문제 없이 삼촌과 대화할 수 있을 만한 사람이면서, 아카이브에서 사진을 삭제할 당시 고위 공무원이었던 사람이다.

이 파일에 포함돼 있지 않은, 예전엔 고위 공무원이었지만 지금은 은퇴한 사람이 범인일 가능성도 있을까? ……그러면 65세가 정년인 공무원 퇴직 시기를 고려했을 때 범인의 나이를 현재 66세에서 70세, 삼촌을 살해할 당시에는 36세에서 40세로 추정하게 되는데, 가능성이 전혀 없는 건 아니지만 지극히 낮았다. 삼촌 집 근처에 살던 할아버지는 그날 밤 후디가 골목을 뛰어가는 것을 봤다고 했다. 경찰은 그 증언을 범인이 9지구 사람이라고 특정하는 근거로 삼았지만 1지구 고위 공무원으로 범인을 지목한 지금의 성과를 적용하기 위해선 범인의 출신지보다는 범인의 나이를 '후드를 입어서 신분을 위장할 수 있을 만한 연령'으로 제한하는 데 활용해야 한다. 일반적 시각에 따르면 그 연령은 10대에서 20대로 한정될 테고, 그렇게 되면 범인이 이 명단에 없는 은퇴한 공무원일 수도 있다는 추측은 힘을 잃게 된다.

범인은 어떻게든 삼촌의 16년간의 삶과, 그것도 삼촌이 할아버지로부터 사진을 선물받은 열여섯 살 생일 이후의 짧은 삶과 집중적으로 맞물린 적이 있는 사람일 것이다. 1지구 출신 중에서 제이 삼촌과 가까운 지역에 살았거나 같은 학교 출신인 사람, 그리고 그 당시 삼촌을 제압해 목 졸라 살해할 만한 힘이 있었을 것으로 보면 최소한 삼촌보다 크게 어리지는 않았을 테니 현재 나이는 40대 중반에서 50대 후반.

루미는 다시 서류를 펼치고 그 조건에 해당하는 사람들을 표시해 나갔다. 천 명이라는 막대한 숫자를 떠받치고 있던 기둥이 세찬 바람에 잎을 떨구는 나무처럼 금세 앙상해졌다. 최종적으로 남은 사람은 단 여섯 명이었다. 물론 거기서 니스 아저씨는 제외해야 하니 결국엔 다섯 명뿐이었다. 루미는 그 다섯 용의자들 중에서 특히 리암 로이드라는 검사에 주목했다. 삼촌과 나이도 같고 같은 중학교 출신이었다. 루미는 파일을 품에 안고 자리에서 일어났다. 오랜 시간 멈춰 있던 나침반이 드디어 움직이며 제대로 된 방향을 가리키고 있었다.

해소

10월 하순 무렵이면 프라임스쿨 교복은 흰 와이셔츠 위에 네이비블루 색 조끼와 재킷을 덧입는 춘추복으로 바뀌었다. 각각의 상의 가슴께에는 프라임스쿨을 상징하는 P 자가 가는 금실로 새겨져 있어 세 벌을 모두 갖춰 입고 나면 심장 부근에서 같은 글자가 세 번 겹치게 되었다.

푸르렀던 나무의 색이 바랠 즈음해 일어나는 변화여서인지 새 옷으로 갈아입은 학생들 얼굴에는 푸른 활력 대신 무채색의 우울 같은 것이 아른거렸다. 그러한 정서는 실제 생활로까지 이어져 학교 풍경에 활기를 줄 만한 야외 활동이 찾아볼 수 없게 줄어들었다. 눈에 띄는 신체 활동만 그런 게 아니었다. 식당이나 휴게실에서 주고받는 대화도 짧아지고 점점 드물어지더니, 결국엔 침묵 상태가 되었다. 대화가 사라진 대기는 무거운 숨소리로, 활력 넘치는 다리들의 경쟁이 사라진 운동장은 가끔가다 쓰러질 것처럼 무릎을 휘청대는 실수로 채워졌다. 한데 모아 저울 위에 올려놓아 봤자 눈금 '0'도 넘기지 못할 금실의 중량이 프라임 보이 한 명한 명의 가슴을 쇳덩어리처럼 짓누르고 있는 것 같았다.

겉으로는 계절병에 시달리는 것으로 여겨질 만한 모습이었다. 집에서 멀리 떨어져 있다 보면 쉽게 흐려지는 하늘이나 짧아진 낮 시간, 잎을 떨어뜨릴 준비를 하는 나무가 더 쓸쓸해 보이기 마련이었다. 그러나 유심히 살펴보면 프라임 보이 중 누구도 자연에 눈 돌리고 있지 않다는 사실을 알게 될 것이다. 오히려 자연은 완전히 배제돼 있는 것이나 마찬가지였다. 1년 중 가장 다양한 감상을 일으키는 계절이 눈앞에 다가왔지만 떨어지는 잎에 특별한 관심을 주거나 바람의 방향이 바뀐 것을 실감하는 프라임 보이는 한 명도 없었다. 그러한 외면은 물론 개인적 선택에 따른 것이었지만 얼마간은 특별한 공동체의 일원으로서 보여야 하는 의무적인 일이기도 했다. 이맘때 프라임스쿨에서 계절의 변화를 즐기고 있는 한가한 모습은 자신의 지적 능력과 시간 활용 능력에 대한 엄청난 과신으로 여겨질 것이기 때문이었다. 불필요한 질투와 비웃음을 살 일은 피하는 게 현명했다. 그에 더해 일반적인 수준보다 조금 더 현명한 아이들은 자기 과신이 운명적으로 실패와 짝지어져 있음을 간파하고 있었다. 실패. 프라임 보이들의 얼굴을 그늘지게 만드는 것은 일찍 내려오는 땅거미가 아닌, 바로 그 실패에 대한 두려움이었다.

11월 중순에 시작돼 15일간 토요일, 일요일도 없이 이어지는 프라임스쿨 학년말 고사는 매년 입학시험을 새로 치른다는 말이 있을 만큼 혹독하기로 악명이 높았다. 시험 기간 동안 프라임 보이들이 느끼는 중압감은 종종 그들의 선배 격인 수도사들이 치렀던 고행에 비견되기도 했다. 물리적인 과제를 수행하는 것을 넘어서 정신까지 단련하도록 요구하는 시험의 속성이 그 옛날의 수련과 비슷한 데가 있었기 때문이다.

주위엔 온통 선택받은 수재들뿐이었고, 어떤 해에는 고학년보다 훨씬 뛰어난 신입생이 들어오기도 했다. 그런 아이를 보다 보면 아무리 노력해도 태생적으로 특별한 빛을 가지고 태어난 존재는 따라잡을 수 없다는 두려움에 사로잡히게 되었다. 중압감이 너무나 큰 나머지 자신 또한 그 특별한 빛을 부여받은 행운아 중 한 명이라는 사실을 잊어버리는 것이었다. 아무 죄 없는 훌륭한 동료를 미워하지 않기 위해선 자신에 대한 믿음을 더 갈고닦는 수밖에 없었다. 오래전 이곳의 선배들이 그랬던 것처럼.

프라임 보이들은 실패에 대한 두려움을 이겨 내기 위해 매일 밤 창가 빛을 밝혔지만 사실 프라임스쿨에서도 실패는 허용되었다. 점수가 기준에 도달하지 못한 경우 다음 해

에 같은 수업을 다시 한 번 들을 기회를 주는 재수강 신청이
그랬다. 그러나 학생들 중 그것을 진짜 기회로 받아들이는
사람은 아무도 없었다. 똑같이 주어진 조건에서 혼자만 도
태돼 그 부진을 공개적으로 만회해야 한다는 것은 기회가
아니라 오히려 벌의 속성을 띠었다. 재수강은 개인의 자존
심뿐만 아니라 집안의 명예까지 떨어뜨리는 일이었다. 당
사자 못지않게 프라임스쿨의 일원이 되었다는 우월감에
취해 있는 가족들에게 겨울방학을 앞두고 학교에서 보내
온 재수강 통지서는 법원에서 보낸 압류 통지서만큼이나
수치스러운 것이었다. 그래서 밤늦게까지 꺼질 줄 모르는
프라임스쿨의 불빛은 단순히 책을 비추는 도구를 넘어서
자신과 집안의 명예를 지키고자 하는 아이들의 무기이기
도 했다.

다원은 인적이 드문 전화실에 앉아 수화기 너머로 들려
오는 루미의 이야기에 귀를 기울였다. 조이 아저씨에게 들
키지 않으려고 루미가 속삭이다시피 목소리를 낮춰 이야기
하는 탓에 온 신경을 작은 수화기 구멍에 집중해야 했다.

"그래서 로이드 검사에 대해 조사를 좀 해 봤는데, 제이
삼촌과 같은 중학교 출신이기만 한 게 아니라 3학년 때 삼
촌과 같은 반이었던 거 있지?"

"정말?"

"그래. 우연치고는 너무 공교롭지 않아? 3급 이상의 고

위직 공무원 중에서 범인이 될 만한 인물을 찾고 있었는데, 삼촌이 죽은 해에 같은 반이었던 사람을 발견하다니 말이야. 이 사람이라면 충분히 삼촌 앨범에 그 사진이 있었다는 걸 알았을 가능성도 있고, 아카이브에 있는 사진들을 삭제할 능력도 되잖아. 또 살해된 그날 새벽, 삼촌이 자기 방에 들어온 침입자를 보고도 소리 지르지 않고 이야기를 나누었던 것까지 다 설명이 돼. 다른 용의자가 몇 명 더 있긴 한데, 그 사람들은 조사할 필요가 없을 것 같아. 로이드 검사보다 범인일 가능성이 더 높은 사람은 한 명도 없거든. 다원, 분명해. 이 사람이야."

"그럼 이제부터는 어떻게 하려고?"

"당연히 직접 만나 봐야지. 벌써 면담을 요청해 놨어. 프리메라에서 진로 탐색을 위해 인터뷰를 하고 싶다니까 다음 주 금요일에 잠깐 시간을 내주겠대. 자기가 죽인 친구의 조카가 올 줄은 상상도 못 하고 있다가 내가 갑자기 삼촌 얘기를 꺼내면 분명 당황해서 뭔가 실마리가 될 만한 실수를……. 아, 다원, 아빠가 와. 그럼 휴가 때 만나. 그만 끊을게."

급하게 끊긴 전화에 다원은 흥미롭게 보고 있던 영화가 중단된 것 같은 아쉬운 기분이 들었다. 전화기를 내려놓고 둘러보자 전화실에는 자기 혼자뿐이었다. 다원은 전화실에서 나왔다. 다시 도서관으로 가야 할 시간이었다. 그러나 도서관으로 가기엔 마음이 산란했다. 이 파동을 도서관의 침묵 속에 가라앉히고 공부에 몰두할 자신이 없었다.

다윈은 휴게실 의자에 잠시 앉았다. 전화실처럼 휴게실 역시 텅 비어 있었다. 다윈은 루미가 한 이야기를 한 줄기로 이어 보았다. 조각조각을 잇는 고리가 자연스럽게 연결돼 무작정 9지구 후디를 범인으로 지정한 경찰의 발표보다 훨씬 더 논리적으로 여겨졌다. 무엇보다도 루미의 추리에는 경찰 발표엔 없었던 '이야기'가 있었다. 다윈은 어두워져 가는 창밖으로 시선을 옮겼다.

살인은 인간이 다른 인간에게 가하는 행위이다. 가장 극단적인 방법으로 인간들끼리 이어지는 일인 것이다. 그 사이엔 필연적으로 그들을 연결하는 이야기가 존재할 수밖에 없다.

창밖의 나무들이 바람에 부딪쳐 거세게 흔들렸다. 시험에 집중하려고 다들 극도의 평정심을 유지하고 있는 이 프라임스쿨에서 다윈은 유일하게 저 나무들과 이 순간의 인간적인 감정을 공유하는 기분이었다.

루미의 추리가 맞는다면 로이드 검사는 왜 제이 아저씨를 살해한 걸까. 왜 30년 전 앨범에서 사진을 가져가고 그걸로도 모자라 아카이브에 있는 사진들을 삭제한 걸까. 왜 1지구에서 친구가 친구를 죽이는 그런 비극이 일어난 걸까. 그 안에 어떤 사연이 숨겨져 있는 걸까…….

다윈은 처음으로 프라임스쿨에서 지내는 것이 조금 답답하게 느껴졌다. 루미와 공유했던 전율에서 단절된 채 루미가 밖에서 혼자 사건을 해결해 나가는 과정을 전해 듣고만 있는 게 무기력한 방관으로 여겨졌다. 할 수만 있다면 로이드 검사를 만나러 갈 때 동행하고 싶었다. 루미가 제이 아저씨의 조카임을 밝히는 순간 그의 얼굴이 어떻게 변하는지 보고 싶었다. 루미가 만들어 가는 이야기 속에서 가장 중요한 일원이고 싶었다.

그때였다. 어디선가 "다원." 하고 부르는 소리가 들렸다. 입구 쪽으로 고개를 돌려 보니 기숙사 사감 선생님이었다.

"무슨 일 있는 거니?"

다원은 얼른 자리에서 일어나며 "아니요."라고 대답했다.

"그런데 왜 거기 그렇게 혼자 앉아 있니?"

"잠깐 생각할 게 있어서……. 이제 도서관에 가려고요."

다원은 선생님에게 인사한 뒤 서둘러 도서관을 향해 뛰어갔다. 밖으로 나오자 머릿속에서 맴돌던 의심과 아쉬움이 바람을 타고 더 세게 소용돌이쳤다.

다음 날, 마지막 수업을 마친 뒤 기숙사로 올라오던 다원은 상담실로 오라는 호출을 받았다. 상담실은 학습 태도가 불량하거나 기숙사에서 다른 학생들의 생활에 피해를 주는 행동을 지속적으로 한 경우에 불려 가는 곳이었다. 징계를 내리기 전에 주는 '마지막 기회'인 셈이었다. 다원은 자신이 어떤 경우에 해당하는지 알지 못한 채 학생 상담실로 향했다. 사감 선생님이 먼저 와 기다리고 있었다.

"요즘 전화 통화가 너무 잦은 것 같던데 집에 거는 것은 아닐 테고……. 좋아하는 친구가 생겼니?"

예상하지 못했던 선생님의 돌발적인 질문에 다원은 당황스럽기도 하고 사생활을 침해받은 것 같아 불쾌하기도 했다. 선생님에게 학생의 생활을 지도할 권한과 의무가 있다는 것은 알지만, 자신의 전화 통화가 그러한 지도하에 놓여야 할 일이라고는 생각되지 않았다.

"전화는 자유롭게 걸어도 되는 거라고 알고 있는데 문제가 되는 거였나요?"

"먼저 다원 네 생각을 들어 보고 싶구나. 어떠니, 문제가 될 것 같니?"

"아니요."

"아니라고 대답하는 근거는?"

"전화 통화가 제 생활에 지장을 준 적은 없으니까요."

"학년말 고사도 잘 준비하고 있고?"

"네."

"그렇게 자신감 있게 대답하니 좋구나. 하지만 다원, 자기 확신이란 건 이따금 눈먼 상태에서 내리는 판단일 때도 있단다. 지금껏 수많은 학생들을 지켜봐 온 선생님 입장에선 바깥 친구와 나누는 대화가 네 마음을 조금도 흩뜨리지 않았을 거라고 생각하긴 어렵구나. 네 스스로는 똑바로 걸어가고 있다고 자신하더라도 주위에서 볼 땐 흔들리는 게 보일 수도 있지. 선생님 말이 이해가 가니?"

다원은 고개를 끄덕였다. 어제 잠시 휴게실에서 생각에 잠겨 있던 일이 선생님 눈에는 시험공부에 몰두하지 못한 산만한 모습으로 보인 모양이었다.

"걱정 끼쳐 드려서 죄송해요. 앞으로는 주의할게요."

"그래, 좋아. 앞으로 지켜보마. 선생님은 다원 네가 현명하게 행동할 거라고 믿는단다."

다원은 그 말이 당분간 전화 통화는 삼가야 한다는 부드러운 경고임을 알아챘다. 그만 돌아가도 좋다는 말을 듣고 상담실을 나가려는데 선생님이 등 뒤에 대고 말했다.

"아버지께 안부 전해 드리렴."

상담실을 나오고 난 뒤의 기분은 아주 묘해서 이해를 받음과 동시에 거부를 당한 것 같았다. 다원은 잠시 교정을 거닐었다.

그때 누군가 뒤로 다가와 어깨에 손을 올렸다.

"상담실에 불려 갔다는 소문이 돌던데?"

친근한 목소리에 다원은 고개를 돌려 얼굴을 확인할 것도 없이 그대로 걸음을 옮기며 대답했다.

"소문이 아니라 사실이야."

레오가 발을 맞춰 곁에서 함께 걸으며 물었다.

"무슨 일로?"

"전화 통화를 너무 자주 했다고."

"선생님들 총애를 받는 사람은 역시 다르구나. 전화를 거는 시시한 일까지 문제 삼다니."

다원은 유쾌하지 않았던 상담실 일화가 역설적으로 지금껏 애매한 영역에 남겨 두고 있던 감정을 해소할 문을 열어 주고 있음을 느꼈다. 이 기회를 빌려 레오의 진심을 듣고 싶었다. 다윈은 레오에게 "문제가 될까?" 하고 물었다. 레오는 "전혀."라고 대답하고는 덧붙였다.

"규율로 금지돼 있지도 않은 걸 가지고 상담실로 부르는 선생들이야말로 문제 아냐? 왜, 그런 것도 '프라임스쿨 학생으로서의 품행'에 위배되는 거래? 그럴 거면 강령 책자를 지금처럼 쓸데없이 두껍게 만들 게 아니라 한 페이지에 딱 그 한 줄만 집어넣었어야지. 그럼 나도 최소한 한 번은 들여다볼 생각을 했을 테니까 말이야."

다윈은 걸음을 멈추고 레오의 얼굴을 바라보았다.

"아니, 레오. 난 너에게 문제가 될지를 묻는 거야."

레오도 걸음을 멈추고 물었다.

"무슨 뜻이야?"

"내가 매일 전화 통화를 하는 사람은 루미야. 그게 너와 나 사이에 문제가 될까?"

입을 다문 채 아무 말도 없던 레오는 잠시 후 미소를 지으며 다시 걸음을 옮겼다.

"너희 둘이 잘돼 가고 있다는 건 지난번에 보고 알았어. 그런데 왜 나를 신경 쓰는 거야? 루미가 무슨 말이라도 했어?"

다윈은 이번엔 자신이 레오의 걸음에 맞춰 걸으며 말했다.

"그냥 예전에 친구였다는 정도만. 자세한 얘기는 못 들었어. 나 혼자 추측으로 서로 사귀었을지도 모른다는 생각을 하긴 했지만. 레오 네가 재작년 체육대회 때 루미를 초대한 건 맞지?"

"알고 있었구나. 맞아. 그런데 그건 루미가 먼저 초대해 달라고 부탁해서 그랬던 거지 내 생각은 아니었어. 이번엔 어떻게 된 거야? 루미가 부탁한 거야, 아니면 네가 먼저 초대한 거야?"

"내가 먼저 와 달라고 했어."

"엄청 좋아했었겠네. 또 프리메라 교복을 입고 프라임스쿨에 들어와서 온갖 사람들 주목을 끌 수 있었을 테니."

"어쩐지 말에서 가시가 느껴지는 것 같은데?"

"실제로 가시가 돋아 있으니까."

"가시는 꽃을 보호하기 위해 있는 것 아니야?"

"꽃이라니. 다윈, 남자들이 다 너처럼 로맨틱한 건 아니야."

레오는 근처에 있는 벤치에 앉았다. 다윈도 그 옆에 앉았다.

레오가 말했다.

"루미랑은 열세 살 때 프라임스쿨 입학시험 준비를 하다가 도서관에서 우연히 알게 됐어. 걔도 프리메라 시험을 준비하고 있었지. 사귀었다거나 하는 그런 관계는 아니야. 그냥 친구였지. 물론 가끔은 좋아하는 감정을 느낀 적도 있어. 한동안은 늘 함께 공부하며 같이 있었으니까. 하지만 그건 여자로서 좋아했다기보다는 당시에 루미가 유일한 친구였기 때문이야. 지금도 그렇지만 그때도 난 친구가 별로 없었거든. 꼭 루미가 아니더라도 진지하게 이야기를 나눌 상대가 있었다면 누구라도 좋아했을 거야."

다원은 조심스럽게 물었다.

"현재의 감정은 어떤데? 지금은 친구로서 좋아하지 않아?"

"지금?"

레오는 그날의 루미처럼 스스로에게 반문하는 표정을 짓더니, 자신의 감정을 표현할 적절한 단어를 고르는지 잠시 머뭇거리다가 대답했다.

"난 기본적으로는 루미가 좋은 애라고 생각해. 똑똑하고 활기차고 다른 1지구 여자애들에 비해 생각도 열려 있어서 얘기를 나누는 것도 재미있지. 하지만 그건 모든 사람이 자기에게 우호적이고 자신을 특별한 사람으로 봐 줄 때까지만이야. 만약 누군가 자기 존재감을 조금이라도 흔드는 것 같으면 그 순간부터는 완전히 적대적으로 변해 버려. 그럴 땐 꼭 자신이 우위에 있다는 존재감을 드러내야 직성이 풀리지. 그 잘난 프리메라 교복을 이용해서 말이야. 루미를 좋아하기는 했지만 그런 점은 정말 참기 힘들었어. 만약 루미가 변한다면 다시 친구가 될 수도 있겠지. 하지만 체육대회 때 보니까 그동안 전혀 변하지 않았더라고. 루미 역시 나에 대해 같은 생각을 하는 모양이고."

객관적인 것을 넘어 신랄하게 느껴지는 레오의 평가에 다윈은 당황스러웠다.

"레오 네가 말하는 루미랑 내가 알고 있는 루미랑은 다른 사람 같아. 우위에 있다는 존재감이라니, 난 한 번도 루미에게서 그런 걸 느껴 본 적이 없는데."

레오는 어깨를 으쓱하더니 물었다.

"하지만 제이 아저씨에 대해서는 동감할 것 같은데?"

다윈은 여기서 왜 갑자기 제이 아저씨가 나오는지 알 수 없었다.

"제이 아저씨? 어떤 의미에서?"

"다윈 너도 루미에게서 제이 아저씨 이야기를 많이 들었을 거 아냐. 안 했을 리가 없지. 자기 인생에서 가장 중요한 사람이니까."

"그래, 많이 해. 사실은 그게 요즘 전화 통화가 잦아진 이유이기도 하고. 루미는 제이 아저씨의 죽음을 조사하고 있거든. 그런데 그게 무슨 문제가 되는 거야?"

그 순간 레오의 얼굴 위로 루미의 프리메라 교복 이야기를 했을 때 드러났던 표정이 다시 드러났다.

"조사라니, 안 보고 지내는 동안 더 심해졌나 보네. 다윈, 나는 루미가 자기 삼촌과 그 죽음에 그렇게 집착하는 것도 뭐랄까…… 좀 비정상이라고 생각해."

"비정상이라니? 가족 일이니까 당연한 거 아냐?"

"단순히 가족이기 때문인 것 같아? 아니, 다른 평범한 가족이었다면 자기가 태어나기 한참 전에 죽은 사람에게 그렇게까지 집착하지 않았을 거야. 루미 걔한테 중요한 건 '프라임스쿨에 합격해 놓고도 가지 않은 천재 삼촌'이라는 타이틀이야. 자기 아빠에 대한 콤플렉스랑 결합돼서 자신의 높은 기준에 부합하는 우상을 만들어 놓은 거지. 우연히 생일 하나 똑같은 걸 가지고 자기가 삼촌의 환생이라고 믿어 가면서 말이야. 굉장한 아이러니 아니야? 루미 헌터같이 자존감 높은 애가 다른 사람을 통해서 자기 존재감을 확인하려고 한다는 건."

다윈은 지난 체육대회 때 알 수 없는 대화를 주고받는 레오와 루미를 옆에서 지켜보면서 느꼈던 그 쓸쓸함을 다시 맛보았다.

"레오 넌 루미를 잘 아는구나."

"잘 안다기보단 네가 아직 못 본 루미의 다른 면을 안다고 하는 게 맞겠지."

그러면서 레오는 "다윈 넌 루미를 좋아하지?"라고 물었다. 다윈은 고개를 끄덕였다. 레오가 웃으며 말했다.

"난 조금도 신경 쓰지 않아도 돼. 내가 현재 가장 좋아하는 사람은 루미 헌터가 아니라 다윈 영이니까."

다윈은 프라임스쿨에서 가장 거친 행동을 하면서도 동시에 프라임스쿨에서 가장 순수하게 감정을 표현하는 레오가 좋았다.

"영광이네."

"진심이야."

"그래, 고마워. 나도 프라임스쿨에서 레오 널 가장 좋아
해."

레오가 벤치에서 일어나며 장난스러운 얼굴로 물었다.

"하지만 루미보다는 한참 밑이겠지?"

다원도 함께 일어나며 대답했다.

"그런 건 비교할 수 없어."

레오가 어깨에 손을 올리며 웃었다.

"그래, 나도 친구의 여자 친구를 이기려 들 생각은 없어."

서늘한 바람이 불어왔다. 시험공부에 몰두해 있는 사이
프라임스쿨 교정은 온통 가을빛에 물들어 있었다. 붉게 물
든 나무 한 그루 한 그루가 햇빛의 특별한 사랑을 받고 있는
것처럼 보였다. 다원은 모두가 시험공부에만 몰두해 있는
이 시기에, 함께 교정을 거닐며 계절이 바뀌어 가는 모습을
감상할 수 있는 동행자가 있다는 사실이 기뻤고, 그 친구가
레오여서 더 기뻤다. 레오와 서먹한 사이가 될지도 모른다
던 걱정은 레오의 솔직하고 진정 어린 태도 덕분에 잠깐 열
기를 내뿜다 자취를 감춘 계절처럼 어느새 지나간 감정이
되어 버렸다.

그때 풍경을 둘러보며 말없이 걷던 레오가 갑자기 물
었다.

"다원, 지난번 학생회 애들이 왜 나에게 할아버지 대로
거슬러 올라가면 떳떳한 가문은 아니라고 했는지 궁금하지

않아?"

다원은 대답을 머뭇거렸다. 잠깐 호기심이 들었던 것은 사실이지만 학생회 멤버가 레오를 모욕하기 위해 별것 아닌 일을 극단적으로 표현한 것 이상으로는 생각하지 않았다. 설령 근거가 되는 이야기가 숨겨져 있더라도 그것을 레오에게 물을 마음은 없었다. 자신의 흥미 때문에 가족사를 고백하도록 요구한다면 학생회 애들이 그런 것처럼 레오에게 상처를 주는 게 될 것이다.

대답을 미루고 있자 레오가 먼저 발에 걸리는 작은 돌멩이를 툭 차며 이야기했다.

"난 지금껏 할아버지를 한 번도 만나 본 적이 없어. 어디 살고 계신지는 알지만 우린 완전히 의절했거든. 물론 내가 태어나기도 전에 아버지 혼자 내린 결정이지만……. 우리 할아버지는 알코올 중독이래. 아버지가 어렸을 때부터 그랬다는데, 지금은 더 심해져서 사회 활동도 없이 완전히 고립됐다나 봐. 물론 이것도 아버지한테 직접 들은 게 아니라 친척들이 몰래 하는 얘기를 내가 눈치껏 엿들어서 알아낸 거야. 아버지는 단 한 번도 할아버지 이야기를 한 적이 없어. 마치 본인이 마샬 가문의 시조인 것처럼……. 다원, 사람들이 그러지? 1지구는 완벽한 세계라고. 하지만 이 완벽한 세계에도 이렇게 보이지 않는 얼룩은 있어. 어쩌면 우리가 모르는 곳은 훨씬 더 짙게 얼룩져 있는지도 모르지."

다원은 레오에게 어떤 말을 해 줘야 할지 알 수 없었다.

할아버지와 의절한다는 것은 자기 집에선 상상도 할 수 없는 일이었다. 다윈은 한참 동안 생각한 끝에 "유감이야." 라는 한마디를 겨우 꺼냈다. 어렵게 고백한 레오에게 형식적인 위로밖에 해 주지 못하는 자신이 너무나 부족하게 느껴졌다.

레오가 엷게 웃으며 말했다.

"내가 다윈 너에게 이 이야기를 하는 이유는 혹시라도 내가 너에게 뭔가를 일부러 숨기고 있다는 생각을 하지 않았으면 해서야. 내가 할아버지 얘기를 하지 않으면 넌 당연히 그 뜻이 뭔지 궁금해할 수밖에 없을 테니까. 그러다 보면 혼자서 실체와 전혀 다른 것들까지 상상하고 의심하고……. 암튼 뭐, 그렇게 되잖아."

"그런 생각은 한 번도 한 적 없어."

"그럼 다행이고. 괜한 자격지심이었나 봐……. 사실은 내가 그렇거든. 아버지가 한 번도 할아버지 이야기를 꺼내지 않으니까 항상 뭔가를 숨기고 있는 것 같고, 할아버지가 그렇게 이상한 사람인가 의심하게 되고, 덩달아 이젠 나까지도 할아버지의 존재를 감춰야 할 것 같은 기분이 들어. 다른 사람에겐 절대 들키면 안 되는 흠결처럼 말이야. 나는 만나 본 적도 없는 분이고, 할아버지가 그렇게 된 게 내 책임도 아니니까 할아버지를 내 흠결로 생각하진 않아. 그런데 다른 사람들이 보기엔 할아버지의 흠이 나에게까지 연결된 것처럼 보이나 봐. 그래서 지난번에 학생회 애들도 나에게 상처

주려고 일부러 할아버지 이야기를 꺼낸 거겠지. 1지구의 온 갖 소문들을 저녁 시간마다 얘기하는 게 취미인 자기 부모 님에게서 들은 얘기가 한두 개가 아닐 테니까."

다원은 이제야 레오에게 해 줄 위로의 말을 찾은 것 같아 자신 있게 목소리를 높였다.

"말도 안 되는 얘기야. 버즈 아저씨나 너에게서 할아버지의 흠결이 전혀 보이지 않는데, 어떻게 그게 이어진다고 할 수 있겠어?"

"하지만 흔히들 그러잖아. 우리들이 지금 여기에서 누리는 것들은 아버지 세대가 이뤄 낸 영광 덕분이니까, 영광과 함께 흠결도 이어받아야 하는 게 정당한 거라고."

"무슨 뜻인지는 알겠지만 영광과 흠결을 같은 방향에 두는 건 인간의 발전을 전혀 인정하지 않는 퇴보적인 관점이야. 인간이 더 나은 존재가 되기 위해 최선의 노력을 기울인다면 이전 세대의 영광은 이어지고 흠결은 사라진다고 하는 게 문명의 발달에도 부합되는 것 아니겠어? 모든 인간은 과거에서 유래했지만, 그럼에도 모든 인간은 새로운 존재잖아."

이야기를 끝내는 순간 레오가 과장되게 박수를 쳤다.

"내가 프라임스쿨에서 들은 모든 얘기들 중에 제일 감탄이 나오는 이야기야. 학생회 애들도 여기서 네 강의를 들었어야 하는 건데."

"너무 그러니까 꼭 놀리는 것 같은데?"

"놀리다니, 진심이야. 몇십 년이 지나도 기억에 남을 만한 명언이야. 물론 그런 말을 다윈 네가 한다는 데서 좀 위화감이 들긴 하지만."

"어째서?"

"다윈 넌 영광으로만 이어진 사람이잖아."

"내가?"

"그래. 체육대회 때 너희 할아버지와 아버지와 네가 함께 있는 걸 봤어. 삼대가 같이 있는 모습이 보기 좋더라. 두 분 다 너에게 정말 다정하시던데?"

"그래 봤자 난 경기에 출전도 못 했는걸. 할아버지와 아버지 모두 레오 너를 칭찬하셨어. 인사를 나눴으면 좋았을 텐데."

"그땐 내가 낄 자리가 아닌 것 같아서. 다음에 또 기회가 있겠지."

"그래, 분명히. 그때는 내가 널 먼저 부를게."

레오와 마주 보고 서서 미소를 주고받는 짧은 순간, 다윈은 앨범 속에 영원히 간직해 놓고 싶은 사진 한 장을 얻은 기분이었다. 시간이 흐르고 많은 일들을 겪으며 지금 이 시절을 잊는다 해도 오늘 가을빛이 스며드는 나무 아래서 레오와 나눈 이 대화와 눈빛만은 절대 지워지지 않는 기억으로 남아 있을 것 같았다. 물론 레오는 기억만으로가 아니라 가장 좋아하는 친구로서 인생을 함께할 테지만.

전진과 후퇴

　　　　　　학년말 고사가 가까워질 무렵이면
프리메라 여학교 내 위계질서는 사관학교를 연상시킬 정
도로 한층 엄격해졌다. 그 체계적인 도식을 가장 충실히 따
르는 곳이 스터디 그룹이었다. 프리메라 학생은 입학과 동
시에 자율적으로 한 개의 스터디 그룹에 가입하게 되는데,
'어떤 동질성'으로 형성된 각각의 그룹은 정식 기관 못지않
은 서열과 지휘 체계를 갖추고 있었다. 스터디 그룹에서 이
루어지는 선배, 동기, 후배 간의 관계는 6년간의 성적뿐만
아니라 전반적인 학교생활, 진로, 미래의 사회 활동에까지
막대한 영향을 끼쳤다. 재학생들만 이 관계에 종속된 게 아
니었다. 오래전에 학교를 떠난 졸업생들도 스터디 그룹과
지속적인 연락을 주고받으며 때로는 지원을, 때로는 개입

을 했다. '스터디'라는 이름을 달긴 했지만 본질은 프리메라 동창회라는 큰 우산 아래에 형성된, 더 친밀하고 폐쇄적인 사교 조직인 셈이었다. 때문에 가입이 의무 사항이 아니라고 해서 스터디 그룹에 들어가지 않거나 그 안에서 이루어지는 인간관계에 소홀한 사람은 없었다. 학생들 사이에서 무리를 이루지 않고 혼자라는 것은 어떤 '결격'을 의미하는 것이었다. 프리메라 여학교에서 결격자가 되고 싶어 하는 사람은 아무도 없었다.

루미는 학교 안에서 이루어지는 어떤 대결에도 지지 않을 자신이 있었지만 스터디 그룹의 기준에서만큼은 자신이 결격자라는 것을 알았다. 수십 개에 이르는 그룹들 중에 7급 법원 서기 딸이 환영받으며 들어갈 수 있는 곳은 하나도 없었다. 물론 뻔뻔하게 행동한다면 장관이나 교수 딸들이 주축이 된 그룹에 들어가는 게 아예 불가능한 것은 아니었다. 스터디 그룹은 명목상으로는 선택과 자율을 보장하는 곳이니까.

그러나 그 문을 열고 들어가 그들과 같은 책상에 앉아 있기 위해선 아빠와 같은 7급으로 취급받는 대가를 치러야 했다. 부모의 지위만 제외하면 자신보다 뛰어날 게 전혀 없는 후배의 말까지도 순순히 경청해야 하는 것이었다. 그런 수모를 당할 바에는 혼자가 되는 편이 훨씬 나았다. 루미는 스터디 그룹에서 동떨어져 도서관에서 혼자 공부했다. 외롭다는 생각은 들지 않았다. 마음속에선 늘 제이 삼촌이 함께

했기 때문이다. 프라임스쿨 입학시험에 합격한 삼촌보다 더 훌륭한 스터디 파트너는 어디에도 없었다.

하교 시간, 루미는 자율 학습을 하러 가는 스터디 그룹 무리에서 벗어나 혼자 교문 밖으로 향했다. 그룹에 속해 있지 않은 덕에 그들이 정해 놓은 규율과 시간에서 자유롭다는 것은 혼자일 때의 가장 좋은 점이었다. 유감스럽게도 프리메라 여학교에서 가장 평가절하된 가치가 그 자유이긴 하지만. 루미는 11번 버스에 오르며 다른 사람은 누리지 못하는 지금의 시간을 자유로 격상시키기 위해선 이 시간을 의미 있는 일에 써야 한다고 생각했다. 안 그러면 아무리 시간이 많이 주어져도 타의에 의한 소외, 기득권을 가진 무리에 의한 제외에 지나지 않았다.

버스 안 공기가 유독 무거워지고 있다고 느낄 때쯤, 길게 뻗은 진입로를 지난 버스가 오늘의 방문지와 가까운 정류소에서 멈추었다. 루미는 버스에서 내려 바로 앞에 서 있는 건물을 올려다보았다. 일반적인 건물들에 비해 창 크기가 유난히 작고 그 수가 적어서인지 비밀스럽고 위압적인 거석처럼 느껴졌다. 루미는 경비실에서 방문증을 받아 건물 내부로 들어갔다. 드디어 30년간 죽음의 미로에 갇혀 있던 삼촌을 자유롭게 해 줄 시간이 되었다.

"루미 헌터 양 맞죠? 검사님이 기다리고 계시니 들어가 봐요. 프리메라 학생이어서 특별히 일정을 빼 준 거니까 약속한 20분을 넘기면 안 돼요."

루미는 프리메라 학생의 특권을 솔직하게 인정하는 비서에게 호감을 느꼈다. 검찰청에서 일하는 직원답게 사실 관계를 분명히 따지는 태도가 좋았다.

검사실로 들어가니 책상에서 서류를 보고 있던 남자가 인기척을 느끼고 자리에서 일어났다. 루미는 남자의 첫인상을 놓치지 않기 위해 여러 각도로 변하는 그의 얼굴을 주시했다. 이 사람이 제이 삼촌을 죽인 범인이 맞다면 잠깐 스치는 눈빛만으로도 단번에 그의 죄를 느낄 수 있을 것이다. 자신의 눈이 바로 제이 삼촌의 눈이니까.

그러나 로이드 검사가 정면으로 얼굴을 들고 자신을 향해 점점 가까이 다가오고 있는 이 순간, 루미는 그가 범인인지 아닌지 확실한 느낌이 들지 않았다. 30년은 범인의 얼굴에서 죄책감을 씻어 버리기에 충분한 시간이었던 걸까.

루미는 남자에게 먼저 악수를 청했다.

"안녕하세요, 리암 로이드 검사님이시죠? 전 루미 헌터라고 해요. 만나 뵙게 돼서 영광입니다."

남자가 악수에 응하며 말했다.

"나도 만나서 영광이에요. 어쩌면 머지않은 미래에 같이 일하게 될지도 모르니까. 검찰 쪽엔 뛰어난 활약을 하고 있는 프리메라 선배들이 많지. 학생도 이쪽 일에 관심이 많은가 보지?"

루미는 신경에 전달되는 그의 행동 하나하나와 말 한 마디 한 마디를 재빨리 해석했다. 잠깐 잡았다가 놓은 손길에서는 빨리 본론으로 들어가고 싶어 하는 추진성이, 존대에서 바로 하대로 넘어가는 말투에서는 우위를 점한 자신의 위치를 상대방에게 인지시키고 그에 순응케 하려는 노련함이 느껴졌다.

루미는 "네, 관심이 많아요."라고 대답한 뒤 덧붙였다.

"어쩌면 오늘이 제가 이뤄 낸 첫 성과가 될지도 모르죠."

검사는 그 말뜻을 완전히 이해하지 못한 것 같았지만 다른 질문 없이 "일단 자리에 앉지." 하며 소파를 가리켰다. 프리메라 여학생에게는 자기 같은 검사를 만난 것 자체가 성과로 여겨질 수 있는 일이라는 뜻 정도로 가볍게 받아들인 모양이었다. 루미는 그가 권한 자리에 앉았다. 검사도 곧 맞은편 소파에 앉았다. 손님을 앞에 두고 소파에 편하게 등을 기대는 모습이 조금은 거만하게 보였다.

"오늘 면담 신청 이유가 직업 탐방 때문이라고 들었는데, 난 웬만해선 학생들과의 스케줄은 잡지 않지만 프리메라 학생의 요청은 거절하기가 힘들더군. 다른 학교 학생들이라면 검사와의 만남이 단순한 해프닝이겠지만 프리메라 여학생에게는 현실적으로 미래의 직업과 연계되는 일일 테니까. 그래, 오늘 인터뷰 준비는 잘해 왔나?"

루미는 이야기의 주도권을 잡기 위해 검사의 말을 끊었다.

"검사님, 그 전에, 제 이름을 말씀드렸을 때 생각나는 사람이 없었나요?"

루미는 검사의 얼굴이 순간적으로 굳는 것을 포착했다. 생각나는 사람이 없다면 절대 나타날 수 없는 감정의 잔여물이었다. 루미는 바로 전까지 호탕하게 대화를 주도하던 검사가 갑자기 머뭇거리는 모습을 보이는 데는 반드시 삼촌이 연관돼 있을 것이라 확신하며 검사의 대답을 기다렸다.

검사가 어정쩡한 미소를 띠며 입을 열었다.

"아, 저…… 그런데 이름이 뭐라고 했지? 보고 있던 서류 때문에 하도 정신이 없어서 듣고도 금방 잊어버렸군."

우습게도 검사의 당황스러운 얼굴은 이름 자체를 기억하지 못한 실수에서 비롯된 것이었다. 루미는 불쾌했지만 오히려 이 기회에 자신의 이름을 들은 검사가 어떤 반응을 보일지 더 직접적으로 살펴볼 수 있겠다는 생각이 들었다.

"루미 헌터라고 합니다."

"아, 그래, 루미 헌터. 그런데 글쎄…… 누가 생각나야 하는 건가?"

일부러 '헌터'에 힘을 주어 말했는데 검사는 대수롭지 않다는 듯 말했다. 루미는 방심한 모습을 보이는 검사에게 기습적으로 물었다.

"제이 헌터라고, 30년 전에 열여섯 살의 나이로 죽은 소년을 알지 않으세요?"

그 순간 검사가 뒤로 비스듬히 기대고 있던 몸을 세우면서 "아!" 하고 소리쳤다. 예상했던 것보다 훨씬 더 극적인 반응이었다. 루미는 그 외침의 정체가 무엇인지 파악하기 위해 검사의 행동을 면밀히 관찰했다. 조금이라도 초조해 하거나 떨리는 기색이 보인다면 이 남자가 삼촌을 죽인 범인이라는 의심에 확정판결을 내릴 수 있을 것이다. 예상대로 검사의 얼굴에 표정 변화가 생기기 시작했다. 루미는 판결문의 첫머리를 욀 준비를 했다. 그런데 이윽고 검사의 얼굴에 번진 것은 처벌받지 않은 자신의 죄를 뒤늦게 물으러 온 집행인을 만난 공포가 아니라, 오래 헤어졌던 옛 친구를 만났을 때 보일 법한 환한 웃음이었다.

검사가 격앙된 목소리로 말했다.

"제이 헌터, 알다마다. 중학교 때 같은 반 친구였지. 그런데 루미 양하고는 어떤 관계지? 딸일 리는 없을 테고 제이에게 형제가 있었던가?"

예상치 못한 검사의 친근한 태도에 루미는 심문자인 자신과 피의자인 검사의 위치가 역전된 기분이었다. 루미는 별로 내키지 않는 관계를 설명하기 위해 입에 머금은 판결문을 일단 뒤로 삼켰다.

"아…… 네, 전 제이 헌터의 남동생인 조이 헌터의 딸이에요. 제이 헌터가 제 삼촌이 되죠."

"제이의 조카라니, 이거 다시 한 번 정식으로 인사를 해야겠군. 만나서 반가워요. 이제 보니 삼촌하고 닮은 것도 같군. 특히 그 눈매가."

루미는 검사의 환대를 어떻게 해석해야 할지 갈피를 잡

을 수 없었다. 그는 죄의식을 능수능란하게 다루는 철면피인 걸까, 아니면 무고하게 용의 선상에 오른 사람인 걸까.

"제이 삼촌과 많이 친하셨나요?"

"친했지. 물론 제이에겐 늘 같이 어울리는 친구들이 따로 있었기 때문에 베스트 프렌드라고까진 할 수 없겠지만. 아, 그런데 그 친구들이 지금은 모두 사회 명사가 됐지. 한 명은 문교부 차관에 다른 한 명은 이름만 대면 아는 다큐멘터리 감독. 이럴 줄 알았으면 나도 진즉 그 그룹에 끼는 건데 말이야, 하하하. 아무튼 난 처음부터 제이에게 호감을 품고 있었지. 중학교 입학 전부터 프라임스쿨에 합격하고도 가지 않은 엄청난 녀석이라고 학교에 소문이 파다했거든. 실은 나도 프라임스쿨 입학시험 날 하필 감기에 심하게 걸리는 바람에 시험을 못 치러서 말이야. 제이는 어땠을지 모르지만 아무튼 나는 속으로 같이 프라임스쿨에 안 간 일종의 동병상련을 느끼고 있었지. 그런데 뭐, 사실 나뿐만 아니라 제이는 누구나 선망하는 친구였지. 훌륭한 아버지에 명석한 두뇌, 어린아이 같지 않은 카리스마까지 갖추고 있었으니."

"저 때문에 너무 좋은 얘기만 해 주시는 것 같은데요?"

"있는 그대로의 기억을 끄집어 냈을 뿐이야. 이래 봬도 검사라고, 없는 사실을 꾸며서는 말 못 하거든."

루미는 검사의 눈치를 살피며 신중히 물었다.

"삼촌의 친구 관계까지 알고 계실 정도로 기억력이 좋으시다면 제이 삼촌의 죽음에 대해서는 더 잘 기억하고 계시겠군요?"

검사가 자기 손목시계를 확인하며 말했다.

"그런데 잠깐, 오늘 만남의 목적은 직업 탐방이 아니었던가? 내가 할애할 수 있는 시간은 20분. 벌써 4분이 지났군. 이렇게 계속 제이 얘기만 하면서 시간을 허비해도 되는 건지 모르겠군."

"그건 걱정하지 마세요. 제가 알고 싶은 것은 진실이고, 검사님의 일은 진실을 밝히는 거잖아요. 그러니까 검사님이 제 질문에 답을 해 주신다면 제 직업 탐방 과제에 큰 도움이 될 거예요."

"뭐, 루미 양 본인이 괜찮다면야 나야 어떻게 시간을 보내든 상관없긴 하지. 그래, 그러면 루미 양이 알고 싶은 진실이란 게 뭐지? 방금 전에 제이의 죽음에 대해서 잘 기억하느냐고 물었던가?"

"네. 제이 삼촌이 어떻게 죽었는지 기억나세요?"

"기억나다마다. 9지구 후디에게 살해됐지. 끝내 범인은 잡지 못한 걸로 알고 있는데, 검사로서 이런 말 하긴 부끄럽지만 9지구 사람이 범인인 이상 잡는 건 불가능하다 봐야지. 7지구 밑으로는 블랙홀이거든."

루미는 조심스럽게 물었다.

"그럼 혹시 그때 사진도 함께 사라진 건 모르세요?"

"사진이라니? 무슨 사진……? 아, 혹시 제이 아버지가 찍은 사진을 말하는 건가?"

루미는 자신이 친 덫을 향해 거침없이 달려드는 검사의 말에 도리어 깜짝 놀랐다.

"어떻게 저희 할아버지가 찍은 사진인 줄 아셨어요?"

검사는 평정심을 조금도 잃지 않은 채 여유로운 표정으로 대답했다.

"뭘 그렇게 놀랄 것까지야. 제이 하면 바로 아버지 사진이 연상되는 건 당연한 일인데. 범인이 사진을 가져갔다는 얘기는 못 들은 것 같은데 9지구 후디치고는 꽤나 안목 있는 자였나 보군. 확실히 돈 몇 푼보다는 사진이 더 값질 수도 있지. 아무튼 해리 헌터, 맞지? 우리 시대 최고의 사진작가. 그러고 보니 몇 해 전에 문화훈장도 받지 않으셨던가? 제이가 살아서 함께했다면 정말 자랑스러워했을 텐데. 제이는 늘 아버지를 세상에서 가장 존경한다고 했으니까."

"삼촌이요?"

"그래. 보통 그 나이라면 친구들 앞에서 부모님 자랑하는 걸 창피해하기 마련인데 제이는 무슨 발표가 있을 때마다 늘 당당하게 그렇게 말했지. 그런 점에서 제이와 나는 공통분모가 있었지. 나도 아버지를 존경한다고 공공연히 말하곤 했으니까. 실제로 아버지 길을 그대로 밟아서 지금 이 자리에 있는 거기도 하고. 살아만 있었다면 어떤 식으로든 제이도 분명 자기 아버지의 뜻을 잇는 일을 했을 거야."

검사가 지나치며 한 말에 호기심이 일어 루미는 잠깐 삼촌 이야기를 미뤄 두고 물었다.

"검사님 아버지도 검사였나요?"

질문을 들은 검사의 얼굴 위로 자부심 어린 표정이 떠올랐다.

"나 같은 일반 검사는 명함도 못 내밀 특수부 검사셨지. 별명이 무려 특수부 저승사자였으니까 대충 감이 잡히지? 아버지가 평생 동안 잡아들인 반동분자들만 세워 놔도 이 검찰청이 꽉 찰 거야."

"반동분자들이라뇨?"

"아, 그러고 보니 루미 양 세대에게는 조금 생소한 말이겠군. 12월의 폭동에 가담했던 자들을 그땐 그렇게 불렀지. 내가 루미 양 나이였을 땐 세상이 폭동의 후폭풍에서 완전히 벗어나지 못해서 반동분자들이 암암리에 퍼져 있었거든. 그래서 세상을 정화하는 게 그 시대의 가장 큰 과제였지. 제이 아버지가 카메라를 들고 사회 부정을 고발하는 데 앞장섰다면 우리 아버지는 그들을 처벌하는 데 일생을 바쳤지. 제이는 그런 면에서 아주 조숙했어. 대부분 사춘기 소년들은 자기 안의 세계에만 빠져서 사회 문제에는 무심하기 마련인데, 제이는 늘 그들을 척결해서 세상을 깨끗이 해야 한다고 했으니까."

루미는 삼촌이 했다는 '척결'이란 말을 머릿속에 각인시켜 놓았다.

그때 말을 이어 가던 검사가 잊고 있던 기억이 떠오른 듯 가볍게 무릎을 쳤다.

"아, 그래! 그러고 보니까 제이가 언젠가 우리 아버지를 한번 뵙고 싶다고 했던 게 기억나네. 보통은 친구 아버지라면 일단 피하고 싶기 마련인데 제이는 특수부 저승사자라는 별명을 가진 우리 아버지를 꼭 만나고 싶다고 하는 거야, 하하하. 아무튼 보통 녀석이 아니었지. 웬만큼 자신에게 당당하고 떳떳하지 않은 이상 그럴 순 없을 텐데. 심지어 아들인 나조차도 아버지 앞에선 가끔 오금이 저리곤 했으니까 말이야."

자신이 주도적으로 검사를 추궁하리라던 본래의 계획과 달리 루미는 검사가 주도하는 이야기에 점점 빠져들고 있음을 느꼈다.

"삼촌이 왜 검사님 아버지를 만나고 싶어 했는데요?"

"아마 지금의 루미 양 같은 이유 아니었을까? 고등학교 진학을 앞두고 진로를 고민할 때였으니 우리 아버지에게 조언을 구하고 싶었나 보지. 제이도 내심 검사가 되고 싶었던 모양이야. 뭐, 워낙에 칼 같아서 별명도 재판관 제이였으니 말 다 했지."

루미는 속으로 '재판관 제이'라는 말을 되뇌며 물었다.

"그래서 삼촌이 검사님 아버지를 만났나요?"

"아니, 아버진 만나고 싶다고 쉽게 만날 수 있는 분이 아니었지. 나도 집에서 얼굴 본 날을 손에 꼽을 정도로 바쁘셨으니까. 그렇다고 학교 행사에 따로 와 주신 적이 있었던 것도 아니고……."

검사는 과거의 시간으로 들어가기 위해서는 기억의 퍼즐을 맞출 시간이 더 필요하다는 듯 잠시 입을 다물었다. 루미는 조급한 기분이 들었지만 그의 생각을 방해하지 않으려고 잠자코 기다렸다.

침묵이 길어져 혹시 이대로 기억이 끊긴 건 아닐까 하는 걱정이 드는 찰나, 검사가 다시 입을 열었다.

"아, 그런데 딱 한 번 만날 뻔했던 적은 있었지. 불행히도 그 만남을 몇 시간 앞두고 제이가 살해돼서 무산됐지만."

처음 듣는 놀라운 이야기에 루미는 자기도 모르게 교복 치마를 꽉 부여잡았다.

"검사님 아버지를 만나기 몇 시간 전에 삼촌이 살해됐다고요?"

검사는 그 반응을 별일 아니라는 식의 손짓으로 잠재우며 말했다.

"아니, 그건 공교롭게 그렇게 됐다는 거지, 꼭 우리 아버지를 만나기 전에 제이가 죽었다는 뜻은 아니니 오해 마렴. 이런 우연을 운명으로 치부해 버리면 우리 동창 중 어떤 애는 자기 생일날 제이가 죽었다고 말할 수도 있을 테니까. 아무튼 7월 10일이 제이의 기일 맞지?"

루미는 다시 미심쩍은 생각이 들어 검사에게 물었다.

"네, 맞아요. 그런데 30년 전 사건의 날짜를 어떻게 그렇게 정확하게 기억하세요? 삼촌 추도식에서 뵌 적은 한 번도 없는 것 같은데…….그날이 검사님께 뜻깊은 날인가요?"

검사는 이번에도 대수롭지 않다는 식으로 말했다.

"물론 친구의 기일이니 뜻깊은 날이라고 할 수도 있지만, 솔직히 이렇게 선명히 기억하는 진짜 이유는 7월 10일이 '아버지의 날'이었기 때문이지."

루미는 신문 박물관에 갔을 때 있었던 한 기사를 기억해 냈다.

"아, 그러고 보니까 삼촌 기사가 실렸던 신문에서 그런 문구를 본 것 같아요. 아버지의 날에 일어난 살인 사건이어서 유가족들이 더 비통해했다는……."

"그래, 지금은 부모님 날로 통폐합돼서 사라진 기념일이지만 당시엔 꽤 의미 있는 날이었지. 1지구 학교에는 그날 아버지들을 학교로 초대해 아버지의 직업에 관한 이야기를 듣는 전통이 있었을 만큼. 그 전엔 늘 바빠서 불참했던 아버지가 그해만은 가까스로 시간을 내 학교에 오시기로 해서 내가 얼마나 기대에 부풀었는지. 친구들이 특수부 저승사자라는 우리 아버지 별명을 들으면 얼마나 무서워하고 대단하게 볼까 속으로 우쭐대면서 말이야. 뭐, 결과적으론 제이의 죽음으로 아침에 갑자기 행사가 취소돼 못 오시게 돼 버리긴 했지만……. 아무튼 아버지와 제이가 실제로 만났다면 분명히 나이를 초월해서 서로에게 좋은 영향을 끼쳤을 거야. 어쩌면 지금 제이가 내 옆방에 있을지도 모르지. 아니, 나 같은 시시한 일반 검사가 아니라 특수부 저승사자가 됐으려나. 그래, 제이 헌터라면 분명 그 정도는 돼야 성에 찼을 거야, 하하하."

검사는 무죄다. 루미는 마주 앉아 검사의 웃음소리를 듣고 있는 이 현장에서 바로 그렇게 새로운 즉결 심판문을 써 내려갔다. 뒤집지 않을 자신이 있는 절대적 판결이었다. 과거에 죄를 지은 사람은 이렇게 유려하고 막힘없이 옛날이야기를 할 수 없을 것이다. 사람을 죽인 사람은 이렇게 그리운 눈빛과 산뜻한 웃음을 지으며 자신의 희생양을 추억할 수 없을 것이다. 친구의 숨을 끊은 사람은 결코 그 친구와 옆방에서 지내길 바랄 수 없을 것이다. 사람을 죽인 사람은 농담으로라도 그가 검사가 되길 바랐다는 말은 하지 않을 것이다.

그 순간 노크 소리가 들리더니 비서가 문을 열고 들어와 "검사님." 하고 불렀다. 루미는 시계를 보았다. 약속한 시간보다 5분이 더 지나 있었다. 눈이 마주치자 비서가 싱긋 웃었다. 프리메라 학생에게만 특별히 추가해 준 시간이라는 뜻일 것이다.

검사가 젖혔던 재킷을 여미며 자리에서 일어났다.

"이런, 내 옛 추억만 이야기하다가 시간을 다 보내 버렸군. 난 오래간만에 어린 시절로 돌아갈 수 있어서 좋았지만, 루미 양 진로를 설계하는 데는 아무 도움도 안 됐을 것 같은데 어쩌지?"

루미는 일어나서 검사에게 악수를 청했다. 아까 같은 도전의 악수가 아니라 지금껏 삼촌을 훌륭한 친구로 기억해 준 데 대한 진정 어린 감사의 악수였다.

"아닙니다, 검사님. 정말 유익한 시간이었어요. 이 짧은 시간에 삼촌 얘기뿐만 아니라 그 시대 역사에 관해서까지 들었잖아요. 검사님 아버님 얘기도 감명 깊었어요. 저희 할아버지와 검사님 아버님 같은 분들 덕분에 지금 저희가 이런 깨끗한 세상에서 살 수 있는 거겠죠? 몇 년 뒤에 검사님과 함께 일할 기회가 생긴다면 정말 영광일 거예요."

검사가 처음 만났을 때보다 더 오래 손을 잡아 주며 말했다.

"과연 제이 헌터의 조카답군. 그 눈빛 잃지 말고 프리메라에서도 최고가 되어야 해."

환한 사무실과 달리 검찰청 복도에는 채도가 낮은 등이 드문드문 켜져 있었다. 해가 지고 있는 데다 미미한 빛이라도 받아들일 창들까지 크기가 작아서 회색 복도 위로 의도적인 음울함이 어른거렸다. 문이 닫힌 사무실들 너머에서는 죄인과 심판관이 한방에 자리해 죄와 처벌에 관한 이야기를 나누고 있으리라. 루미는 그런 문들이 수없이 난 좁고 긴 복도를 조용히 걸어갔다.

밖으로 나온 순간 루미는 갑자기 자신을 둘러싼 세상이 너무 이질적으로 느껴졌다. 빌딩들은 지나치게 높았고, 지나쳐 가는 사람들은 너무 미래적인 차림을 하고 있었다. 거리도 완전히 새로 설계된 것처럼 보여 방향을 잡을 수가 없었다. 아무 이상도 감지하지 못하고 있는 사람들을 보니 자기 혼자만 이 세상에 스며들지 못하고 겉도는 기분이었다. 그런데 그런 이탈이 불안하기보다는 오히려 다른 차원에서 이 세상을 바라보는 것 같은 특별한 감상을 주었다. 경계를 뛰어넘은 초월자가 된 것처럼.

루미는 곧 그 이질감이 자신이 제이 삼촌 쪽으로 한 걸음 더 걸어갔기 때문이라는 것을 깨달았다. 로이드 검사의 이야기를 통해 제이 삼촌의 존재감이 더 선명해졌고, 자신이 그 선명한 색을 받아들임으로써 제이 헌터가 되고 있는 것이었다. 루미는 목적지를 정하지 않은 채 어둠이 내리는 거리를 무작정 걸어갔다. 가장 유력했던 용의자를 잃은 이상 다음 수사를 어떻게 해 나갈지 고민해야 하는데도, 오히려 답을 얻은 것처럼 안심이 되었다. 그냥 이렇게 몸을 맡기고 있으면 몸속에 깃든 제이 헌터가 올바른 길로 이끌어 줄 것 같았다.

루미는 손목시계를 확인했다. 따분한 집과 지루한 호두 정물화를 보는 순간 제이 삼촌이 자신을 떠나가 버릴 것 같아 집에 오는 시간을 계속 미루었는데, 그러다 보니 어느새 열 시가 넘어 버렸다. 루미는 조심스레 현관문을 열었다. 시험 기간이니 이 정도 늦은 것으로는 큰 추궁을 당하지 않을 것이다. 현관 조명만 빼 놓고 집은 불이 모두 꺼져 있었다. 아빠 엄마는 벌써 잠이 든 모양이었다. 밤에 아무 할 일도 없는 재미없는 사람들이라는 게 이럴 때는 다행이었다. 루미는 바로 2층 계단으로 발을 내디뎠다.

그때였다.

"어디 갔다 오는 거니?"

루미는 어둠 속에서 들리는 무거운 목소리를 듣고 깜짝 놀라 소리가 들리는 쪽으로 시선을 돌렸다. 아빠가 스탠드 조명도 켜지 않은 채 소파에 앉아 있었다. 창문 너머에서 들어오는 가로등 불빛이 아빠보다도 아빠 머리 위쪽 벽에 걸린 호두알 그림을 도드라지게 비추었다.

루미는 놀랐지만 태연하게 대답했다.

"어디겠어요, 학교에서 시험공부 하다 왔죠."

아빠가 소파에서 일어나 계단 쪽으로 천천히 걸어왔다. 루미는 자신을 향해 다가오는 아빠를 보며 처음으로 긴장감이란 것을 느꼈다. 어둠 때문인지 이 집도, 아빠도 보통 때와는 어딘가 다른 것 같았다. 아빠는 계단 끝에 발이 닿을 정도로 가까이 다가와서야 걸음을 멈추고 말했다.

"루미 헌터, 네 거짓말을 언제까지 참아 줘야 하는지 모르겠구나."

루미는 아빠의 눈을 마주 보는 순간 긴장감을 넘어 두려움을 느꼈다. 의견 대립은 늘 있는 일이었지만 이 순간의 냉정한 눈빛은 부녀 사이의 갈등이 아닌 인간 대 인간으로서 적의를 드러내고 있는 것 같았다. 아빠가 말하는 거짓말이란 게 뭘까. 뭔가 알고서 하는 말일까? 학교에 전화를 해 본 걸까?

루미는 두려움을 누른 채 아빠를 슬쩍 떠보았다.

"제가 거짓말을 할 수밖에 없는 게 누군가가 진실을 안 믿어 주기 때문이라고 생각하지 않으세요?"

"네가 거짓말을 하는 게 결국 나 때문이라는 거니?"

"아빠가 절 안 믿는 건 사실이잖아요. 제가 하는 모든 게 마음에 안 들죠."

"재미있구나. 웬만해선 의견 일치가 안 되는 너와 내가 그 점에서만큼은 같은 생각을 하고 있다니. 그런데 루미 헌터, 네 부모인 날 안 믿고, 내가 하는 모든 게 마음에 안 드는 건 너도 마찬가지 아니니? 잘난 프리메라에 다니는 네 눈에 7급 서기 아빠는 마냥 시시하고 창피한 존재일 테니까."

루미는 아둔하게만 생각했던 아빠의 입에서 자신을 간파하는 말이 나오는 것에 서늘한 기분이 들었다.

"그런데 네가 프리메라에 다닐 수 있는 게 누구 덕분일까? 바로 그 시시한 7급 서기 덕분 아니니?"

루미는 지고 싶지 않았다.

"경제적으로 절 압박할 생각이시라면 내일 당장이라도 할머니에게 제 학비를 부탁드리겠어요."

아빠가 냉소적으로 말했다.

"온갖 똑똑한 척은 다 하고 다니면서 네 눈앞의 현실은 하나도 못 보고 있구나. 할머니가 프리메라와 네 대학 학비까지 감당할 정도로 능력이 있으신 것 같니? 얼른 꿈에서 깨는 게 좋을 거다. 애초부터 할아버지가 가진 건 명예였지 돈

이 아니었어. 할머니가 언제나 네 피난처가 되어 줄 거라고 생각하면 오산이다. 그럴 자격도 없고. 이번 기회에 확실히 짚고 넘어가자. 네 부모는 나 조이 헌터고, 내 집에서 내 자식으로 사는 한 넌 내 법칙에 따라야 하는 거야."

그러고는 다짐을 받듯 덧붙였다.

"알았지? 리틀 제이."

루미는 지금까진 한 번도 불러 준 적 없는 '리틀 제이'라는 영광스러운 별명을 이런 순간에 비열하게 사용하는 아빠를 이해할 수가 없었다. 루미는 더 이상 아빠와 이야기하고 싶지 않아 몸을 돌려 그대로 계단으로 뛰어 올라갔다. 그런데 등 뒤로 들리는 아빠의 목소리가 중간에서 발을 잡아챘다.

"지금 이 순간부터 학년말 고사가 끝날 때까지 학교에 가는 것 외엔 외출 금지니까 그렇게 알아라. 전화 통화도 물론이고. 네가 어떻게 하느냐에 따라 그 기간이 무한히 연장될 수도 있겠지."

루미는 계단에 멈춰 서서 소리쳤다.

"아빠 마음대로 그렇게 할 순 없어요!"

"아니, 그렇게 할 거다. 내 봉급의 40퍼센트를 네 학비에 쏟아붓고 있는데, 이 귀중한 시간에 네가 헛짓거리를 하고 다닌다면 나에겐 너무 불공평한 일이잖니. 너만 나에게 부모 노릇 똑바로 하라고 할 게 아니라 나도 너에게 자식 노릇 똑바로 하라고 요구할 권리가 있다. 안 그러니?"

루미는 자신의 머릿속을 속속들이 들여다보면서 하는 것 같은 말에 계단 난간을 꽉 쥐었다.

"내일은 친구와 약속이 있어요. 하룻밤 전에 약속을 깰 순 없어요."

"친구 누구?"

루미는 대답하지 않았다. 대답해도 문제 될 것은 없었지만 아빠에게 자신이 순종하는 것으로 착각하게 하고 싶지 않았다.

그런데 놀랍게도 아빠가 독심술을 부리는 사람처럼 물었다.

"다원이니?"

루미는 침묵을 지켰다. 이번엔 다른 전술적 의도 없이 그저 입이 열리지 않았다.

"걱정 마라. 시험공부 때문에 약속을 못 지키게 됐다고 내가 대신 전화해 줄 테니까."

루미는 간신히 입을 떼어 말했다.

"아빠를 시켜 약속을 취소하라니, 절 완전히 바보로 만들 생각이세요?"

"바보가 되기 싫다면 올라가서 공부나 하렴. 프라임스쿨도 학년말 고사 기간이니 다원은 충분히 이해해 줄 거다. 워낙 착한 아이잖니?"

아빠는 그러더니 콘센트에 꽂혀 있는 전화기 코드를 뺐다.

루미는 그동안 자신이 가장 얕잡아 봤던 무기력한 인물

에게 한밤중에 쿠데타를 당한 기분이 들었다. 그동안 누려 왔던 자유와 권리가 한순간에 바닥으로 떨어져 나뒹굴었 다. 아빠는 그 전리품들을 기쁘게 밟아 짓이기는 미소를 보 이더니 전화기를 가지고 방으로 들어갔다. 루미는 한 발짝 도 움직일 수가 없었다.

미약한 빛

　　11월 둘째 주 토요일, 집에 돌아온 다윈은 곁으로 달려드는 벤을 떼어 낸 채 옷만 갈아입고 바로 다시 밖으로 나왔다. 약속 시간까지는 아직 멀었는데도 벌써 늦은 기분이었다. 어제 루미가 로이드 검사를 만나 어떤 이야기를 나누었는지, 어떤 느낌을 받았는지, 그래서 그의 정체에 대해 어떤 결론을 내렸는지 궁금해 한시라도 빨리 만나고 싶었다.

　바쁘게 정원을 지나는데 한쪽 구석에서 나무의 밑동을 짚으로 싸고 있는 정원사가 보였다. 땅에 무릎을 꿇은 채 두 팔로 나무를 감싸 안고 있는 모습이 묘하게 인상적이어서 다윈은 부산을 떨었던 것도 잠시 잊고 정원사에게 다가가 물었다.

"이렇게 안 해 주면 나무가 죽나요?"

정원사는 "도련님!" 하고 외치며 자리에서 벌떡 일어나더니 일을 하느라 들어오는 것을 못 봤다고 했다. 다원은 "괜찮아요."라고 한 뒤 방금 전에 한 질문을 다시 했다. 그러자 정원사가 나무를 쓰다듬으며 이야기했다.

"안 해 준다고 꼭 다 죽는 건 아니겠지만, 그래도 이렇게 해 줄 수 있는데 안 해 줄 이유가 없잖아요. 이러면 확실히 겨울을 무사히 날 수 있거든요. 부모가 자식에게 춥지 말라고 옷을 입혀 주는 거랑 비슷해요. 옷이 없으면 자기 옷이라도 벗어서 주는 게 부모 마음 아니겠어요. 일기예보를 들으니 올겨울은 다른 때보다 추위가 더 일찍 오고 100년 만의 혹한이 될 거라더군요. 제가 돌보는 한 제 자식이나 마찬가지인데, 자식이 벌벌 떨고 있는 것을 보고만 있을 수는 없죠."

다원은 예상치도 못하게 자기 직업에 높은 자긍심을 가지고 있는 정원사의 설명을 듣고 약간 놀랐다. 아마 그래서 좀 전에 나무를 팔로 감싸 안은 모습이 인상적이었던 모양이다.

다원은 집 밖으로 나서며 정원사에게 말했다.

"아저씨 덕분에 내년엔 호두가 더 많이 열리겠네요."

센트럴 공원은 여름에 왔을 때와는 확연히 달라진 모습이었다. 태양을 향해 높이 솟구쳐 오르던 자연이 이제는 다음 해를 위해 모든 에너지를 땅으로 비축하고 있었다. 붉고 노랗게 변한 잎들은 태양의 노고 앞에 자연이 바치는 마지막

감사 인사 같았다.

루미와 만나기로 한 분수대로 이어지는 오솔길을 걸으며 다원은 한 해가 저물어 가는 모습을 자연의 모든 요소 속에서 목격했다. 울적해질 수도 있는 분위기였지만 다행히도 마음에 남는 특별한 후회나 아쉬움은 없었다. 루미를 알게 된 것만으로도 올해의 수확은 충분했다. 내년은 이보다 훨씬 더 풍성한 해가 되리라는 기대감이 들었다. 흥분으로 걸음이 빨라졌는지 어느새 길이 분수대에 닿아 있었다.

"오랜만이구나, 다원. 그동안 잘 지냈니?"

분수대 둘레에 앉아 있다가 자신을 보고 일어서 인사를 건네는 사람을 마주한 다원은 깜짝 놀라 걸음을 멈추었다. 얼른 인사에 응하긴 했지만 당황스러운 마음이 다 숨겨지지는 않았다.

"아…… 안녕하세요, 아저씨."

다원은 주변을 힐끗 둘러보았다. 루미는 보이지 않았다.

조이 아저씨가 말했다.

"루미는 시험공부를 해야 해서 못 나오게 됐단다. 그래서 대신 아저씨가 나왔지. 많이 놀랐니?"

다원은 실망스러웠지만 애써 웃으며 "아니에요."라고 말했다. 프리메라의 학업 열기가 프라임스쿨에 뒤지지 않는다는 것은 잘 알려진 바고, 제이 아저씨 사건을 조사하느라 루미가 공부 시간을 많이 빼앗긴 사정도 누구보다 잘 알고 있으니 루미의 선택을 비난할 생각은 전혀 없었다. 다만 자신에게는 학년말 고사를 후순위로 밀어 놓을 만큼 중요했던 만남이 루미에게는 단 두세 시간도 낼 가치가 없는 단순한 약속에 불과했다는 사실이 마음속에 쓴 사탕을 뱉어 놓았다. 루미에게 자신이 차지하는 존재감이 어느 정도인지 알 것 같았다.

"그런데 아저씨가 수고스럽게 나오실 필요 없이 루미가 전화를 해도 됐을 텐데. 죄송해요, 저희 일로 번거롭게 해드려서."

"번거롭긴. 실은 다원 너와 얘기를 하고 싶어서 일부러 나온 거란다."

"저랑요?"

조이 아저씨가 분수대 뒤로 난 길로 인도하며 말했다.

"추우니 어디라도 들어가서 얘기하는 게 좋겠구나. 다원 너도 곧 시험인데 감기에 걸리면 큰일이잖니."

다원은 의아함에 휩싸인 채로 조이 아저씨가 이끄는 곳으로 따라 걸어갔다. 아저씨 본인은 자신이 상대방에게 그런 의구심을 주고 있다는 것을 전혀 모르는 평온한 얼굴이었다. 공원을 둘러보던 아저씨가 얼굴처럼 평온한 목소리로 말했다.

"예전엔 이 안에도 음식들을 파는 간이식당들이 꽤 있었는데 이제는 정말 하나도 안 보이지? 처음엔 여기저기서 불만스러운 목소리도 나왔는데 지금은 다들 만족하고 이 공원에 더 애정을 갖게 됐다는구나. 덕분에 공원이 더 깨끗하고 더 자연다워졌다고 말이야. 아이들 건강이나 안전 면에서도 훨씬 안심이지. 이게 다 네 아버지가 계시는 문교부에서 추진한 거란다. 아무래도 니스 씨에게는 미래를 보는 눈이 있는 모양이야. 다윈, 아버지가 자랑스럽지 않니?"

머릿속으로 루미에 대해 생각하고 있던 다윈은 동의를 구하려는 듯 자신을 물끄러미 바라보는 조이 아저씨의 눈길을 뒤늦게 느끼고 "아…… 네, 자랑스러워요."라고 답했다. 느닷없이 루미와는 아무 관련도 없는 아버지 업무 이야기를 꺼내는 것에 조이 아저씨가 오늘 어떤 목적으로 자신을 만나러 온 것인지 더 짐작할 수가 없어졌다.

조이 아저씨가 안내한 곳은 공원 근처의 작고 조용한 카페였다. 주문한 차가 나오기를 기다리며 다윈은 어딘지 모르게 어색한 분위기를 감내해야 했다. 조이 아저씨는 시선을 창밖 거리로 돌린 채 앉아 아무 말이 없었다.

잠시 뒤 종업원이 와서 김이 나는 밀크티 두 잔을 테이블에 올려놓았다. 종업원이 자리를 비키고도 얼마가 더 지나서야 조이 아저씨가 굳게 다물었던 입을 열었다.

"시험공부는 잘돼 가니? 아저씨 같은 사람은 프라임스쿨에서 시험을 치르는 압박감이 얼마나 클지 상상도 안 되는구나."

일부러 이런 자리까지 만든 데는 뭔가 더 분명한 목적이 있어서이지 않을까 하는 예상과 달리 아저씨의 첫마디는 이맘때 어른들이 꺼낼 만한 일반적인 화제였다.

"프라임스쿨이라고 특별히 다를 건 없어요. 아마 시험에 관해서는 다른 학교 학생들도 다 비슷한 부담감을 느낄 거예요. 그래서 오늘 루미도 못 나온 것일 거고."

"그래도 명색이 프라임스쿨인데 다른 학교들과 비교할 수 있겠니. 아무튼 별로 지친 기색이 없는 걸 보면 다원은 공부가 적성에 맞나 보구나."

"피할 수 없는 일이니까 이왕이면 즐겁게 하려고요. 그렇게 생각하면 실제로 공부가 더 재밌어지기도 하거든요."

"훌륭한 마음이구나. 다원 같은 아들을 둔 니스 씨는 정말 자랑스러우시겠어. 물론 그 훌륭한 점도 니스 씨를 닮은 거겠지."

다원은 조이 아저씨의 칭찬이 과하다고 생각했지만 덕분에 큰 걱정이 해소되었다. 딸의 남자 친구에게 훌륭하다는 말을 할 정도면 아저씨는 최소한 루미와의 교제를 반대하는 입장은 아닐 것이다.

긴장을 푸는 사이, 차를 한 모금 마신 조이 아저씨가 찻잔을 내려놓으며 말했다.

"그런데 다원, 아저씬 요새 걱정이 좀 드는구나. 이렇게 중요한 시기에 혹시 우리 루미가 네 공부를 방해하는 건 아닌지 해서 말이야."

그제야 다원은 조이 아저씨가 오늘 자신을 만나러 온 목적과 아저씨 마음에 담긴 염려의 정체가 무엇인지 알 수 있을 것 같았다. 자신이 잦은 통화로 선생님에게 주의를 받은 것처럼 루미 역시 전화기 앞에 오래 서 있는 모습이 아저씨의 걱정을 산 게 분명했다. 물론 "루미가 네 공부를 방해하는 건 아닌지"라는 말의 주어와 목적어는 자리를 바꿔야 할 것이다. 아저씨는 사실은 "다원 네가 우리 루미 공부를 방해할까 봐 걱정이구나."라고 말하고 싶은 것을 아버지와의 관계 때문에 돌려 말하고 있는 것이다.

다원은 자신들의 일에 관해선 조금도 걱정할 필요가 없다는 믿음을 아저씨에게 주고 싶어 자신에 찬 목소리로 말했다.

"그 점은 걱정하지 않으셔도 돼요. 루미와 저는 서로가 서로를 방해하는 그런 퇴보적인 관계가 아니니까요."

아저씨가 미소를 지으며 말했다.

"퇴보적인 관계가 아니라……. 프라임스쿨 학생답게 사용하는 단어도 무척 고차원적이구나. 그래, 좋아. 그럼 퇴보적인 관계가 아니라면 두 사람은 어떤 관계지?"

다원은 자신과 루미의 관계를 가장 잘 설명해 줄 표현이 무엇일까 고민하다가 대답했다.

"저흰 서로에게 영감을 줘요."

"영감이라……. 미안하지만 아저씨는 무슨 뜻인지 잘 이해가 안 가는구나. 영감을 준다는 게 어떤 의미인지 자세히 설명해 주겠니?"

"그러니까 그건……. 제가 느끼는 대로 말씀드리자면 서로의 삶에 활기를 준다는 의미예요. 예전에는 보지 못했던 것들을 보고, 다른 사람과는 시도해 보지 않았던 일들을 해 보면서 삶에서 새로움을 느끼는 거죠."

"'예전에는 보지 못했던 것들'과 '다른 사람과는 시도해 보지 않았던 일들'이란 게 구체적으로 어떤 거니?"

다원은 조이 아저씨에게 자신의 생각을 납득시켜야 한다는 의욕이 넘친 나머지 잘못된 방향으로 이야기를 이끌었다는 것을 깨달았다. 전화 통화를 하는 것만으로도 이렇게 걱정을 하는 아저씨가 9지구나 아카이브에 갔던 일을 알게 된다면 루미와의 교제는 절대 인정받을 수 없을 것이다. 아저씨가 재차 "응? 다른 사람과는 시도해 보지 않은 일들이란 게 뭐니?"라고 물었다. 다원은 아저씨의 걱정이 더 커지기 전에 얼른 "거창한 건 아니에요."라며 실수를 수습했다.

"그냥 지난번처럼 인류사 박물관에 가는 평범한 일도 루미와 함께라면 훨씬 새롭고 즐거운 경험이라는 뜻으로 한 말이었어요. 루미는 저와는 다른 눈을 가졌으니까 루미의 이야기를 들으면 제가 미처 생각 못 했던 것들에 대해 생각해 볼 수 있거든요."

조이 아저씨는 "인류사 박물관이라⋯⋯."라고 혼잣말로 중얼거리더니 그대로 입을 다물고 오랫동안 아무 말이 없었다. 무슨 생각을 하는지는 알 수 없지만 단순히 인류사 박물관을 생각한다고 보기에는 지나치게 심각한 얼굴이었다.

다원은 용기를 내어 조이 아저씨에게 솔직하게 물었다.

"아저씨는 제가 루미를 만나는 게 마음에 들지 않으세요?"

조이 아저씨는 놀란 얼굴이 되더니 곧 웃으며 머리를 내저었다.

"그럴 리가. 딸이 다원처럼 훌륭한 남자 친구를 만난다는데 어느 부모가 마다하겠니? 당연히 환영할 일이지."

"그런데 왜 그렇게 걱정스러운 얼굴을 하세요?"

아저씨가 인자한 미소를 지으며 말했다.

"내가 걱정하는 건 네가 아니라 우리 루미란다. 알다시피 네 아버지와 나는 오랫동안 알고 지낸 사이야. 추도식도 그렇고, 살면서 네 아버지 도움을 많이 받았지. 그런데 혹여 우리 루미가 다원 너에게 해가 되는 일을 하진 않을까 그게 걱정이구나."

다원은 아저씨의 얼굴에서 진심으로 자신이 루미를 방해하는 경우보다 루미가 자신을 방해할 경우를 걱정하고 있는 마음이 느껴져 아저씨의 본심이 헷갈렸다. 그러나 어느쪽이든 간에 그런 걱정은 잠깐 생겼다가 사라지는 그늘보다도 신경 쓸 일이 못 된다는 것을 알리고 싶었다.

"루미가 저에게 해가 된다니, 그럴 일은 절대 없어요. 아저씬 저에게 훌륭하다고 하셨지만 저보다도 루미가 훨씬 더 용감하고 현명한 사람인걸요."

조이 아저씨는 웃으며 "좋게 봐 줘서 고맙구나." 하더니 잠시 뒤 이어 말했다.

"그런데 다원, 루미한테는 네가 모르는 다른 면이 있을 수도 있단다. 어릴 때부터 봐 왔다고는 하지만, 네가 루미를 본격적으로 알게 된 지는 얼마 안 됐지 않니? 그렇게 짧은 순간이라면 무모한 면이 용감함으로 잘못 보일 수도 있고, 영악한 면이 현명함으로 잘못 이해될 수도 있지. 안 그러니?"

다원은 조이 아저씨의 말을 듣고 깜짝 놀랐다. 본인의 딸을 이렇게나 가혹하게 평가하는 아저씨가 이해되지 않았다. 이제 보니 루미가 때때로 아저씨에게 보였던 냉담함은 다 그럴 만한 이유가 있었던 것이다.

다원은 루미만이 아니라 루미에게서 그런 미덕을 발견한 자기 자신까지 왜곡당하는 것 같아 단호하게 말했다.

"제가 아는 루미는 늘 밝고, 자신감 있고, 진실을 최우선의 가치로 여기는 정의로운 사람이에요. 이것 말고 제가 모르는 루미의 다른 면이란 게 있다면 아저씨께서 말씀해 주시겠어요?"

조이 아저씨는 질문엔 답을 않은 채 시선을 돌려 창밖을 바라보았다.

다원은 다시 물었다.

"네? 제가 모르는 루미의 다른 면이란 게 뭐죠?"

진실을 최우선의 가치로 여긴다……? 내가 법원 서기로 17년간 일하면서 깨달은 게 한 가지 있다면 진실의 가치가 지나치게 과장되어 있다는 사실이다. 나는 매일매일 진실에 입각한 판결문을 기록한다. 그런데 진실이 밝혀지면 모두가 행복해져야 할 텐데 기대와 달리 행복해하는 사람은 그리 많지 않다. 오히려 진실이 묻히고 진실이 아닌 것이 진실로 둔갑할 때 행복이 유지되는 경우를 자주 목격했다. 얼마 전 남편이 부정한 부인을 살해한 사건 역시 진실이 드러나지 않았다면 그렇게 비극적으로 끝나지는 않았을 것이다.

진실이 인간의 행복을 위해 봉사하지 않는다면 무슨 가치가 있을까. 진실 그 자체로 가치 있는 것이라고? 그런 관념론적 주장은 폐기 처분해야 한다. 나는 고통받는 인간의 머리 꼭대기에서 의기양양해하는 진실 따위는 숭배하지 않는다.

아주 오래전, 밝혀지지 말았어야 할 하나의 진실이 있었다. 그 진실로 모두가 고통받았다. 행복했던 한 가족이 파괴되었다.

내가 여덟 살 때쯤, 사랑했던 나의 제이 형이 어느 날 갑자기 폭군으로 돌변했다. 여섯 살이라는 나이 차이로 그 전에도 우리 사이에 상하 관계는 늘 존재했지만, 갑작스럽게 변한 형의 행동은 정상적인 훈계와 처벌을 넘어선 것이었다. 물이 가득 찬 욕조에 나를 빠뜨리고는 무서운 얼굴로 내 어깨를 짓누르기도 하고, 우연을 가장해 나를 2층 계단에서 떠밀고, 언젠가는 정원에서 놀고 있는 내 얼굴을 겨냥해 쇠구슬을 쏘기도 했다. 이마에서 피가 줄줄 흐르는 것을 보고도 형은 미안해하는 기색 하나 없이 "척결한 거야."라며 이죽거렸다.

더 이해할 수 없었던 것은 어머니의 태도였다. 피를 흘린 채 뛰어 들어온 나와, 2층 계단 위에서 거만하게 서 있는 제이 형 사이에서 어머니는 먼저 제이 형 쪽으로 안타까운 시선을 돌렸다. 마치 제이 형 이마에서 피가 흐르고 있기라도 한 듯이.

나중에야 그 모든 것들이 한 남자와 관련되어 있음을 알았다. 아버지의 지인으로 우리 집을 종종 방문했던 자, 내 친아버지였다.

아버지가 사진을 찍기 위해 집을 비운 동안 어머니는 부정을 저질렀다. 어떤 계기로 제이 형은 그 진실을 알게 되었다. 두 사람이 또 집 어딘가에서 밀회를 했던 걸까?

진실이 밝혀진 순간부터 어머니와 나는 형의 먹잇감이 되었다. 나를 향한 제이 형의 분노는 주로 육체적인 폭력의 형태를 띠었다. 나는 내가 괴롭힘을 당하는 이유도 모르는 채 한때 내가 사랑하고 존경했던 형에게 매일 무차별적인 학대를 당했다. 반면에 어머니를 향한 폭력은 물리적이지 않은 대신 더 뒤틀리고 교묘했다.

어느 일요일, 어머니와 내가 교회에서 돌아왔을 때였다. 내가 정원에서 무엇인가 하느라고 잠깐 한눈을 판 사이 어머니는 먼저 집으로 들어갔다. 잠시 후 집으로 들어간 나는 어머니를 부엌 바닥에 무릎 꿇려 놓은 채 의자에 앉아 있는 제이 형을 보았다. 제이 형은 나를 보고도 그 벌을 중단시키기는커녕 오히려 거만하게 턱을 치켜들며 너도 이 모습을 똑똑히 봐 둬야 한다는 식으로 어머니에게 말했다.

"앞으로 교회 같은 덴 다니지 마. 자격 미달이잖아, 그렇지?"

어머니는 노예처럼 제이 형의 명령에 순응했다. 어머니는 뭐가 두려웠던 걸까. 제이 형이 아버지에게 진실을 털어놓는 것? 부정한 여자로 낙인찍혀 1지구의 가정에서 퇴출당하는 것? 그런데 아버지는 정말 몰랐을까? 몰랐다면 아버지는 왜 늘 그렇게 서늘한 눈빛으로 나를 바라보았던 걸까. 왜 내 얼굴에 생긴 상처에 대해 한 번도 묻지 않았던 걸까. 왜 제이 형에게는 허락했던 카메라를 내가 만지는 것은 질색했던 걸까. 왜 내 열여섯 생일에는 제이 형에게 선물했던 것처럼 자신의 사진을 선물하지 않은 걸까. 왜 제이 형이 죽었을 때 자신의 유일한 아들이 죽은 것처럼 허무한 얼굴이 되었을까.

아버지에게서 따뜻한 눈길을 받게 된 건 아버지가 치매를 앓고 난 뒤부터였다. 그때 비로소 내 아버지가 된 것 같았다. 그럼에도 내 아버지는 아니었지만…….

어느 순간부터 제이 형에게는 병적일 만큼 도덕적 결벽증이 생겼다. 그는 세상이 모두 흰색이어야 한다고 믿는 것 같았다. 조그만 흠결도 봐주는 법이 없었다. 모든 사람들은 떳떳해야 했고, 매일매일을 재판장에서 선서하듯 살아야 했다. 뒤로 감추고 얼버무리는 건 모두 척결의 대상이었다.

언젠가 무척 중요한 아버지 손님이 집에 왔다가 근처에 불법 주차를 해 놓은 일이 있었다. 손님은 아버지에게 "가끔은 법을 지키는 것보다 편한 게 더 좋지."라고 했다. 그런데 그 대화를 들은 제이 형이 경찰서에 전화해 불법 주차 차량을 얼른 견인해 가라고 신고했다. 경찰이 낮 시간에는 탄력적으로 운영한다고 하자, 제이 형은 그 발언을 한 경찰의 신원을 물으며 직급이 더 높은 윗사람에게 신고하겠다고 협박했다. 당황한 경찰은 바로 경찰관을 보내겠다고 했다. 얼마 뒤, 자신의 차가 견인되었다고 연락받은 손님이 헐레벌떡 집 밖으로 뛰어나갔다. 제이 형은 계단에 서서 심판관처럼 그 모습을 지켜보며 흐뭇해했다.

형을 기억하는 사람들은 그가 태양을 닮았고, 지휘자이며, 어른이 되었으면 큰일을 하는 사람이 되었을 것이라고 말하곤 한다. 그가 프라임스쿨에 합격하고도 가지 않은 일화를 영웅의 일대기 중 서론 부분이라도 되는 것처럼 생각하는 것이다. 그러나 형의 성향을 가까이서 느껴 본 사람이라면 그의 눈빛에 배어 나오는 잔혹한 본성에 때때로 소름이 끼쳤을 것이다. 프라임스쿨에 가지 않은 이유를 말할 때도 남들 앞에선 "친구들이랑 놀고 싶어서."라고 초연한 척으스댔지만, 사실은 악랄하게 어머니와 나를 곁에서 더 괴롭히기 위해서 그랬던 것이다.

제이 형의 학대를 더는 참을 수 없을 지경이 됐을 때, 나는 형을 이 세상에서 없애기로 결심했다. 방법은 간단했다. 약점을 들키는 게 싫어서 다른 사람들한테는 숨기거나 싫어서 안 먹는 것뿐이라 둘러댔지만 사실 형은 호두에 심한 알레르기가 있었다. 조금만 먹어도 바로 숨이 막혔다. 호두를 빻아서 가루로 만들어 파스타 소스 속에 섞어 놓으면 저녁 식탁에서 형은 바로 질식사할 것이었다. 나중에 돌이켜보니 그 생각을 했던 때가 열 살 때였다. 열 살에 살인을 계획하다니……. 나라는 존재에 지금까지 두고두고 비참함이 느껴진다. 그런데 그렇게 하루하루 살인을 꿈꾸며 지내던 어느 날, 제이 형이 진짜로 살해돼 죽었다. 나는 내가 그를 죽인 것이라는 의심을 지울 수가 없었다. 내 강렬한 염원이 힘센 유령을 만들어 내 형의 목을 조른 것 같았다.

경찰 조사에서 섣불리 그날 밤 형 방에서 말소리를 들었다고 진술한 것을 두고두고 후회했다. 왜 범인을 특정 지을 수도 있는 힌트를 내 스스로 흘린 것일까. 나 대신 형을 죽여 준 그 사람은 나의 은인이나 다름없는데 왜 그런 멍청한 짓을 벌인 걸까. 나는 어렸고 겁쟁이였다. 경찰도, 가족도, 그 누구도 형을 잃은 불쌍한 열 살 꼬마를 의심하지 않는데 나 혼자 지레 살인자로 몰릴까 봐 겁을 먹고 입을 잘못 놀린 것이다. 다행히도 경찰은 내 증언에 큰 의미를 두지는 않았다.

사건은 신원 불명의 9지구 후디의 소행으로 마무리되었고, 그렇게 제이 형은 내 인생에서 떠나갔다. 가끔은 울적한 마음도 들었지만 새로 얻은 삶이 그 슬픔을 가볍게 몰아냈다. 이젠 더 이상 밤에 잠이 들면서 내일 또 형에게 맞을 걱정을 하지 않아도 되고, 형에게 비굴하게 구는 어머니를 보지 않아도 되었다. 형에게 그토록 증오를 받는 내 존재의 근원을 고민하고 의심하지 않아도 되었다. 나는 더 이상 제이헌터의 사냥감이 아니었다.

대학에 입학할 무렵 생물학적 아버지가 나를 찾아왔다. 2지구의 건축가인 그는 내가 자신의 혈육인 게 대단한 진실이라도 되는 양 엄숙한 목소리로 나와의 관계를 재건하고 싶다고 했다.

나는 그에게 말했다.

"재건이란 무너진 무언가를 다시 일으켜 세울 때 쓰는 말 아닙니까? 그런데 당신과 나 사이에 무엇이 무너졌던 적이 있습니까? 아니요, 아무것도 무너진 게 없습니다. 애초에 당신과 나 사이에는 견고한 무언가가 세워졌던 적이 없으니까요. 가세요."

그랬다. 내 황폐한 마음속에 쌓인 잔해는 오로지 나 혼자만의 세계에서 허물어져 내린 것들이었다. 그는 그곳에 발디딜 자격이 없었다. 돌조각 하나라도 새로 쌓을 권한이 없었다. 나는 그에게 다시는 나를 찾아오지 말라고 했다. 아버지가 간절히 필요했던 시기를 나는 아버지 없이 혼자 보냈고, 그 기간이 지나자 더 이상 생물학적 아버지든 서류상의 아버지든 필요하지 않게 되었다. 진실은 그런 것이다. 적기가 지나고 나면 유효기간이 지난 쿠폰보다도 쓸모없는 것이 된다.

그렇게 두 사람을 보내고 사귀던 여자와 대학 졸업반 때 결혼해 일찍 가정을 꾸림으로써 마침내 나는 내 유년 시절을 불행하게 만든 진실에서 빠져나올 수 있게 되었다.

"네? 제가 모르는 루미의 다른 면이란 게 뭐죠?"

그런데 여기, 아직 밝혀지지 않은 또 하나의 진실이 있다.

제이 형의 13주기 추도식 때 나는 우연히 2층으로 올라가는 그를 보았다. 이전까지는 그가 2층에 올라간 적이 한 번도 없어서 어쩌면 제이 형 방에 대한 설명이 필요할지도 모르겠다는 생각에 뒤따라 올라갔다. 어머니는 내 옛날 방은 잡동사니를 넣어 두는 창고로 쓰면서 제이 형 방은 요절한 왕자의 방처럼 보존해 두고 있었다. 13년 전과 똑같은 제이 형의 방 모습에 그는 타임머신이라도 탄 아이처럼 충격받은 얼굴이었다. 방을 둘러보는 그에게 나는 "좀 지나치죠?"라고 말하며 반년 뒤 태어날 그의 아이로 화제를 돌렸다.

"아직 아이를 가질 생각이 없어선지 전 상상이 안 가요. 아버지가 된다는 게 도대체 어떤 기분인지."

"나도 마찬가지야. 전혀 실감이 안 나. 어떨 땐 심지어 무섭기도 하고……."

"형답지 않게 자신 없는 소리를 하네요. 나에겐 늘 자신감이 제일 중요하다고 하면서."

"그러게. 아마도 부모가 된다는 건 자신감과는 별 관계가 없는 일이어서 그런가 봐."

"그럼 뭐랑 관계가 있는데요?"

"아마도…… 자격 아닐까?"

"그런 거라면 형은 자식을 스무 명은 낳아도 되겠어요. 내가 장담해요. 형은 분명 세상에서 가장 훌륭한 아버지가 될 거예요."

"……난 자격 미달이야. 세상에서 가장 훌륭한 아버지가 될 사람은 제이였지."

잘못된 믿음에 뿌리내린 그의 한결같은 우정에 나는 조금 비위가 상했다.

"너무 확신하진 마세요. 사람에겐 누구나 다른 사람은 모르는 면이 있으니까."

"동의해. 하지만 제이는 달랐지. 네 형은 정말 특별한 사람이었어. 유리처럼 투명했지."

"형은 가끔 제이 형을 지나치게 미화해서 생각하는 것 같아요."

"그래 보여? 하지만 난 이제껏 살면서 제이만큼 내면과 외면이 일치한 사람은 만난 적이 없어."

"그건 제이 형이 일찍 죽었기 때문이겠죠. 지금까지 제이 형이 살아 있었으면 생각이 완전히 바뀌었을지 또 알아요?"

"그런 일은 일어날 수 없어. 제이는 천성적으로 스스로에게 엄격하도록 태어난 사람이니까. 나이를 먹는다고 그런 본질이 바뀌진 않지."

"제이 형을 보면 어릴 때 죽는 것도 나쁘진 않은 것 같네요. 사람들에게 좋은 기억으로만 남을 수 있으니까."

그가 엄한 얼굴로 말했다.

"조이, 그건 너무 고약한 말이야."

나는 물러서지 않고 내 생각대로 반박했다.

"하지만 사실이잖아요. 사람은 오래 살수록 고통도 더 많이 당하게 되어 있는데, 제이 형처럼 고통 없이 한순간에 죽어서 오랫동안 사람들의 추모를 받는 것도 나쁘진 않잖아요?"

그는 갑자기 지나칠 정도로 흥분해서 말했다.

"넌 제이가 어떻게 죽었는지 알면서도 그런 소리를 하는 거야? 제이는 살해당했어. 살해당했다고."

"그래요, 교살이었죠. 그래도 형을 검시한 의사가 그러던 걸요. 목에 난 흔적으로 보아 오래 고통을 당하다 죽은 건 아닌 것 같으니 그나마 다행이라고."

그 순간 그가 고함 치듯 목소리를 높였다.

"오래 고통을 당하지 않았다고? 본인이 당했어도 과연 그런 소리를 할 수 있을까? 그가는 후드 끈으로 숨을 끊으려고 할 때 얼마나 많은 힘을 주어야 했는지 그걸 의사가 알기나 해? 다음 날 손바닥에 빨간 끈 자국이 남아 있는 걸 보고 얼마나 처참한 기분이 들었는지 그자가 알기나 하냔 말이야. 그 고통의 백분의 일이라도 느낄 수 있다면, 다행이니

뭐니 하는 헛소리는 절대 못 할 거야."

말을 마친 순간 그의 얼굴엔 숨이 끊어지기 직전의 고통이 서려 있었다. 한여름이었는데도 그의 입에서 하얀 김이 새어 나오는 것 같았다. 나는 그의 가슴이 조금씩 진정되어 아예 영원히 멎을 것처럼 가라앉았을 때 입을 열었다.

"제이 형은 교살당해 죽은 것으로 드러났지만 범행 도구는 아직도 미궁으로 남아 있어요. 경찰도 저희 가족도 아마 노끈 같은 게 아니었을까 추측만 했죠. 그런데 후드 끈이었군요."

그와 나는 몇 분쯤 아무 말 없이 그대로 방 안에 있었다. 더 이상 말은 필요 없었다. 침묵이 모든 것을 밝혀 주었다. 잠시 뒤 그가 먼저 방을 나갔다.

월요일, 나는 그의 사무실로 찾아갔다. 그의 자리는 비어 있었다. 그의 상사가 그가 갑자기 사직서를 내서 다시 생각해 보라며 며칠 휴가를 주었다고 했다. 집으로 찾아갔더니 그의 부인이 울며 그가 아이를 지우자고 했다고 말했다. 그는 모든 것을 포기할 생각이었던 것이다. 그는 어두운 서재에 혼자 앉아 있었다.

나는 그에게로 가 말했다.

"만약 사건의 진실이 드러나게 된다면, 그건 내가 아니라 어제처럼 형의 입에서일 거예요. 다시는 실수하지 마세요. 전 절대 실수 안 해요. 이 방에서 나가는 즉시, 전 아무것도 모르는 거예요. 오늘 이 시간이 우리가 그 일에 대해서 애기하는 마지막이 될 거예요. 추도식에도 더 이상 오지 마세요. 가족들도 납득할 거예요. 그동안 과분했던 거죠. 이제부터 우리 가족한테서 천천히 멀어지세요, 형 자신을 위해서……. 그리고 제가 이런 말 할 자격은 없지만 그래도 한 가지만 부탁할게요. 꼭 훌륭한 아버지가 되어 주세요……. 저도 한 명쯤은 훌륭한 아버지를 보고 싶거든요."

나는 그가 후드 끈으로 제이 형의 목을 조른 이유에 대해 한 번도 묻지 않았고, 한 번도 궁금해하지 않았다. 알아 봤자 누구에게도 도움이 안 되는 쓸모없는 진실이기 때문이었다. 그렇게 나는 다시 한 번 진실과 작별했다.

지금 와 이 진실이 밝혀진들 누가 행복해질까? 과거를 묻고 제이 형을 이상적인 아들로 둔갑시킨 어머니가? 부정한 부인과 죽은 아들에 대한 기억을 잃은 아버지가? 지금의 인생에 만족하는 내가? 삼촌의 진짜 모습을 모르는 루미가?

30년 전에 죽은 제이 형? 형을 위해서?

그런데 형, 죽은 사람을 위해 산 사람들의 행복을 깨뜨릴 수는 없어요. 그건 정의로운 게 아니라 어리석은 거예요. 나는 비록 형처럼 똑똑하진 않지만 그래도 형이 퍼부었던 악담처럼 저능아는 아니에요.

내 머리에 쇠구슬을 던졌던 당신을 위해, 울고 있는 나에게 사탕을 건네줬던 그를 배신하지는 않을 거예요. 아버지와 나의 친어머니까지 방치했던 나를 돌봐 주고 공부를 가르쳐 줬던 그를 배신하진 않을 거예요. 아버지 대신 내 진로를 걱정하고 지금의 직장을 얻을 수 있도록 힘써 준 그를 배신하진 않을 거예요. 형보다 더 나를 친동생으로 생각해 주는 이 사람을 배신하는 그런 일은 결코 없어요. 핏줄 같은 건 아무 상관 없어요. 나는 친아버지도 거부한걸요. 이 사람이 내 진짜 형이에요. 형은 내가 형이라고 부르는 것도 끔찍하게 싫어했잖아요.

이제 그만 우리를 놔주고 제발 떠나 주세요. 앞으로 계속 살아가야 하는 우리 인생을 더는 휘젓지 마세요. 사람들의 기억 속에서 그만 발을 거두세요. 나는 1년에 한 번 형을 추모해야 하는 그 하루만으로도 진절머리가 나요. 열여섯에 죽은 고약한 소년을 30년 동안이나 추모해 줬다면 충분하지 않나요? 이 정도면 형의 허락 없이도 하느님이 대신 모든 죄를 용서해 주셨을 거예요. 해가 바뀌면 이번에는 기필코 형의 추도식을 그만하겠다고 모두에게 통보할 거예요. 의논이 아니라 일방적인 통보예요. 명령이고 선언이에요. 내가 우리 헌터 가문의 후계자예요. 후계자의 자격으로 아직도 죄책감에 시달리는 그 불쌍한 사람을 자유롭게 해 줄 거예요. 그리고 나도 자유로워질 거예요.

제이 형이 우리 삶 속에 불쑥불쑥 나타날 때마다 나는 이런 기도 아닌 기도를 드리곤 한다.

"아저씨, 제가 모르는 루미의 다른 면이란 게 어떤 건데요?"

계획에 없던 아내의 임신 소식과 공교로운 임신 추정 날

짜만으로도 당혹스러웠는데, 출산 예정일에서 사흘이 지나 제이 형의 생일날에 태어난 나의 딸 루미. 마치 일부러 그 날짜를 맞추려고 배 속에서 나오지 않고 기다리고 있었던 것처럼……. 몸서리치게 끔찍한 그 상상이 어머니가 '리틀 제이', '우리 아기 호랑이'라고 부를 때마다 유령이 되어 나를 덮친다. 나는 루미의 발뒤꿈치에 끌려 다니는 제이 형의 그림자를 떨쳐 낼 수가 없다. 루미의 눈동자는 나를 학대했던 제이 형의 것을 그대로 닮았다. 프리메라에 집착하는 성향마저 전생에서 가지 않은 길을 이번 생에서 시도해 보려는 그의 잔상으로 여겨진다. 그래서 나는 어리석게도 종종 내가 형에게 당했던 것을 루미에게 그대로 되돌려 주고 싶은 충동에 사로잡힌다. 억누르려 애써 봐도 그 망상에서 완전히 벗어날 수가 없다. 나는 결코 훌륭한 아버지는 될 수 없을 것이다. 아니, 그 길은 진즉에 포기했다.

내 딸이 진실을 최우선의 가치로 여기는 사람이라고? 아버지인 내가 폐기 처분하고 싶은 진실을?

다윈, 아저씨는 절대 그렇게 두지 않을 거란다. 루미가 내 신분증을 훔쳐 정보 공개 청구를 하고 아카이브에서 네 아버지 아이디까지 도용한 걸 보면 뭔가를 알아 가는 중인 것 같지만 절대 원하는 대로 되진 않을 거야. 왜냐하면 내가 가진 '아버지'라는 유일한 권력을 이용해 진실을 밝히려는 루미를 굴복시킬 거니까. 그 진실은 더 이상 이 세계에서는 아무짝에도 필요 없는, 행복한 삶을 갉아먹는 해충일 뿐이지.

진실의 가치는 지나치게 과장되어 있다. 그것이 내가 믿는, 이 세상에서 유일하게 가치 있는 진실이다.

다원은 초조하게 조이 아저씨의 답변을 기다렸다. 아저씨의 시선은 지나치다 싶을 정도로 오래 창밖에만 머물러 있었다. 루미는 아저씨가 본인 이름으로 아이디를 만들 만큼 단순한 사람이라고 했지만, 오늘 아저씨는 실제 이름 외에 다른 이름을 하나 더 숨기고 있다 해도 믿겨질 만큼 복잡한 사람으로 보였다.

다원은 아저씨의 관심을 돌리기 위해 할 수 없이 같은 질문을 다시 한 번 했다.

"아저씨, 제가 모르는 루미의 다른 면이란 게 어떤 건데요?"

그제야 아저씨가 창 쪽에 두었던 시선을 천천히 돌렸다.

"다원, 아저씨가 너한테 충고 한 가지를 해야 할 것 같구나."

"무슨 충고인데요?"

"루미가 하는 말을 너무 믿지는 마렴. 아니, 그 애가 하는 말뿐만이 아니라 루미 헌터라는 그 애 존재 자체를 신뢰하지 마렴."

다원은 아저씨가 하는 말을 점점 더 이해할 수가 없었다. 부모가 자기 자식을 두고 그런 말을 한다는 것이 도무지 믿기지가 않았다.

"그게 무슨 말씀이세요? 왜 루미를 신뢰하면 안 되는데요?"

"루미 그 애는 말이다…… 뭐랄까, 어딘가 좀 붕 뜨고 허황된 면이 많단다. 아무것도 아닌 일도 크게 부풀려서 재해석을 하지. 지나가는 사람과 잠깐만 눈이 마주쳐도 그 사람이 자기를 우러러보고 있다거나 반대로 얕잡아 보고 있다는 착각을 하는 식으로 말이야. 어렸을 때부터 그러더니 프리메라에 들어간 뒤로는 더 심해져 버렸단다. 그동안은 제법 눈에 띈다는 소리를 듣다가 프리메라에 들어가서 자기보다 월등한 아이들에게 묻히다 보니 그 면이 잘못된 방향으로 왜곡돼 버린 모양이야. 사람들이 프리메라 학생인 걸 몰라볼까 봐 휴일에 교복을 입고 다니질 않나. 부모로선 창피한 노릇이지. 아저씨 생각엔 루미가 다원 너까지 자기의 그 허황된 판타지 속으로 끌어들이려고 했을 것 같은데, 어떠니? 루미 때문에 난처한 적은 없었니?"

다원은 단호히 고개를 저었다.

"아저씨가 무슨 말씀을 하시는 건지 이해가 안 가요. 학교 교복을 좋아하는 게 잘못된 건가요? 전 오히려 루미의 그런 모습이 좋은걸요."

"고맙구나, 좋게 봐 줘서. 그런데 교복에서 그 판타지가 멈춘다면 아저씨도 이렇게까지 걱정은 안 할 거다. 진짜 문제는 다른데 있지."

"다른 데라뇨?"

"루미의 삼촌, 제이 헌터 말이야."

다원은 입을 다물었다. 이 지점에서 갑자기 제이 아저씨 이름이 거론된다는 게 뜻밖이면서도 어딘가 모르게 이미 한 번 일어났던 일처럼 느껴졌다.

아저씨가 웃으며 말했다.

"네 얼굴을 보니 루미가 그동안 너에게 꽤 많은 이야기를 한 모양이구나. 그래, 안 했을 리가 없지. 그렇다면 너도 한 번쯤은 느꼈을 거 아니니? 다른 가족들은 오래전에 묻은 일을 당시에 태어나지도 않은 루미가 혼자서 그렇게 집착하는 게 이상하다고 말이야. 이유가 뭐인 것 같니? 정의? 진실? 아니, 그런 고상한 가치 때문이 아니라 이제는 자기의 그 허황된 판타지를 제이 형한테로 돌린 것뿐이란다. 프리메라 생활도 3년쯤 되니까 슬슬 지루해지고, 도저히 학교 안에서는 자기가 돋보일 만한 일이 없으니까 새 활력소가 필요해진 거지. 그때 마침 제이 삼촌이 눈에 들어온 거고. 다원, 루미는 제이 삼촌을 위해서가 아니라 자기 자신을 위해서 그러는 거란다. 자기 판타지 속에 '죽음에 얽힌 비밀'이라는 미로를 만들어 놓고 자신이 그 비밀을 푸는 주인공이 되고 싶은 거지. 어렸을 때 보던 탐정 만화 주인공이나 된 듯이 말이야. 물론 어린애들한텐 어딘가 흥분되는 일이기도 하겠지. 자기 집안에 살해된 사람이 있는 내력이란 게. 철없게도 그 일을 직접 겪은 다른 가족들의 상처가 얼마나 큰지는 헤아리지도 못하고……. 제이 삼촌 방에 들여보내

준 뒤로 사라진 사진 한 장이 어쩌고 저쩌고 해도 그냥 그러다 말겠거니 하고 내버려 두었는데 최근엔 정도가 점점 심해지더구나. 보아하니 진짜 탐정이나 된 것처럼 여기저기 들쑤시고 다니는 것 같은데, 이러다간 루미가 마지막 선까지 넘는 건 아닐지 불안하구나. 내가 모르는 데선 벌써 그랬는지도 모르지. 다원, 혹시 알고 있는 게 있다면 아저씨에게 말해 줄 수 없겠니? 루미가 뭔가 문제 될 만한 행동을 한 적이 있는지 말이야. 가령 어른들에게 거짓말을 했다거나 법을 어겼다거나 하는 식의……."

아저씨의 말이 유도 심문이나 되는 것처럼 지난여름 9지구에 갔던 사실과 아카이브에서의 아이디 도용, 루미가 조이 아저씨의 신분증을 이용해 자료 공개 청구를 했던 일이 줄지어 머릿속에 그려졌다. 다원은 아까처럼 무심결에 그 일들을 암시하는 이야기를 하게 될까 봐 입을 꾹 다물었다.

그러자 조이 아저씨는 더 묻는 대신 씩 웃으며 말했다.

"물론 네 성격에 나에게 말해 줄 거란 기대는 하지 않았단다. 그런데 어쩐지 그 침묵은 긍정의 뜻으로 이해되는구나."

다원은 루미와 먼저 의논을 하지 않은 이상 그동안 있었던 일들에 관해선 무조건 묵비권을 행사하는 게 안전할 것이라 판단했다. 그러나 조이 아저씨의 그 묘한 미소를 보는 순간, 아저씨의 상상이 지나친 비약으로 이어지기 전에 그만 입을 열어 루미와 자신을 변호하는 게 이로울 것이라는 쪽으로 생각이 움직였다.

"아저씨, 전 아저씨가 루미에게 조금만 더 믿음을 가져 주셨으면 좋겠어요. 아저씨는 제가 루미를 모르기 때문에 이런 말을 한다고 하셨지만, 역으로 제가 알고 있는 루미를 아저씨가 모르고 있는 것일 수도 있잖아요. 전 한 번도 루미가 판타지에 사로잡혀 있다는 생각을 해 본 적이 없어요. 제가 보아 온 루미는 늘 합리적이고 이성적이었어요. 설득당하고 감탄이 나올 만큼요."

"그런 말을 하는 걸 보니 다원 넌 루미가 제이 삼촌의 죽음에 대해 조사하는 근거가 타당하다고 생각하는 모양이구나, 그러니?"

다원은 고개를 끄덕였다. 아저씨가 반박하듯 물었다.

"그런데 그렇게 자신이 있다면 루미는 왜 자기가 하고 있는 일들을 아버지인 나에게는 숨기려 드는 걸까? 정당하지 못한 일을 몰래 꾸미고 있는 것처럼 말이야. 만약 형의 죽음에 일말의 의문이라도 있다면 그걸 가장 밝히고 싶은 사람은 당연히 동생인 나이지 않겠니? 그런데 루미는 왜 나에게 아무 도움도 청하지 않는 거지? 그건 스스로 생각해도 떳떳하지 못한 구석이 있다는 방증 아니겠니?"

다원은 자기가 제이 삼촌 이야기를 꺼낼 때마다 아빠는 늘 회피하거나 화를 내기 일쑤라는 루미의 말을 떠올리며 루미의 입장을 대신 변호해 주었다.

"그건 아마 아직 확실한 증거를 찾지 못했기 때문일 거예요. 어른들께 말하기에는 아직 준비가 덜 됐다고 생각하는 거겠죠. 섣불리 말했다간 괜한 걱정만 사게 될 테니까요. 모두를 납득시킬 만한 확실한 증거를 찾고 나면 분명 아저씨에게 제일 먼저 이야기할 거예요. 그때까지 조금만 더 기다려 주시면 안 될까요?"

아저씨는 한숨을 내쉬며 고개를 가로저었다.

"아저씬 잘 모르겠구나. 하나밖에 없는 소중한 딸이 길이 아닌 곳으로 걸어가는 것을 뻔히 보면서도 더 기다려 주어야 한다니……. 제이 형을 죽인 게 9지구의 후디라는 경찰 발표엔 조금도 의심의 여지가 없단다. 그 시대를 살아 보지 않은 너희들에겐 9지구에 사는 사람이 1지구까지 침범했다는 게 의아하게 들리겠지만, 당시엔 그런 일들이 비일비재했어. 제이 형 말고도 신원 불명의 후디에게 죽음을 당한 사람이 여럿 있었지. 신문에도 자주 나왔고. 교통 체계를 이용해 지금과 같이 상위, 중위, 하위 지구를 분리시킨 것도 그런 사건들이 생긴 이후의 일이란다. 덕분에 다른 지구 사람에 의한 범죄율이 확연히 낮아졌지. 이젠 더 이상 9지구 사람이 1지구에 침입하는 일도 없고 말이야. 이렇게 모든 정황이 확실한데 도대체 왜 그런 쓸데없는 일로 시간을 낭비하는지 모르겠구나. 얼마 안 있으면 학년말 고사인데 무슨 생각인 건지. 제 시간만 낭비하면 자기 선택에 따른 대가로 생각하고 그러려니 하겠지만, 너까지 방해하는 걸 보니 이대로 가만히 있으면 안 되겠다는 생각이 들어서 오늘 여기에 나온 거란다. 아저씨는 루미 때문에 다윈 네가 상처 입는 일은 절대 없었으면 싶거든."

다윈은 조이 아저씨의 눈빛에서 진심으로 자신을 걱정하는 마음을 읽었다. 그런 애정은 물론 감사하게 생각할 일이었지만 마음속에서 선뜻 받아들여지지 않았다. 다른 친밀한 만남 없이 1년에 단 한 번 추도식에서 얼굴을 보는 다른 가문의 아저씨가 자신을 이토록 신경 써 주고 있으리라고는 생각지도 못했기 때문이다. 얼마간의 침묵이 더 흐른 뒤 조이 아저씨가 "시간을 너무 뺏었구나. 이제 그만 공부하러 돌아가야겠지?" 하며 자리에서 일어났다. 다윈은 아저씨를 따라서 밖으로 나왔다.

카페 앞에서 헤어지기 전, 아저씨가 마지막 당부처럼 말했다.

"다윈 네가 태어나기도 전부터 지금까지 네 아버지와 난 아무 문제 없이 잘 지내 왔단다. 이제 와 괜히 어색한 사이가 되고 싶지는 않구나. 네가 루미 때문에 성적이 떨어지거나 곤경에 처한다면 내가 어떻게 네 아버지 얼굴을 볼 수 있겠니? 지금까지 제이 형을 잊지 않고 매년 추도식을 열어 주는 것만으로도 네 아버지는 우리 가족에게 은인이나 다름없는데 말이야. 아버지는 이런 쓸데없는 일이 아니라 더 큰 일을 고민하셔야지. 우리나라의 교육과 미래를 위해서. 그렇지?"

아버지를 위하는 아저씨의 마음에 다윈은 고개를 끄덕일

수밖에 없었다.

집으로 돌아가기 위해 다시 공원을 지나면서 다원은 조금 전에는 기대와 설렘으로 걸었던 길을 지금은 의문과 실망으로 걷고 있다는 것에 전혀 다른 두 사람이 된 것 같은 기분을 느꼈다. 다원은 조이 아저씨가 품고 있는 걱정의 본질을 이해할 수는 있었다. 다른 일에 관심이 생겨 공부를 소홀히 하지 않을까 하는 염려는 1지구 모든 부모님의 공통된 근심이었다. 그러나 아저씨의 말과는 다르게 과대망상의 면모를 가지고 있는 사람은 루미가 아니라 오히려 아저씨 본인이라는 생각이 들었다. 아저씨는 마치 루미가 모두의 인생을 뒤흔들 대단한 위험 분자라도 되는 것처럼 생각하고 있었다. 아버지가 딸에게 그렇게 공격적이고 방어적이라는 것이 도무지 믿기지 않았다.

물론 다원은 루미가 종종 돌풍처럼 자신을 휘감아 버릴 때가 있다는 사실은 인정했다. 그럴 땐 자기 역시 속수무책으로 일방적이고 편향된 기류에 끌려 들어가는 느낌을 받기는 했다. 1지구에서 갑자기 9지구로 이동했던 날이나, 인류사 박물관을 기대했다가 그 전까지는 한 번도 생각해 본적 없는 아버지 아이디를 추적하게 된 날처럼. 그러나 그러한 돌풍도 결코 루미를 향한 마음의 방향을 바꾸게 하지는 못했다. 비예측성과 돌발성은 오히려 루미를 루미답게 하는 가장 큰 매력이었다.

바닥에 누워 있던 나뭇잎들이 갑작스러운 바람에 휩싸여

땅 위에서 작게 소용돌이치는 게 보였다. 다원은 지금까지 루미가 밝혀 낸 것들과 앞으로 밝혀 낼 것들을 과연 조이 아저씨가 감당할 수 있을까 하는 의구심이 들었다. 루미의 추측대로 3급 이상의 고위 공무원이 제이 아저씨를 살해한 것으로 드러난다면 조이 아저씨는 헌터 가문의 명예를 걸고 그와 싸워야 한다. 지금 누리고 있는 허위의 평화를 진실된 혼란과 맞바꾸어야 한다. 그런데 아저씨는 진실은커녕 루미가 진실에 다가가려 한다는 사실만으로도 벌써 힘에 부쳐 하고 있었다. 머리로는 진실이 불멸의 가치라는 것을 이해해도 실제로 두 발로 서서 그 진실이 불러오는 위험에 맞서기엔 루미 말대로 너무 안전 지향적인 것이다. 다원은 이제야 루미가 자기 아빠에게 가진 불만의 본질을 이해할 수 있었다. 태양처럼 빛나는 루미를 감당하기에 아저씨가 가진 빛은 너무 미약했다.

루미는 책 속에 나오는 혁명의 여전사처럼 혼자 싸우고 있었다. 혁명이 일어날 때 자신은 과연 어디에 있을 것인가? 대답은 간단했다. 다원은 한결 가벼워진 발걸음으로 공원을 빠져나갔다.

다른 길, 다른 목적지

다원은 창 쪽 조명을 하나 더 켰다. 시간 가는 줄 모르고 책상에 앉아 있는 사이 호두나무 거리에 어느새 어둠이 내려와 있었다. 조이 아저씨의 불신과 염려는 시험공부에 전념하는 데 좋은 동기가 되어 주었다. 루미와의 만남을 인정받고 루미에 대한 자신의 판단이 옳다는 것을 증명하기 위해선 전보다 더 뛰어난 성적을 받아야 했다. 흠결 없는 성적표는 루미와 자신을 지키는 단단한 방패가 되어 줄 것이다.

다원은 외국어 교재를 펼쳤다. 그때였다.

"쉬어 가면서 해. 너무 혹독하게 자신을 몰아세울 필요 없어."

어깨를 쓰다듬는 따뜻한 손길을 느끼고 돌아보니 아버지

가등 뒤에 서 있었다. 공부에 열중한 나머지 노크 소리도 듣지 못한 모양이었다.

다윈은 아버지의 얼굴을 보고 말했다.

"그 말은 제가 아버지에게 해야 할 것 같은데요."

11월은 정부 중앙 기관이 감사 준비에 들어가는 기간이어서 토요일인데도 이른 아침부터 저녁까지 모든 공무원들의 추가 근무가 당연시되었다. 아버지 역시 일종의 시험 준비를 하고 있는 셈이었다. 격무에 시달린 아버지의 얼굴은 한 달 전보다 많이 야위어 보였다.

아버지가 날카로워진 턱 선을 쑥스러운 듯 매만지며 말했다.

"엉망이지?"

다윈은 사랑과 존경을 담아 "전혀요."라고 대답했다. 조이 아저씨 말대로 아버지는 이 나라의 교육과 미래를 짊어지고 있었다. 사명감을 가지고 일하는 아버지의 눈동자에는 수척한 얼굴마저 명료함으로 끌어올리는 빛이 흐르고 있었다. 다윈은 그 빛을 보는 게 좋았다.

아버지가 책을 덮으면서 말했다.

"이제 그만 저녁 먹으러 내려가자. 이 정도 했으면 휴식 시간도 있어야지."

시험 이야기는 되도록 삼가려고 했지만 어쩔 수 없이 저녁 식탁의 주된 대화는 학년말 고사로 흘러갔다. 다윈은 아버지가 자신에게 지나친 관심이나 부담을 주는 말은 일부러 자제한다는 것을 알았다. 그렇지만 헷갈리는 이론을 명확히 해 주거나 대립되는 두 주장 중 자신이 취하지 않은 반대 입장에서 제기할 수 있는 논거들을 제시해 시선을 넓혀 주는 데는 적극적으로 도움을 주었다. 아버지는 프라임스쿨 교수들 못지않은 훌륭한 과외 선생님이자 세상에서 가장 신뢰할 수 있는 상담자였다.

평소보다 저녁 식사가 길어지는 게 지루했는지 벤은 어느새 식탁 밑에서 잠들었다.

아버지가 말했다.

"학년말 고사만 치르고 나면 금방 새해가 되겠구나. 2월이면 네 생일이고. 열일곱은 열여섯과는 많이 다를 거야. 프라임스쿨에서도 고학년에 속하는 거니까."

"중간에 중요한 날을 하나 빼먹으신 거 아니에요?"

"중요한 날?"

"크리스마스요."

"참, 그래. 크리스마스를 빼먹으면 안 되지. 그런데 크리스마스를 기대하고 있는 걸 보니 아직도 확실히 어린아이구나. 고학년이라는 말은 취소해야겠어."

다원은 자신을 어린아이처럼 바라보며 웃음 짓는 아버지에게 자기가 진짜로 기대하고 있는 것을 이야기했다.

"이번 크리스마스엔 버즈 아저씨가 제작한 다큐멘터리가 방영되잖아요. 제가 다니는 학교가 다큐멘터리로 만들어지는 게 신기해서 그래요. 아저씨가 바라보는 프라임스쿨은 어떤 곳일지 궁금하기도 하고요."

아버지는 그제야 생각난 듯 "아, 그래. 그 일이 있었지." 라고 고개를 끄덕이며 말을 이었다.

"너희들에게 좋은 자극제가 될 거야. 한곳에 오래 머물다 보면 자기가 있는 곳이 어떤 덴지 객관적으로 볼 수 없을 때가 있으니. 이번 기회를 통해 그동안 알려지지 않은 프라임스쿨의 새로운 면을 전 국민이 알게 되는 것도 의미가 있겠지. 물론 외부의 시각이라고 해서 그것이 늘 진실인 것은 아니니까 스스로 가려서 보는 분별력은 있어야겠지만."

'전 국민'이라는 표현에 다윈은 기차를 타고 1지구에서 9지구까지 횡단했던 여정이 생각나 아버지에게 물었다.

"그런데 다큐멘터리가 전국에 방송되면 위화감이 더 커지는 건 아닐까요?"

"위화감이라니?"

"다른 지구에선 프라임스쿨을 귀족 학교라고 좋지 않게 보는 시각도 있잖아요. 그런 학교에 관한 다큐멘터리를 크리스마스에 방영하는 게 혹시 위화감을 키우는 촉발제가 되진 않을까 싶어서요."

"지나친 걱정이구나. 어디에나 다른 목소리는 존재하는 법이니 아직 어린 너희들이 그런 것에 일일이 신경 쓸 필요는 없단다. 게다가 애초에 다큐멘터리를 먼저 제안한 것도 프라임스쿨이 아닌 버즈였잖니. 오히려 학교는 전례 없는 일이라며 난색을 표했지. 이런 사정을 모르는 사람들이 위화감 운운하는 말들을 만들어 내는 거란다."

"하지만 어쨌거나 그런 시각을 가진 사람들도 우리나라 국민이잖아요. 지금도 각 지구 간의 이동이 적은데 이 이상으로 단절이 되는 건 바람직하지 않은 것 같아요. 울타리를 조금씩 낮춰서 동질성을 회복하는 게 국가의 미래를 위해선 장기적으로 더 바람직하지 않을까요? 꼭 1지구만 사과의 핵이 되란 법은 없으니까요."

"사과의 핵이란 게 무슨 뜻이니?"

"1지구에 집중된 사회·경제·문화 기반의 정당성을 설명하는 법학 교수님식 표현이에요. 교수님은 1지구가 전 지구의 핵 역할을 맡고 있다면서 사과의 씨앗은 늘 옳기 때문에 설령 가장자리가 부패해도 그것을 씨앗 책임으로 돌릴 순 없다고 하셨어요. 물론 수업을 들은 모든 학생이 그 의견에 동의한 건 아니지만요."

"다원 너도 그 의견에 동의하지 않니?"

"그때는 이의를 제기할 분위기가 아니라서 가만있었지만, 복잡한 사회 시스템을 사과 씨앗에 빗대어서 정당성을 획득하려는 건 너무 단면적인 시각 같다는 생각이 들어요. 비유는 문학에선 좋은 영감의 도구지만 사회 현상을 설명하기에는 무모한 측면이 있잖아요. 아버지는요?"

"글쎄다, 네 생각에도 동의하지만 교수님이 어떤 의미로 말씀하신 건지도 이해되는구나. 그 나이쯤 되면 이 복잡한 세상을 설명할 단 한 줄의 간단한 문구를 만들고 싶은 욕망이 생길 테니. 어떤 의미에선 꽤 훌륭한 비유라는 생각도 드는구나. 인간이든 국가든 어떤 한 개체가 성장하기 위해서는 핵 역할을 하는 구심점이 필요한데, 지금으로선 어느 모로 보나 1지구가 그 역할을 하고 있지 않니?"

"하지만 그 시각을 받아들이기엔 핵의 크기가 너무 작다고 생각하지 않으세요? 나머지 지구들과 균형이 맞지 않잖아요."

"원래 핵이란 건 크기가 아니라 그 안에 깃든 에너지가 중요한 것이잖니. 인간도 마찬가지지. 단순히 몸에 비해 뇌의 크기가 너무 작다고 뇌의 역할을 경시하거나 비난할 순 없지 않니? 그리고 너는 아직 어려서 잘 모르겠지만 지금의 국가 균형은 다른 선진국들에 견주어도 좋은 편이란다. 사회, 경제, 문화 모든 면에 걸쳐 적절한 배분과 긴장감을 유지하고 있지. 사회 정치 활동은 1지구가 주도적인 지위에 있지만 경제 활동 같은 경우엔 2, 3지구가 더 활발하고, 중위·하위 지구에 비해 상위 지구가 내는 세금이 월등히 많은 식으로 말이야. 타 볼 일은 없겠지만, 일례로 중위 지구의 철도 요금은 상위 지구에 비해 훨씬 저렴하고, 하위 지구를 오가는 철도 요금은 아예 무료란다. 공정한 배분을 통해 각 지구 간의 경제적 균형감을 유지하기 위해서지. 또 사법 체계에서도 중위 지구와 하위 지구에 비해 상위 지구가 훨씬 무거운 책임을 지고 있고. 이런 정책들을 통해서 모든 지구가 각자에게 부여된 역할을 충실히 해내고 있는

거란다. 교수님의 비유를 따라 하자면 '훌륭한 사과 한 알'
을 만들기 위해서 말이야."

다원은 아버지와 이야기를 나누는 시간이 즐거웠다. 아
버지와 주고받는 대화는 서로 다른 길로 걸어가더라도 최
종적으로는 같은 목적지에서 만나게 되는 여정과 비슷했
다. 목적지로 향하는 길이 다르면 다를수록 서로 더 많은 가
능성과 다양성을 발견할 수 있을 것이다.

다원은 아버지에게 물었다.

"그럼 아버지는 9지구가 부여받은 역할은 뭐라고 생각
하세요?"

그런데 9지구 이야기를 꺼내는 순간 모든 길을 허용해 줄
것 같았던 아버지가 갑자기 폐쇄되는 철문처럼 엄격하게
말했다.

"9지구는 예외지."

아버지의 대답은 틈 하나 없이 닫힌 문만큼이나 단호했다.

"왜요?"

"왜냐니. 다원 네가 그런 기본적인 질문을 한다는 게 조
금 놀랍구나. 정말 몰라서 묻는 거라면 오늘 밤엔 역사, 특
히 근현대사 부분을 더 집중적으로 공부해야 할지도 모르
겠다."

"9지구가 12월의 폭동이 일어난 곳이라서요? 하지만 엄
밀히 말해 9지구만을 폭동의 근거지로 매도하는 것은 불공
평한 일이잖아요. 상위 세 지구만을 제외하고는 모두가 그

움직임에 동참했으니까요. 폭동이 진압되자 모두가 등을 돌리고 9지구만 통제하고 억압하는 것은 사회정의에도 어긋나는 일 아니에요? 그리고 그건 벌써 60년이나 지난 과거의 일이에요. 두 세대가 바뀔 만큼 오랜 시간이 지났다면 이젠 화해와 포용 정책을 펼칠 때가 아닌가요? 게다가 폭동의 전개나 의의에 대해서는 논란이 있는 부분도 있고요."

아버지가 조금 격앙된 목소리로 말했다.

"논란이 있는 부분이라니? 다원 네가 무슨 말을 하는 건지 모르겠구나. 논란은 있을 수 없어. 12월의 폭동은 9지구가 주축이 된 하위 지구 세력이 국가 체제를 전복하려고 했던 반역으로 역사적 평가가 끝난 사건이야. 그 평가의 잣대로 주동자들은 모두 처벌되고 9지구는 죄의 대가를 치르고 있는 거란다. 그렇다고 지금 9지구에 반인륜적인 처사가 이뤄지고 있는 것도 아니야. 국가 전복을 시도한 자들의 근거지를 계속 놔두는 것만으로도 네가 말한 포용을 펼치고 있는 것 아니겠니? 또 네 말대로 중위 지구까지 그 폭동에 가담했음에도 각 지구 간의 이동이 자유로운 것은 국가 차원의 화해 의지이기도 하고 말이야. 이 나라 어디에도 통제와 억압은 없어."

"12월 폭동의 정의 자체를 부정하는 건 아니에요. 하위 지구엔 아직도 그걸 '전쟁'이라고 믿고 있는 사람도 있다지만 폭동은 폭동이죠. 하지만 세계사적으로 봤을 때 하층 사회에서 촉발된 모든 폭동엔 사회 전환적인 요소가 있잖아요. 그렇다면 12월의 폭동 역시 보편적인 권리를 확장하려고 했던 민중 운동으로 볼 여지가 있는 것 아니에요? 자기 울타리를 세울 기회조차 갖지 못한 사람들이 이미 견고한 울타리를 만들어 놓은 기존 권력에 항거하는 운동으로요."

말을 마쳤을 때 다원은 자신을 물끄러미 바라보는 아버지의 눈에서 처음으로 따뜻한 빛이 사라졌음을 느꼈다.

"프라임스쿨에서 그런 것을 공식적으로 가르칠 리는 없을 테고……. 누구에게 들은 얘기니? 역사를 왜곡하는 선동에 대해서는 문교부의 일원으로서 분명한 책임을 물어야겠구나."

아버지의 질문에 다원은 9지구에서 본 황폐한 풍경과 자신을 멸종해 가는 9지구의 마지막 세대라고 일컬었던 아저씨, 법학 수업 시간, 그리고 "바퀴가 아무것도 밟지 않고 전진할 수 있을까?"라고 물었던 레오의 얼굴 등 여러 모습이 동시다발적으로 떠올랐다. 그러나 스스로의 사고를 거쳐 발언한 이상 최종적으로 그것을 책임져야 할 사람은 자기 자신이었다.

"어디서 들은 얘기가 아니라 역사책을 읽으면서 제가 생각한 거였어요. 9지구 사람들도 우리와 똑같은 얼굴을 한 똑같은 사람들이잖아요. 한 나라에 속해 있으면서 지난 60년간 동떨어진 섬처럼 취급받고 있는 건 너무 절망적인 것 같지 않으세요? 아버지는 통제와 억압이 없다고 하셨지만, 눈에 보이는 벽을 세우는 것보다 갈 수 있는 곳을 사람들이 자

168

발적으로 가지 않게 만드는 것이야말로 가장 강력한 통제이고 억압 아닌가요? 그건 대중의 무의식을 지배하고 있다는 뜻이니까요. 또 아버지는 하위 지구의 철도 요금이 무료라는 점을 그들에 대한 배려와 균형적인 배분으로 설명하셨지만, 그건 오히려 하위 지구를 고립시키기 위한 고도의 장치인지도 몰라요. 아예 사회 시스템 자체를 다르게 만들어서 자기가 태어난 곳 외의 지구로 진출할 욕구를 차단하는 거죠. 지구 간의 환승역을 일부러 불편하게 만들어 놓은 것처럼요. 사법 체계 역시 그런 물리적인 구분을 정신적으로 형상화한 것이라 볼 수 있지 않나요?"

아버지는 아무 말도 없었다. 그러다 한참 뒤 물을 한 모금 마시고는 잔을 내려놓으며 말했다.

"그런 생각까지 하고 있었다니 놀랍구나. 그런데 다원, 너의 그 훌륭한 공감 능력을 9지구의 폭도들이 아니라 어느 날 밤 갑자기 폭도들에게 모든 걸 빼앗길 뻔했던 상위 지구 사람들에게 적용한다면 더 정당할 것 같지 않니?"

"상위 지구의 피해를 무시하는 게 아니에요. 다만 지금까지의 피해 산출이 상위 지구 사람들이 잃은 것 위주로만 이루어졌으니 한 번쯤은 9지구 사람들이 잃은 것에 대해서도 생각해 보면 어떨까 싶은 것뿐이에요."

"그 사람들은 아무것도 잃지 않았단다. 애초에 아무것도 갖고 있지 않았으니까."

"애초에 가진 게 아무것도 없었다는 말은 그만큼 더 우리 사회에 잘못과 책임이 있다는 뜻 아닌가요? 그리고 눈에 보이는 것들만 생각한다면 잃은 게 없을 수도 있지만 눈에 보이지 않는 희망 같은 건요? 미래에 대한 기대, 꿈 같은 것은요?"

"다윈, 지금 내 기분이 어떤지 아니? 내 아들이 아니라 꼭 9지구에서 온 소년과 함께 식사하는 것 같구나. 이 얘기는 이제 그만하자."

다윈은 자신에게 늘 유연하고 열린 사고를 제시해 주던 아버지가 오늘은 편협하게 느껴질 정도로 교점 없는 의견을 고수하는 것이 이해가 가지 않았다. 아버지는 반대를 무릅쓰고 전례 없이 많은 2, 3지구 출신 아이들을 프라임스쿨에 입학시켜 주신 분이었다. 그런데 9지구와 12월의 폭동을 바라보는 시각에서만큼은 아버지도 법학 교수님과 별다를 게 없었다. 다윈은 그 이유가 교수님이 그렇듯 아버지 역시 9지구를 경험할 기회가 전혀 없었기 때문이라고 생각했다. 만약 아버지가 자신처럼 9지구의 실상을 직접 눈으로 본다면 그들에게 관용을 베풀지 않을 수 없을 것이다.

"아버지, 언제부턴가 9지구에선 살인도 일어나지 않는대요. 왜인지 아세요? 아무 의지도 없을 땐 사람을 죽일 이유도 없기 때문이래요. 아무 의지도 없다는 건 이 세상에서 아무런 희망도 느끼지 못한다는 거잖아요. 같은 나라 한편에 그런 절망감을 안고 사는 사람들이 있다는 것에 책임감을 느끼지 않으세요?"

"도대체 그런 말들은 어디서 듣고 오는 건지 모르겠구나. 방금 의지가 없어서 사람을 죽이지 않는다고 그랬니? 그렇다는 건 의지가 넘칠 땐 사람을 많이 죽인다는 얘기가 되겠구나. 과연 9지구에서나 통용될 법한 대단한 궤변이야. 의지가 넘쳐서 사람을 죽이고들 다니면 결국엔 지금처럼 모든 희망이 사라진 9지구가 될 테니."

아버지는 그러면서 "다원." 하고 불렀지만 평소와 같은 다정함은 전혀 느껴지지 않았다.

"그게 바로 그들의 사고가 가진 맹점이란다. 넌 그들이 우리와 똑같은 사람들이라고 했지만, 악마적인 면은 결코 겉으로 드러나는 게 아니야. 아무리 똑같은 인간의 얼굴을 하고 있어도 그런 사고 체계를 가진 사람들이 우리와 같은 사람들이라고는 도저히 생각할 수 없구나."

'악마적인 면'이라는 말을 듣는 순간, 다원은 비로소 아버지의 적대감이 어디에 뿌리내린 것인지 알 수 있을 것 같았다. 평소의 관용적이고 진보적인 아버지의 성향에 위배되는 극단적 편협함에는 역시 그럴 만한 이유가 있었던 것이다.

다원은 아버지의 기색을 살피며 조심스럽게 물었다.

"아버지답지 않게 다른 사람에 대한 평가가 가혹하신 이유가 혹시 제이 아저씨 때문인가요? 제이 아저씨가 9지구 사람에게 살해당했기 때문에. 제 말이 맞죠?"

"……이상한 데로 이야기가 튀는구나."

다윈은 아버지의 증오가 잘못된 사실에 근거한 편견일 수도 있다는 것을 알리고 싶었다. 조이 아저씨에게는 말하지 못했지만 아버지에게라면 안심이었다.

"아버지, 그런데 제이 아저씨는 어쩌면 9지구 사람에게 살해당한 게 아닐 수도 있어요."

역시 아버지의 눈빛이 예리하게 빛났다.

"……그게 무슨 말이니?"

"지난번에 잠깐 말씀드렸죠? 루미가 제이 아저씨의 죽음에 의문을 가지고 있다고. 루미는 9지구 사람이 아니라 1지구, 그것도 어쩌면 상당한 권력을 가진 사람이 범인일지도 모른다는 추론에까지 도달했어요."

"……상당한 권력을 가진 사람이라니?"

"저도 자세한 얘기는 아직 잘 몰라요. 오늘 만나서 이야기를 더 듣기로 했는데 갑자기 약속이 취소됐거든요. 궁금해서 루미네 집에 전화를 해 볼까 싶은데 왠지 조이 아저씨 눈치가……. 아, 그런데 사실은 오늘 약속에 루미 대신 조이 아저씨가 나오셨어요."

"조이? 조이가 무슨 일로?"

"아저씨는 저와 루미가 만나는 게 별로 마음에 들지 않으신가 봐요."

"……조이가 무슨 말이라도 했니?"

다윈은 조이 아저씨에게서 받지 못했던 공정한 평가와 이해를 아버지에게 받고 싶었다. 아버지는 아이들을 가혹하게 평가하는 어른들에게 천성적인 반감을 갖고 있는 분이었다.

"제가 루미에게 실망하길 바라시는지 루미에 대해 지나치다 싶을 정도로 하향된 평가를 하시더라고요. 루미가 허황된 판타지에 사로잡혀 있다느니, 제이 아저씨의 죽음을 재밌거리로 생각한다느니 하시면서 루미가 하는 말을 너무 믿지 말라고 하셨어요. 루미가 제 공부 시간을 방해해 제 성적이 떨어지면 아버지에게 폐를 끼치게 될까 봐 하시는 말씀이라지만, 그렇게 생각해도 너무한 것 같지 않으세요? 아저씨 딸인데 말이에요."

말이 끝났는데도 아버지가 아무 반응을 보이지 않아 다원은 "네? 그렇죠?"라며 동의를 구했다. 아버지 역시 조이 아저씨에게 너무 실망한 나머지 어떻게 대응해야 할지 모르고 있는 것 같았다. 아무리 화가 나도 자신 앞에서 아저씨를 노골적으로 비난할 순 없을 테니 루미와 조이 아저씨를 공평하게 중재할 말을 찾는 데 시간이 필요한 것이다. 아버지가 드디어 적당한 말을 찾았는지 한참 만에 입을 열었다.

"부모가 자기 자식을 그렇게 평가한다면 뭔가 그럴 만한 이유가 있어서겠지. 다원 너보단 조이가 루미를 잘 알 테니까 아주 틀린 관점이라고 할 순 없을 것 같구나."

논리적으로 쌓은 자신의 예상을 단번에 허물어 버리는 뜻밖의 대답에 다원은 조이 아저씨에게서 왜곡된 평가를 들었을 때보다 더 당혹감이 들었다.

"하지만 누군가를 잘 안다는 게 언제나 시간에 지배받는 것은 아니잖아요. 조이 아저씨는 루미에 대해 너무나 잘못 알고 계세요. 16년간을 함께 살고도 제가 발견한 루미의 장점을 하나도 모르고 계셨어요. 돌아오는 길에 생각해 보니 자신을 믿어 주지 않는 아버지와 사는 루미가 불쌍했어요. 부녀지간인데도 루미와 조이 아저씨는 조금도 닮지 않은 것 같아요."

"나만 그렇게 느끼는 게 아닌가 보구나."

"아버지도 그렇게 생각하셨어요? 그렇죠? 루미랑 조이 아저씨는 너무 다르죠?"

"그래. 내가 조이한테서 발견한 온화함, 신중함, 성실성 같은 좋은 점이 루미한테서는 잘 보이지 않더구나."

다원은 다시 한 번 자신의 기대에서 완전히 비껴 간 의견을 펼치는 아버지에게서, 자신이 사랑하는 아버지와 얼굴만 같을 뿐 영혼은 완전히 다른 낯선 존재를 느꼈다. 아버지는 자신이 아들에게 그런 기분을 느끼게 하고 있다는 것을 아는지 모르는지 냉담한 목소리로 말했다.

"아무튼 조이가 그렇게까지 말했다면 너도 루미를 만나는 데 신중해야 할 것 같구나. 아직은 둘 다 부모의 조언에 귀를 기울여야 할 나이잖니?"

다원은 아버지가 자신이 알고 사랑하는 그 아버지이길 바라는 기대를 버리지 않은 채 물었다.

"아버지도 저와 루미가 만나는 게 마음에 안 드세요? 아니

174

죠?"

"잘 모르겠구나. 마음에 들고 말고 할 만큼 그 애를 잘 아는 것도 아니니."

"그런데 왜 루미에게서 온화함이라든가 신중함, 성실성 같은 게 보이지 않는다고 하신 거예요? 루미를 충분히 아시는 것도 아니면서."

아버지는 가벼운 말투로 "글쎄다, 그냥 느낌 같은 것이겠지."라고 대답했다. 아버지 입에서 나왔다는 게 안 믿기는 그 무책임한 대답에 다원은 문득 아버지가 자신을 싫어하는지도 모른다고 했던 루미의 말이 떠올랐다. 그때 루미 역시 특별한 근거를 대지 못한 채 그저 그런 느낌이 들 뿐이라고 했다. 당시엔 절대 있을 수 없는 일이라고 생각해 루미가 아버지를 오해한 것이라고만 여겼는데 어쩌면 루미는 아버지의 이런 감정을 통찰했던 것인지도 모른다.

다원은 루미의 예리한 감각에 새삼 놀라며 아버지에게 말했다.

"왜 그런 느낌이 드신 건지 이해가 안 되지만, 루미를 잘 알게 될 기회가 생긴다면 아버지도 분명 루미에 대한 생각이 달라지실 거예요."

다원은 아버지와 루미를 만나게 할 기회를 어떻게 만들까 궁리하다가, 그러고 보니 바로 내일이 할아버지 집에 가는 날이라는 사실이 생각났다. 비록 오늘은 시간을 내주지 않았지만 내일 할아버지 집에 가서 함께 공부하자고 하면 루미도 분명히 찬성할 것이다.

"아, 그래요. 내일 할아버지 집에 갈 때 루미도 함께 가는 게 어때요? 지난번엔 이야기할 시간이 별로 없었잖아요. 아버지가 루미의 진짜 모습을 알면 루미에 대한 오해도 모두 풀릴 거예요."

"그건 어려울 것 같구나."

"왜요? 내일도 바쁘세요? 할아버지 집에 안 가실 거예요?"

"그게 아니라 우리 가족 시간에 외부인이 끼어드는 게 달갑지가 않아서 그런단다. 돌발적인 초대는 지난 한 번으로 충분하지 않니? 아, 그러고 보니까 체육대회 때도 있었지."

직접적이진 않았지만 다원은 난생처음으로 아버지가 자신을 비난하고 있음을 느꼈다.

"루미는 외부인이 아니라 제가 좋아하는 친구예요."

"네가 좋아하는 친구래도 우리 영 가문의 사람은 아니잖니?"

"만약 제가 루미와 결혼한다면요? 그러면 루미 영이 되잖아요."

그 순간 아버지 얼굴이 단번에 굳어졌다.

"다원 네가 이렇게 경솔한 아이인지 미처 몰랐구나. 홧김에라도 그런 말을 함부로 하다니. 날 굴복시키기 위해 루미와 결혼한다는 거니?"

다원은 지금 식탁 맞은편에 앉아 자신을 향해 '굴복'이란 말을 쓰는 아버지를 어떻게 이해해야 할지 알 수가 없었다. 자신이 알고 있는 아버지가 아니었다.

"아버지답지 않게 오늘따라 왜 이렇게 극단적이신지 모르겠어요. 아버지를 굴복시키려고 하는 말이 아니라 아버지가 제 친구를 외부인이라고 표현하시니까 저 역시 외부인과 내부인의 경계란 건 언제든 유연해질 수 있다는 뜻으로 말씀드린 거였어요."

"그래, 네 뜻은 잘 알겠다. 머리가 아프니 그만하고 일어나자."

"그럼 루미를 초대해도 되는 거죠?"

아버지가 식탁에서 일어나며 말했다.

"조이가 반기지 않을 것 같구나. 너를 찾아와서 그렇게까지 당부했는데 바로 다음 날 초대를 하면."

"아버지가 전화를 해서 부탁하시면 조이 아저씨도 허락해 주실 거예요."

"미안하지만 그렇게까지 하고 싶진 않구나."

아버지는 더 얘기할 여지를 주지 않고 등을 돌려 식탁을 떠나려 했다.

"아버지, 잠깐만요."

다원은 돌아서는 아버지를 급히 붙들었다. 다시 몸을 돌린 아버지는 잠시 아무 말 않고 미동 없이 서 있더니 갑자기 묘한 미소를 지으며 물었다.

"……이것도 루미가 부탁한 거니?"

"무슨 말씀이세요?"

"다윈, 부디 현명하게 행동하길 바란다. 루미 그 애가 원하는 걸 다 해 줄 필요 없어. 판단은 네가 내리는 거야."

"루미랑은 아무 상관 없는 일이에요. 갑자기 제가 생각나서 말씀드린 거예요."

"슬프지만 네가 하는 말을 처음으로 믿을 수가 없구나."

"정말이에요. 저야말로 왜 절 믿지 못한다고 하시는지 모르겠어요."

아버지는 다시 침묵한 채 물끄러미 바라보기만 했다. 다윈은 자신에게 늘 사랑과 신뢰의 빛을 주던 아버지의 눈동자가 지금 전혀 다른 식으로 빛나는 것을 느꼈다. 아버지에게서 보게 될 거라고는 상상도 해 본 적이 없는 눈빛이라 그 느낌을 어떻게 정의해야 할지 알 수가 없었다. 그 눈빛을 정의하는 순간 아버지에 대한 정의가 달라질 것 같았다.

그때 아버지가 물었다.

"그럼 아카이브에서 내 아이디를 도용한 것도 네 판단이었니?"

생각지도 못한 질문에 아버지 팔을 붙들고 있던 손이 저절로 풀렸다. 대답을 하려고 입을 열었지만 아무 말도 나오지 않았다.

아버지가 다시 물었다.

"응? 네 판단이었어?"

다윈은 잘 나오지 않는 목소리로 간신히 되물었다.

"……알고 계셨어요?"

"모를 거라 생각했니?"

"……어떻게요?"

"어떻게 알았는지보다는 아버지가 당한 곤혹을 더 궁금해해야 하지 않니? 감사 기간의 좋은 먹잇감이 될 거다. 문교부 차관의 아들이, 그것도 프라임스쿨 학생이 아버지의 개인 정보를 도용해 통제된 국가 기록물에 접근하는 범죄에 가담했으니 말이야. 나에게 조그만 흠결이라도 없나 눈을 부릅뜨고 있는 사람들이 한둘이 아니니, 국정감사장에서 아주 좋은 볼거리가 펼쳐질 거다."

다윈은 자신이 모르고 있는 곳에서 생각지도 못한 방향으로 불거진 사태에 어떻게 대응할지 알 수가 없었다. 아버지에게 사과하고 용서를 구해야 한다는 것밖에는 떠오르지 않았다.

"잘못했어요. 아버지에게까지 문제가 될 줄은 정말 몰랐어요. 그냥 그때는 루미 할아버지가 찍은 사진이니까 손녀인 루미가 봐도 될 거라고 간단하게만 생각해서……. 죄송해요."

"이제 잘 알겠구나. 내가 왜 그 애를 싫어하는지."

아버지는 그 말을 입 안에서 만들어 낸 무기처럼 내뱉더니 거실을 지나쳐 침실로 걸어갔다.

다윈은 아버지를 쫓아가며 말했다.

"아버지, 잠깐 제 말 좀 더 들어 보세요."

아버지는 걸음을 멈추지 않은 채 대꾸했다.

"이 정도면 서로의 입장은 충분히 알지 않았니? 머리가 아파서 그만 쉬어야겠다."

"루미를 도와주고 싶어서 그랬어요. 아버지도 루미의 설명을 들었다면 충분히 이해하셨을 거예요. 어떻게 된 건지 제가 다 말씀드릴게요."

"이 집에서 그 되바라진 계집애 얘기는 더 듣고 싶지 않구나."

다원은 아버지 앞을 가로막고 섰다.

"아버지, 아무리 그래도 말씀이 지나치세요."

"그러니 더 지나친 말이 나오기 전에 그만두자."

"아버지, 이것만 들어 보세요. 그게 어떻게 된 거냐면, 제 이 아저씨의 앨범에서 사라진 사진이 한 장 있는데 루미가 그걸 보고……."

그 순간 아버지가 손을 뿌리치며 버럭 큰 소리를 질렀다.

"그만두자니까! 머리가 아프다고 하지 않니!"

식탁 밑에서 자고 있던 벤이 밖으로 튀어나오며 시끄럽게 짖어 댔다. 다른 곳에서 일을 보고 있던 마리 아주머니도 깜짝 놀란 얼굴로 달려왔다. 다원은 손이 허공에 뜬 채로 몸이 굳어 더 이상 아무 말도 할 수가 없었다. 아버지는 눈길 한번 돌리지 않고 그대로 침실로 걸어가더니 온 집 안 창문이 울릴 정도로 문을 거칠게 닫아 버렸다.

갑작스러운 비

　　시제와 인칭에 따라 달라지는 불규칙 동사의 수십 가지 변화를 외우는 것은 무척 까다로운 일이었다. 그 동사들은 정해진 법칙에 순응하지 않으면서도 동시에 그 법칙에서 완전히 벗어나지 않는 양면성을 띠었다. 그 변화들을 한데 집대성해 놓으면 다시 '불규칙 동사의 규칙 변화'라는 새로운 법칙을 설명하는 책이 생길 정도였다. 심지어 전혀 다른 뜻을 가진 두 동사의 과거형 시제가 인칭 변화까지 완벽하게 일치하는 경우도 있는데, 그 뿌리를 이해하는 것은 전혀 접점이 없어 보이는 어떤 두 사람의 과거가 알고 보니 한집에서 쌍둥이로 태어나 자란 것만큼이나 똑같다는 이야기를 듣는 것처럼 아리송한 일이었다.

　　외국어 교수님은 사람들 입에 많이 오르내리는 동사일

수록 불규칙 동사로 변화할 여지가 많다고 했다. 인간의 언어 습관과 시간이 상호작용을 하면서 동사에 조금씩 변형을 가한다는 설명이었다. 다윈은 그 설명이 잘 납득되지 않았다. 사람들이 많이 사용하는 동사라면 오히려 원활한 소통을 위해서 시대와 장소를 가리지 않고 더 철저하게 규칙을 따라야 하는 게 아닌가 하는 의문이 들었기 때문이다. 인간이 규칙보다 불규칙에 치우쳐 언어를 변화시킨다는 것은 인간 자체가 규칙보다는 불규칙으로 진화한다는 말이나 다름없는 것 같았다.

그것이 자연에서의 생존 가능성을 더 높일 수 있을까? 이를 뒷받침하는 생물학적 발견이 있었던가? 인류학적인 시각에서는 어떨까? 규칙에 의거해 집단을 이룬 무리와 규칙을 어기고 집단에서 뛰쳐나간 한 이탈자 중 어느 쪽의 생존 능력이 더 강할까? 기존의 집단에서 뛰쳐나갔다는 사실 자체가 애초에 가장 우수한 능력을 가진 자였다는 것을 증명하는 걸까? 아니면 단순히 무리의 질서에 순응하지 못하고 도태된 낙오자에 불과한 걸까?

각 교과목의 경계를 뛰어넘는 상념에 사로잡힌 채 불규칙 동사들의 변화를 노트 가득 써 내려가던 다윈은 문득 창밖에서 울리는 둔탁한 소리를 듣고 펜을 멈추었다. 비가 내리고 있었다.

비 예보는 듣지 못했는데 곧 천둥까지 동반한 요란한 비가 쏟아지기 시작했다. 시간은 어느덧 자정에 가까워져 있었다. 다원은 펜을 내려놓고 빗줄기가 창을 때리는 소리에 가만히 귀를 기울였다.

……아버지는 왜 그렇게 화를 내신 걸까.

다원은 다른 날보다 유독 오늘 더 동사 변화가 이해되지 않는 이유가 아버지에게 있을지도 모른다는 생각이 들었다. 도무지 아버지를 이해할 수 없었다. 아버지가 자신을 향해 그렇게 방어적이고 공격적인 모습을 드러낸 적은 처음이었다. 이제껏 자신에게 안심과 확신을 주었던 규칙 동사들이 한순간에 모두 불규칙 동사들로 변해 버린 것 같았다.

물론 먼저 아버지를 실망시키고 화나게 한 건 자신이란 걸 잘 알고 있었다. 자신의 잘못으로 아버지의 경력에 큰 흠이 생기게 된 상황은 그 사실을 알게 된 것 자체가 가장 무거운 벌로 여겨질 만큼 고통스러운 일이었다. 다원은 잘못 판단한 자신의 선택을 후회했다. 아버지에게만은 그날 낚시터에서 돌아오는 길에 루미가 생각하고 있는 바와 아카이브에서 있었던 일을 모두 솔직히 이야기했어야 했다. 그랬다면 아버지도 이해하고 어떻게든 도움을 주었을 것이다. 아버지가 화난 것은 다른 것보다도 아들이 자신을 속였다는 사실 때문일 것이다. 다원은 아예 창 쪽으로 돌아앉아 유리창에 비가 맺혔다가 떨어지는 모습을 처음 보는 자연현상인 양 감상했다.

그러나 단지 그 문제가 전부라고만은 할 수 없었다. 아버지와는 이미 12월의 폭동과 9지구 이야기를 나눌 때부터 서서히 어긋나고 있었다. 사회의 약자들에게 아버지가 그렇게까지 폐쇄적이고 권위적인 생각을 가지고 있을 줄은 몰랐다. 자신이 알던 아버지가 아닌 것 같았다.

게다가 되바라진 계집애라니…….

그건 결코 자신이 사랑하고 존경하는 아버지의 입에서 나올 법한 말이 아니었다. 루미를 판단하는 일에서만큼은 언론에서 붙인 '문교부의 혜안'이라는 별명이 무색할 정도로 아버지의 두 눈에 검은 천이 드리워져 있는 것 같았다. 다윈은 빗소리를 덮을 정도로 무거운 숨을 뱉었다. 한 번이라도 루미와 진실되게 이야기할 수 있는 기회가 생긴다면 아버지는 자신이 얼마나 편견에 치우쳐 있는지를 깨닫고 곧바로 루미를 사랑하게 될 텐데…….

그때였다. 노크 소리가 들렸다. 다윈은 의자를 돌려 문 쪽을 바라보았다. 아버지일 거라는 예감이 들었다. 아버지 역시 이 늦은 시간까지 잠 못 이루고 괴로워하다가 이야기를 나누러 올라온 것이 분명했다. 문이 열리면 다윈은 아버지가 화해의 손길을 내밀기 전에 자신이 먼저 아버지의 믿음을 저버린 행동을 한 것에 정식으로 다시 용서를 구하리라 생각했다. 그러면 아버지는 오히려 위로해 주며 자신 역시 지나치게 반응한 부분이 있었음을 사과할 것이다. 그러나 그 진지한 각본은 마리 아주머니가 간식이 든 접시를 들고 방으로 들어오는 순간 혼자만의 우스운 상황극이 되어 버렸다.

"이 시간쯤 되면 배가 고플 것 같아서."

"고맙습니다. 안 그래도 내려가서 먹을 것 좀 찾아보려고 하던 참이었어요."

식욕은 없었지만 밤늦게까지 신경 써 주는 아주머니의 정성을 생각해 다원은 감사 인사를 했다. 그런데 책상 위에 접시를 내려놓은 아주머니가 방을 나가지 않고 빈 쟁반을 든 채 옆에 서서 머뭇거렸다.

"왜요? 저한테 무슨 하실 말씀이라도 있으세요?"

아주머니가 기다렸다는 듯이 이야기했다.

"실은 조금 전에 차관님이 다시 나오셔서 위스키 병을 들고 가셨어. 머리가 아프다고 하셔서 일찍 주무시는 줄 알았는데 잠기운이 없는 게 지금까지 계속 깨어 있으셨나 봐. 내가 한 잔만 드시라고 했는데도 못 들은 척 그냥 방으로 들어가 버리시는구나."

"위스키는 가끔 드시잖아요."

"병째는 아니지. 게다가 차관님이 오늘처럼 화를 내는 모습은 처음 보기도 해서……. 그렇다고 내가 끼어들 일은 아닌 것 같고. 다원, 급한 공부가 아니면 네가 잠깐 내려가서 좀 들여다봐 줄 수 없겠니?"

"제가 내려가 볼 테니 아주머닌 걱정 마시고 그만 주무세요. 걱정 끼쳐 드려서 죄송해요."

마리 아주머니는 다정한 눈길로 "그래, 그럼 부탁하마." 라는 말을 남기고 방을 나갔다. 아주머니가 나가고 난 뒤 다

갑작스러운 비

185

원은 창가로 갔다. 1층을 내려다보니 아버지 방 쪽 불은 꺼져 있었다. 아주머니가 올라온 사이 위스키 한 잔을 마시고 이미 잠을 청한 것 같았다. 다원은 동사 변화를 마저 외우려고 책상으로 돌아와 앉았다. 똑같은 것 같으면서도 자세히 보면 미묘하게 조금씩 다른 글자들의 나열이 암호문처럼 느껴졌다. 그렇게 생각해서인지 아무리 집중하려고 해도 새로운 단어들의 동사 변화가 머릿속에 잘 들어오지 않았다.

잠시 뒤, 다원은 도무지 진도가 나가지 않는 책을 그만 덮고 1층으로 내려갔다. 거실에 켜진 보조등이 계단을 헛디디지 않을 만큼의 옅은 빛을 바닥에 비추고 있었다. 1층으로 내려오니 땅을 때리는 빗소리가 더욱 거세게 들려왔다. 다원은 아버지 침실로 가까이 걸어가 문에 귀를 기울였다. 아무 소리도 들리지 않는 것 같았다. 아버지가 깨지 않게 노크 없이 살그머니 문을 열었다. 방에 불은 꺼져 있고 비에 젖은 정원등 불빛이 어스름하게 방을 밝히고 있었다.

살짝 열린 문틈으로 방을 둘러보던 다원은 순간 깜짝 놀랐다. 검은 형체가 아버지 침대 근처에 우두커니 서서 자기 앞의 전신 거울을 마주 보고 있었다. 거울 표면에서 발산되는 둥근 빛이 다른 곳으로 이어지는 통로처럼 느껴지려는 찰나, 검은 형체가 거울을 향해 말하는 소리가 들려왔다.

"뭐야, 어떻게 날 찾아온 거지?"

술에 잔뜩 취한 목소리였다.

"넌 죽었잖아. 제이가 죽은 30년 전 그날 새벽, 함께 죽었잖아."

다원은 숨소리를 죽였다.

"그런데 뭐야, 이제 와 그 낡아 빠진 후드까지 꺼내 입고 다시 나타나다니…… 그 후드……. 도대체 그 빌어먹을 후드는 왜 버리지 못하는 거야?"

다원은 숨소리가 작아지다 못해 멎는 느낌이었다.

"많이 작아졌네……. 아니, 후드가 작아진 게 아니라 네가 커 버린 거지……. 네가 일방적으로 혼자 커 버린 거야."

위스키를 병째로 들이켜는 검은 형체가 거울 속에 비쳐 보였다.

"제이를 죽이고 나오던 그날 새벽……. 그땐 이 후드가 손등을 다 가릴 정도로 컸었지……. 덕분에 떨리는 온몸을 가릴 수 있었어……. 후드가 눈앞을 가린 덕분에 아무것도 보지 않아도 됐지……. 죽어라 도망치기만 했어……. 나만 보지 않으면 남들도 나를 못 보는 줄 알고…….모래 속에 머리를 처박은 멍청한 새처럼."

빗소리를 관통하는 웃음소리가 터져 나왔다가 순간 뚝 그쳤다.

"문교부? 위원장? 대체 어디까지, 언제까지 사람들을 속일 셈이지?"

검은 형체는 거울 앞으로 가까이 다가가 그 위에 비쳐 보이는 반사체를 손으로 더듬었다.

"니스 영……. 아무리 발버둥을 쳐 봐도 넌 살인자야…….
친구를 죽인 살인자. 자, 들어 봐, 지금도 들리지?"

✗

문교부 실무진들이 모두 참여하는 전체 회의를 하다가
도, 전화로 장관과 후임 인사를 논의하다가도, 기자들 앞에
서 정례 브리핑을 하다가도, 월요일 아침 프라임스쿨로 돌
아가는 다원을 배웅해 주다가도 그 목소리는 문득문득 들
려온다.

"니스 영, 그래 봤자 넌 살인자일 뿐이야."

그러면 난 다정하게 미소 지으며 고개를 끄덕인다. "알
아, 내가 그 사실을 한 번이라도 부인한 적 있어?" 그러면
그 목소리는 비위가 상한 아이처럼 "쳇!" 하고 혀를 찬 뒤
"잊고 있는 것 같아서 다시 한 번 말해 주러 온 것뿐이야."라
고 투덜대며 슬그머니 사라진다.

맨 처음 그 목소리를 들은 건 고등학교 입학식 날 자기
소개를 하는 자리에서였다. 이름에 이어 "즐겨 하는 취미
는……." 하고 말하려는 순간, 누군가 귀에 대고 "살인자."
라고 속삭였다. 난 그대로 교실에서 정신을 잃고 쓰러졌다.

그날을 시작으로 그 목소리는 때를 가리지 않고 불쑥불
쑥 나를 찾아왔다. 나는 사색이 되어 도망쳤다. 한동안 아무
것도 할 수가 없었다. 제이의 죽음 이후 멎었던 구토도 다시

시작돼 어머니의 걱정이 무척 컸다.

그런데 어느 순간, 내가 도망가지 않고 다정하게 미소를 지으면서 "알고 있어. 그래, 난 살인자야."라고 인정하면, 그 목소리가 별다른 위협 없이 스스로 물러난다는 것을 알게 되었다. 이후 아무리 당황스럽고, 무섭고, 화가 나는 순간일지라도 감정을 억누른 채 미소 짓는 법을 수천 번 연습했다. 덕분에 이제는 "살인자, 살인자, 살인자."라고 외치는 소리가 귓가에서 한 시간 넘게 울려도 입으로는 '다음 세대 교육이 나아가야 할 길'을 유려하게 발표하고, 기자들이 덫처럼 던지는 질문에도 자료를 확인하지 않고 재치 있게 대답할 수 있는 경지에 이르렀다. 극복할 수 없을 것 같던 고난을 극복해 낸 이 경험은 내가 재능이 부족하다고 느끼는 학생들에게 연습의 중요성을 강조하는 근거가 돼 주었다. 누구든 연습하면 숙련될 수 있고, 숙련되면 위장할 수 있다.

그날 이후로 30년이 흘렀다. 평범한 소년으로 16년, 살인자로 30년을 살았으니 산술적으로 봐도 내 본질은 살인자이다. 1년, 5년, 10년, 20년…… . 시간이 아무리 흘러도 죄는 결코 옅어지지 않는다. 살인자로서의 삶만 더 늘어날 뿐이다.

다른 선택은 없었을까? 부질없는 질문이란 것을 알면서도 나는 한 번씩 지나간 시간을 괴롭힌다. 꼭 제이를 죽여야만 했나. 침착하게 다른 방법을 찾았으면 어땠을까. 그러나

중년이 된 지금 생각해 봐도 별다른 방법이 떠오르지 않는다. 다른 사람에게 의견을 구할 수도 없는 일이다. "제이를 죽이지 않고 그 일을 해결할 수 있는 방법이 있었을까요?" 그런 상담을 누구에게 할 수 있을까. 이 일에 관한 한 오직 열여섯 살의 내가 묻고 열여섯 살의 내가 답하는 길밖에는 없다. 그리고 그때마다 나는 매번 같은 결론에 도달한다. 7월 10일을 알리는 괘종 소리가 천 번 울리면, 나는 그때마다 매번 지하실로 들어가 그 낡아 빠진 후드를 집어 입는 것이다.

만약 제이에게 모든 걸 털어놓고 용서를 구했으면 어땠을까. 그러면 내 아버지를 용서해 주었을까. 친구인 나를 봐서 죄를 눈감아 주었을까. 제이가 용서만 해 준다면 나는 평생 동안 그에게 복종했을 텐데. 그가 언짢아하는 눈빛만 보여도 쩔쩔맸을 텐데. 그를 왕처럼 모셨을 텐데⋯⋯. 그런데 잠깐, 왜 나와 아버지가 제이에게 용서를 구해야 하는 거지? 우리가 그 애에게 무슨 짓이라도 했던가? 그를 때렸나? 물건을 빼앗았나? 목숨을 위협했나? 아니, 그런 적은 한 번도 없다. 다만⋯⋯ 들켰을 뿐이다. 아버지라는 존재를, 더불어 아버지에게서 분리될 수 없는 나라는 존재를.

제이는 태양이었다. 살다 보면 자연스레 친구와 동료들의 중심에 서게 되는 사람이 있는데, 제이가 바로 그런 사람이었다. 제이는 1지구의 적통 '도련님'이면서도 늘 모험을 꿈꿨다. 프라임스쿨 입학시험에 합격했으면서도 "너희들이랑 노는 게 더 좋아."라며 그 명예를 간단히 비웃어 버렸을 때는 친구지만 우러러볼 수밖에 없었다.

인생이 선사하는 모든 행운을 가지고 태어난 내 친구 제이 헌터. 단 한 번이라도, 한순간이라도 제이는 고통이란 걸 겪은 적이 있을까. 마음이 무너지는 느낌을 받은 적이 있을까. 아버지가 저지른 죄 때문에 자신의 존재가 더럽혀지는 기분을 맛본 적이 있을까. 뿌리 없는 존재가 되어 어딘가로 날아가 버리고 싶었던 적이 있었을까. 그럴 리가…….

제이는 순결했다. 그리고 자기가 순결한 만큼 다른 사람들도 순결하기를 바랐다. 열세 살 겨울이 거의 끝나갈 무렵 제이는 "세상 모든 사람들은 1년에 한 번씩 재판장에 서야 해."라고 말했다.

"한 해의 마지막 날이 되면 모든 사람들은 각 지역에 있는 재판장으로 모여야 해. 거기에는 특수하게 고안된 저울이 있지. 과학자들과 철학자들, 법학자들이 함께 고안해서 만든 완벽한 저울이야. 모두 신발과 양말을 벗고 맨발로 저울에 올라야 해. 그러면 아무리 숨기려고 해도 그가 지난 1년 동안 저지른 죄의 값이 저절로 나와. 3그램 이상인 사람은 새해를 즐길 자격이 없어. 그런 사람들은 죄질에 따라 사형에 처해지거나 감옥에 가거나 9지구로 퇴출돼서 노역을 해야 해. 간통을 하거나 살인을 저지르거나 반역을 하는 따위의 눈에 보이는 죄뿐만이 아니야. 부정한 생각을 하는 것만으로도 죄의 무게는 올라가. 그러고 나면 이 세상이 좀 더 깨끗해질 거야."

나는 날카로울 정도로 명료한 제이의 의견에 감탄하며 물었다.

"면제되는 3그램은 뭐야?"

"그건 인간이 타고난 원죄 같은 거야. 호두가 인간의 뇌를 닮았다고 하지? 호두 한 알을 3그램으로 보고 그 정도는 인간으로 태어난 죄로 봐주는 거야."

"그럼 어느 정도의 죄를 지었을 때부터 저울 눈금이 올라가는데?"

"남이 해 준 숙제를 자기가 한 것처럼 대신 내거나, 길에 몰래 쓰레기를 버리거나, 남의 배우자를 곁눈질로 흘깃거리는 정도가 되겠지."

"그랬다간 이 세상 모든 사람들이 죄인이 될 것 같은데?"

"난 아니야."

제이는 자신 있게 대답했다. 그리고 나에게 물었다.

"니스, 너는 죄인이야?"

나는 대답했다.

"아니, 나도 아니야."

길에 쓰레기를 버리는 정도로도 저울의 눈금이 올라간다면 제이가 말한 간통, 살인, 그리고 반역은 과연 몇 그램이 나오는 건지, 그때는 깊이 생각하지도 않은 채 그렇게 대답했다. 그럴 필요가 없었다. 나에게 내가 짓지도 않은 죄가 있을 것이라고는 조금도 의심하지 않았으니까.

사춘기를 겪는 또래 친구들이 어떻게 학교와 부모에게

들키지 않고 부정한 짓을 저지를까 골몰하는 사이, 제이는 위대한 인간처럼 어떻게 하면 순결무구한 사람이 될까를 고민하고 있었다. 제이는 모든 인간관계에서 정직했다. 그 나이 때는 가장 많이 부딪치고 거짓말을 하게 되는 대상이 부모님인데, 제이는 단 한 번도 부모님을 속이려 든 적이 없었다. 집에 돌아오면 학교에서 있었던 시시콜콜한 얘기까지 어머니에게 모두 얘기했다. 마마보이라서가 아니라 그렇게 함으로써 어머니의 신뢰를 얻는 것이었다. 헌터 부인은 그런 아들을 자랑스러워하며 자신 역시 아침부터 낮까지 있었던 일과를 모두 이야기했다. 그런 제이를 통해 나는 어머니와 아들이 친밀한 관계를 가지는 것이 결코 부끄러운 일이 아니라는 것을 알게 되었고, 전에도 사랑했던 어머니를 더욱 당당하게 사랑할 수 있게 되었다. 제이가 정한 기준에 도달하지 못한 아이들은 제이를 '재판관 제이'라고 부르며 멀리했지만, 나는 제이의 그런 면이 매력적이라고 생각했다.

그렇다고 제이가 꽉 막힌 고리타분한 인간이었던 것은 아니다. 제이는 기본적으로 장난꾸러기였다. 특히 동생인 조이에게는 어리다는 이유로 짓궂은 장난도 자주 쳤다. 한 번은 밧줄로 동생을 나무에 묶어 놓은 적도 있었다. 조이가 우는 것을 보고 내가 "제이, 이런 건 죄가 되지 않는 거야?"라고 물었더니, 제이는 길에 몰래 쓰레기를 버리는 건 죄가 되지만 야구를 하다가 남의 집 유리창을 박살 내는 건 죄가 되지 않는 것과 비슷하다고 말했다. 제멋대로식 재판같이 여겨지기도 했지만, 제이는 유리창을 박살 내는 것엔 '숨길 의도'가 없기 때문이라고 설명하며 숨길 의도가 있는 일만이 벌을 받는 것이라고 했다. 실제로 야구를 하다 남의 집 창문을 깨뜨린 일이 여러 번 있었는데, 공을 찾으러 가서 사과하면 화를 내는 집주인들은 하나도 없었다. 그들은 잘못을 고백하러 온 우리를 오히려 기특하게 여겼다. 제이는 우리가 잘못을 숨기지 않았기 때문이라면서 동생을 놀리는 것 역시 숨길 의도가 전혀 없는 순수한 놀이이므로 죄가 되지 않는다고 했다. 현명한 제이는 인간의 죄의식이 '숨김'에서 태동한다는 것을 벌써 깨닫고 있었던 것이다.

제이와 나는 서로의 재판관이 되어 주기로 했다. 우리들의 목표는 하느님의 도움 없이 인간의 힘만으로 깨끗한 세상을 만드는 것이었다. 맨발로 저울에 올라도 3그램에서 숫자가 멈추는 순결무구한 인간.

그러나 순결무구한 인간이 되겠다는 약속을 지키는 게 태생적으로 불가능하다는 것을 알게 된 순간부터 나의 친구 제이는 무시무시한 재판관으로 돌변했다.

제이가 자기 아버지에게서 받은 사진들로 만든 앨범을 자랑하며 보여 주었을 때 나는 12월의 폭동 사진들 중 한 장에 찍혀 있는 어린 후디가 나의 아버지라는 것을 단번에 알아보았다. 30년의 시간이 흘렀지만 왼쪽 뺨에 길게 난 물방울 모양의 점은 그대로였다. 그 순간 나는 왜 아버지가 할머니 할아버지와 전혀 안 닮았는지, 왜 아버지가 어린 시절 친구들과의 일화를 하나도 이야기해 주지 않는지, 왜 아버지가 다른 아버지들과 다르게 넥타이를 잘 매지 않는지, 왜 아버지의 입에서 가끔 투박하고 거친 말이 튀어나오는지, 왜 지하실 상자에 9지구 범죄자들이나 입는 후드가 있는지 전부 알게 되었다. 한 장의 사진으로 내 아버지에게 궁금했던, 그러나 결코 의심은 하지 않았던 질문이 모두 풀렸다. 그리고 불안의 폭풍이 몰아쳤다.

그날부터 나는 제이가 평생 그 사실을 모르고 지나가기만을 기도했다. 그러던 어느 날 아침, 제이가 헐레벌떡 복도를 뛰어오며 말했다.

"너희들, 내가 어제 누구를 봤는지 알면 기절할 거야."

"지붕에 올라간 빌리 조라도 본 거야?"

빌리 조는 당시 최고의 인기를 누리던 3지구 영화배우였는데 심각한 알코올 중독자였다. 그는 술에 취해 자기 집 지붕에 올라갔다가 떨어져 사망했다. 신문 기사에는 그가 술만 마시면 새처럼 날 수 있다는 착각을 했다는 뒷이야기가 실렸다. 그 뒤로 기이한 일을 보면 '지붕에 올라간 빌리 조'라고 빗대는 게 한동안 유행이었다.

"빌리 조는 아무것도 아니야. 앨범 속에 있던 그 특이한 모양의 점이 난 남자를 봤어. 어제 버스를 타고 시내에 가는데 그 남자가 쇼핑몰에서 나오고 있었어. 믿어져? 폭동을 주도했던 후디가 살아서 버젓이 1지구를 걸어 다니고 있다니 말이야. 잘난 금목걸이까지 걸고 있더군. 그런데 젠장, 얼른 버스에서 내려서 쫓아가 봤는데 벌써 사라지고 없었어."

"……잘못 본 거 아냐? 그럴 리가 없잖아."

"날 믿어. 그런 모양의 점이 있는 사람은 이 세상에 단 한 명밖에 없어."

제이는 그러고는 문득 내 새 운동화를 발견하고 "새로 샀나 보네? 멋진데."라고 말했다. 어제는 사업으로 늘 외국에 나가 있던 아버지가 오랜만에 귀국해 나에게 줄 운동화와 옷을 사 온 날이었다. 나는 훔친 물건처럼 한 발을 다른 발 뒤로 감춰야 했다.

"앞으로 우리의 사명은 그 특이한 점이 난 남자를 찾아서 재판장에 세우는 거야. 척결 대상 2호."

나는 등으로는 식은땀을 잔뜩 흘리면서도 아무렇지도 않은 척 1호는 누구냐고 물었다. 제이는 "첫 번째는 그냥 상징적으로 비워 두는 거니까."라며 대충 지나갔다.

척결 대상 2호.

나에겐 그 말이 아버지와 나, 두 사람을 의미하는 것처럼 들렸다.

그러고 나서 무슨 일이 있었지? 불면증, 구토, 고열, 증오, 두려움, 비굴함……. 밤이 지나면 다시 밤이 오고, 그 밤이 지나도 또 밤이 오고…….

나는 왜 제이의 추도식에 갓 태어난 다원을 데려갔던 걸까. 제이와 그 가족에게 절대 내 아들을 보여 주고 싶지 않아 했으면서……. 그러나 웃고 있는 제이의 사진이 놓인 제단에 다원을 안고 선 순간, 나는 왜 내가 다원을 제이 앞으로 데리고 갈 수밖에 없었는지 깨달았다.

다원은 한 마리의 양이었다. 내가 저지른 죄를 속죄하기 위해 제물로 바치는 양.

제이, 여기 내 아들 다원이야. 너를 살해했던 내가 어느새 결혼을 해 아들을 낳고 아버지가 되었어. 내가 널 죽이지 않았다면 너도 지금쯤 한 아이의 아버지가 되었겠지. 네 아이는 너를 닮아 완전무결했을 거야. 맨발로 저울에 올라도 숫자판엔 3그램조차 안 뜨겠지. 제이, 그럼 내 아들은? 내 아들 숫자판엔 몇 그램이 뜨지? 97883423849584……. 잠깐 제이, 그건 내 아들의 무게가 아니야. 내가 아이를 안고 함께 올라가 있잖아. 아직은 혼자 힘으로 일어서지 못하니까. 그건 내 죄의 무게야. 절대 내 아들의 무게가 아니야.

그 신고식이 처음이자 끝이라고 다짐했으면서도 나는 해마다 다원을 추도식에 데리고 갔다.

제이, 다원이 한 살이 되었어. 며칠 전 처음으로 내가 한 말을 따라 했어. 올해 유치원에 입학했어. 초등학교를 졸업했어. 네가 합격하고도 가지 않은 프라임스쿨에 우리 다원이 들어갔어.

내 죄를 알고 있는 조이가 날 빤히 지켜보고 있는 앞에서 나는 매년 그렇게 고해성사를 했다. 그때 조이는 왜 나를 용서해 준 걸까. 왜 한 번도 자기 형을 죽인 이유를 묻지 않은 걸까. 내 약점을 쥐고 있다고 생각하는 걸까. 그걸 빌미로 언젠가 날 무너뜨릴 계획인 걸까. 훌륭한 아버지? 훌륭한 아버지가 돼 달라고 했었나? 아버지 같은 건 정말 되고 싶지 않았는데…….

내 아들 다원, 너에게만은 절대 내 죄를 물려주지 않을 거야. 내가 저지른 죄로 네가 괴로움을 당하는 일만은 절대 없게 할 거야. 너는 아무 죄의식도 없는 가문의 선조가 될 거야.

……잠깐.

내가 왜 이런 옷을 입고 있는 거지? 뭐야, 누가 나한테 이 후드를 입혀 놓은 거야. 바닥에 엎어져 있는 저 위스키 병은 뭐지? 내가 마신 건가. 아, 그러고 보니 방 안에서 술 냄새가 진동하잖아. 아침이 되기 전에 환기를 시켜야 할 텐데. 술 냄새에 찌든 방을 보면 마리가 괜한 걱정을 하며 다원에게 말할 테니까. 그런데 이 소리는 뭐지? 비가 오는 건가? 환기는 하지도 못하겠군. 바닥에 쓰러진 술병이라도 치워 놔야 할 텐데. 아니, 다른 것보다도 먼저 이 후드를 벗어야 해. 후드를 입은 모습을 누군가에게 들키기라도 했다간…….

그런데 뭐지…… 이 평온함은. 난파당한 배의 파편에 간신히 올라타서 아무도 없는 바다를 혼자 떠다니는 것 같은 이 평온함은……. 척결 같은 건 없어, 이 바다에. 죄를 감지하는 저울도 없어. 배 조각이 떠받드는 무게는 오직 내 육체의 무게야.

피로 얼룩진 이 후드가 나에게 이런 평온함을 선사할 줄이야. 그런데 저 거울 속의 사람, 양복을 입을 땐 늘 거적때기를 걸친 허수아비로 보였는데, 몸에 맞지도 않는 이 작고 후줄근한 후드를 입고 있는 지금은…….

꽤 괜찮잖아.

"왜냐면 그게 너니까. 니스 영…… 살인자."

안개에 휩싸인 실버힐

아침 조깅을 하러 밖으로 나온 러너는 정원에 잠깐 멈춰 서서 걱정스러운 눈길로 하늘을 올려다보았다. 짙은 안개가 실버힐을 뒤덮고 있었다. 간밤에 예보도 없던 비가 내려 잠깐 지나가는 것이라고만 생각했는데 기어이 이 좋은 아침에 찌꺼기를 남겨 두고 떠났다. 흐린 날이 반갑지 않은 러너는 그렇게 하면 실제로 물리칠 수 있기라도 하는 것처럼 손으로 안개를 휘저었다. 니스와 다윈이 오는 날이니 이왕이면 날씨가 화창하면 좋으련만…….

답답한 시야에 위축되던 기분이 아들과 손자의 얼굴을 떠올리자 먹구름이 가신 하늘처럼 금세 밝아졌다. 지난번 낚시 여행은 참 좋았다. 집에 돌아와서도 자꾸만 생각이 났다. 이따금 보석함을 열어 보며 행복을 느끼는 여자들의 심정이 어떤 것인지 이해할 수 있을 것도 같았다. 아마도 그녀들은 보석 그 자체보다는 보석에 담긴 추억을 회상하며 기쁨을 느끼는 것이리라.

낚시터에서 보낸 그날 오후도 한 알의 붉은 루비가 되어 주었다. 러너는 그것을 마음속 보석 상자에 넣어 두고 아들과 손자가 그리울 때마다 이따금 꺼내 보곤 했다. 젊었을 땐 진짜 금과 다이아몬드를 좇았지만 나이가 들어서 보니 손에 잡히는 재물보다 함께 기억하고 이야기 나눌 수 있는 좋은 추억 한 조각이 훨씬 더 값졌다. 그것을 깨닫고 나니 니스가 어렸을 때 함께 많은 일을 해 보지 않은 것이 새삼 다시 후회되었다. 왜 당시에는 설령 빈 통만 들고 돌아올지라도 낚시터에 가서 함께 시간을 보내는 것보다 1년에 한 번씩 귀국해 쇼핑몰에서 원하는 것을 잔뜩 사다 주는 것이 더 아버지다운 일이라고 생각했던 걸까…….

농무 탓에 회상이 지나치게 길어지고 있었다. 러너는 하늘을 더듬던 시선을 그만 땅으로 내렸다. 지나간 과오를 되짚고 후회하는 데 시간을 쓰는 것은 어리석은 자들의 습성이었다. 이제는 후회할 시간조차 넉넉히 남아 있지 않았다. 그 귀한 시간은 뒤를 돌아보는 데가 아니라 어머니가 지어준 '러너'라는 이름에 걸맞게 앞으로 달려가는 데 써야 했다. 몇 시간 후면 아들과 손자가 올 것이다. 러너는 운동화 끈을 단단히 당겼다. 휑한 보석 상자를 아쉬워하고만 있을 게 아니라 오늘부터 그 상자를 가득 채울 보석을 하나씩 캐고 세공하면 된다.

러너는 몸을 풀며 정원 밖을 향해 뛰듯이 걸어 나갔다. 일 각에선 안개 낀 날에 운동을 하면 건강에 해롭다고들 하지 만, 그런 자질구레한 건강 상식에까지 귀를 기울일 마음은 없었다. 안개가 끼든 혹한이 오든 몸이 허락하는 한 뛰는 것 이 자신이 생각하는 최선의 건강 요법이었다. 그 증거로 이 런저런 핑계를 대며 집에 틀어박혀 있는 치들보다 안개를 뚫고 마을을 한 바퀴 뛰는 자신이 어느 모로 보나 훨씬 건강 했다.

울타리 밖으로 나온 러너는 집 앞에 있는 벤치를 지나쳐 산책로로 접어들었다. 그러다가 잠시 후, 뭔지 모를 미심쩍 은 기분에 다시 벤치 쪽으로 발걸음을 돌렸다. 자세히 보니 벤치에 마치 안개가 빚어 낸 혼령 같은 사람 형상이 어른거 렸다. 몇 걸음 더 가까이 옮긴 러너는 그 혼령의 정체를 확인 하고 소스라치게 놀랐다. 다원이었다.

"어떻게 된 거냐, 다원. 이렇게 일찍 무슨 일이야. 그리고 왔으면 들어오지 왜 거기에 앉아 있는 거니?"

러너는 서둘러 다원 곁으로 뛰어가 말했다. 다원은 교복 차림에 가방까지 메고 있었다.

"……잠이 일찍 깨서 버스를 타고 왔어요. 너무 일찍 오면 할아버지가 놀라실 것 같아서 좀 기다렸다 들어가려고 했는 데……. 더 놀라게 해 드렸나 봐요."

다원은 웃으며 말했지만 러너는 어딘가 모르게 손자의

얼굴이 수척해져 있다는 느낌이 들었다. 뿌연 안개 탓일 수도 있고, 너무 이른 시간 탓일 수도 있을 것이다.

"니스는? 니스는 뭘 하기에 너 혼자 버스를 타고 오게 해?"

"아버진 어젯밤에 술을 많이 드신 것 같아요……. 아침에 방에 가 봤더니 술 냄새가 진동하더라고요. 아마 오전엔 일어나기 힘드실 거예요. 마리 아주머니에게 저 혼자 할아버지 집에 왔다가 내일 아침 학교로 바로 갈 테니 아버지에게 그렇게 전해 드리라고 말해 놓고 왔어요."

아비 집에 오는 날이란 걸 뻔히 알면서도 전날 밤에 몸을 못 가눌 정도로 술을 마시다니. 러너는 아들의 행동이 괘씸하고 못마땅했지만 때가 때인 만큼 곧 걱정스러운 마음이 커졌다. 요즘이 공무원들이 가장 스트레스를 많이 받는 국정감사 준비 기간이라는 것을 모르는 바가 아니었다.

"얼마나 술을 마셨기에 일어나지도 못할 정도야. 무슨 일 있는 거냐?"

다원은 "잘 모르겠어요." 하며 고개를 가로저었다.

"아버진 본인 일에 대해서는 말씀을 잘 안 하시잖아요."

러너는 혀를 쯧쯧 차며 다원의 어깨를 끌어안았다.

"그래, 그게 네 아버지 어렸을 때부터의 천성이지. 아무튼 잘 왔다. 이른 아침에 보니 더 반갑구나. 니스 없이 우리끼리 재미있게 하루를 보내 보자. 그런데 다원, 아까 그 생각은 완전히 잘못된 거란다. 할아비는 네가 새벽 두 시에 창문을 깨고 들어와도 반겨 줄 준비가 돼 있는 사람이야. 할아비가 놀랄지 말지까지는 신경 쓸 필요 없단다. 네가 오고 싶은 시간에 언제든지 와도 돼."

집으로 발길을 돌리는 것을 보고 다원이 물었다.

"운동 나가시려던 참 아니었어요?"

"지금 운동이 문제냐, 네가 밖에서 지금껏 기다렸는데. 몸이 딱딱하게 굳었구나. 어서 들어가 몸을 녹여야겠다."

러너는 추위로 잔뜩 움츠러든 다원의 어깨에서 가방을 벗겨 대신 어깨에 둘러멨다. 어깨를 묵직하게 누르는 가방 무게에 묘한 자부심이 들었다. 아침 조깅을 취소할 사유라면 역시 프라임스쿨을 다니는 손자가 이른 아침 방문한 정도는 돼야 할 것이다. 해가 뜨면 사라질 이 허깨비 같은 안개 따위가 아니라.

러너는 한시라도 빨리 다원을 따뜻한 곳으로 들이려고 종종걸음으로 정원을 지나 얼른 현관문을 열었다. 그런데 안개가 장난을 부리지 못하는 선명한 조명 아래에서 다시 다원을 보니 수척해 보였던 느낌이 자신의 일시적인 착각이 아니었음을 알게 되었다. 흐르는 계곡물처럼 늘 반짝이던 눈동자가 물이 마른 듯 흐려져 있고, 선홍색 입술은 사포로 된 피리라도 분 것처럼 부르터 있었다. 무엇보다도 이마에서 뺨으로 이어지는 얼굴 선에서 이때껏 한 번도 본 적 없는 그늘이 어른거렸다. 러너는 가방을 소파에 내려놓으며 지독하기로 소문난 프라임스쿨 학년말 고사를 원망했다.

생기 넘치던 아이를 이 지경이 되도록 혹사시키다니.

얻는 명예가 큰 학교인 만큼 학년이 높아짐에 따라 학생들이 짊어지는 돌의 무게가 무거워지는 것은 당연한 일이었다. 그래도 이때까진 다윈이 한 번도 학업에 대한 고충을 토로한 적이 없어서 자신의 손자만큼은 그 고단한 과업에서 면제되는 행운을 부여받았다고 생각했다. 그러나 이제 보니 그것은 자신의 과한 기대이고 얕은 소망이었다. 위대한 건설의 일원이 된 이상 다윈 역시 제 몫의 돌을 짊어져야 하는 것이었다. 러너는 혼자 착잡한 마음을 달랬다. 그것이 프라임스쿨의 통과의례라면 아무리 안타까워도 그 의례가 끝날 때까지 지켜보는 수밖에는 달리 도리가…….

그때였다. 다윈이 갑자기 입을 틀어막으며 화장실로 뛰어갔다. 러너는 영문을 몰라 잠시 우왕좌왕하다가 곧 화장실로 쫓아 따라가 보았다. 다윈이 채 닫지 않은 문이 한 뼘쯤 열려 있었다. 조심스레 들여다본 러너는 눈앞에 펼쳐진 광경을 두 눈으로 보고도 믿을 수가 없었다. 다윈이 변기에 머리를 박고 구토를 하고 있었다. 프라임스쿨 교복을 입은 채 변기 앞에 앉아 있는 모습이 어느 전위적인 그림보다도 충격적이었다.

러너는 얼른 다윈에게로 가 등을 두드려 주며 "어디가 아픈 거니?"라고 물었다. 다윈은 일어나 세면대에서 얼굴을 닦으면서 "어젯밤에 너무 많이 먹었나 봐요."라고 했다. 물을 내리기 전 토사물에 음식물 찌꺼기가 하나도 없는 것을 봤지만 러너는 짐짓 모르는 척 "마리 음식 솜씨가 훌륭한가 보구나."라고 대꾸했다. 시험 스트레스 때문이라는 것을 알리고 싶지 않아 하는 어린 손자의 양양한 자존심이 애달프면서도 한편으로는 기특했다.

오한이 나는지 다원이 몸을 떨기 시작했다. 러너는 아직 난방을 하지 못한 2층 방 대신 자기 방으로 다원을 부축해 데려가 교복을 편한 옷으로 갈아입힌 뒤 침대에 누였다. 평상복을 입고 와도 되는데 몸이 이렇게 축난 와중에 굳이 프라임스쿨 교복을 챙겨 입고 오다니. 시험에 임하는 정신 무장이 보통이 아니었다. 안타깝게도 그 무게를 이기지 못해 결국 몸이 상해 버렸지만. 러너는 밖으로 나와 애나에게 얼른 의사를 부르라고 했다.

실버힐에 입주해 있는 의사와 간호사가 바로 방문해 다원의 상태를 진찰했다.

"너무 걱정하진 마세요. 계절을 타는 거예요. 날씨가 갑자기 추워졌으니."

의사는 오늘 하루 따뜻한 곳에서 몸을 잘 보살피고 나면 금방 회복될 것이라고 했다. 그래도 러너는 걱정이 가시지 않아 약을 먹이거나 주사를 놓아야 하지 않겠느냐고 물었다.

의사가 웃으며 말했다.

"아이들은 어른들과는 달라서 한숨 깊게 자는 것만으로도 금방 회복된답니다. 약보다도 자생적인 회복력이 면역 체계에 훨씬 도움이 되죠. 물론 저희 아이들도 다 그렇게 키웠고요."

전문가가 자기 경험까지 내세워 확신을 주니 일단은 안심이 되기는 했다. 아이를 길러 본 부모로서 충분히 공감할 수 있는 의견이었다. 니스 역시 다윈만 했을 때 한동안 고열과 구토에 시달렸지만, 어느 순간 언제 그랬냐는 듯 건강을 되찾았으니.

의사가 가고 난 뒤 애나가 다윈에게 줄 단호박 수프를 만들기 시작했다. 여자 혼자의 힘으로 손질하기에는 단호박이 꽤나 단단해 보였다. 러너는 손자 먹일 생각에 의욕이 넘쳐 "이제부터 단호박 손질만은 내가 해 주지." 하며 칼을 받아 들었다. 애나가 "다윈은 아픈 와중에도 절 도와주네요." 라며 웃었다.

열한 시쯤 되었을 때 전화벨이 울렸다. 벨 소리만 듣고도 단번에 누군지 알 것 같아 러너는 애나에게 하던 일을 계속하라고 이른 뒤, 직접 거실로 가 전화를 받았다. 수화기 너머에서 들려오는 아들의 목소리는 다윈 말대로 숙취에 잔뜩 찌들어 있었다.

"다윈이 거기 갔다면서요?"

인사도 없이 다짜고짜 묻는 말에 러너도 똑같이 꾸짖는 말로 응수했다.

"넌 도대체 얼마나 마셨기에 애를 혼자 오게 만드는 거냐. 안 그래도 공부 때문에 몸이 축나 있는 애를."

그러나 실은 기분이 그리 상한 건 아니었다. 오지 않은 아들은 서운하고 열이 나는 손자는 염려스러웠지만, 그래도 덕분에 다원을 자신의 둥지 안에서 오롯이 돌볼 수 있어서 은근히 설레기도 했다. 아들에게 큰소리를 친 것은 할아비로서 자신이 가지고 있는 세를 드러내 보이려는 일종의 과시욕이었다. 그러나 그 호기마저도 오래가지 못했다. 쓴소리를 뱉어 내자마자 곧 아들의 사정이 어떤지도 모르고 너무 윽박지른 것 같아 마음이 쓰라렸다.

러너는 미안함에 목소리를 가라앉히고 물었다.

"뭐 안 좋은 일이라도 있는 거냐? 누가 힘들게 해?"

아들은 그 마음도 몰라주고 늘 그랬듯 빈정거리는 식으로 대꾸했다.

"이제 와 안 좋은 일이랄 게 뭐가 더 있겠어요. 걱정 마세요. 안 좋은 일이란 건 옛날에 다 끝났으니까."

"무슨 말을 하는 거냐. 아직도 술에 취해 있는 거야?"

"그런가 봐요."

"그러면 더 자려무나. 나는 괜찮지만 월요일 아침에 부하 직원들에게까지 그런 흐트러진 모습을 보여서는 안 될 테니."

"다원은 어디 있어요? 전화 좀 받으라고 해 주세요."

"잔단다."

"이 시간에요?"

"술 취한 아버지 덕분에 아침 일찍 혼자 버스를 타고 왔지 않냐. 피곤할 만하지. 시험 준비고 뭐고 오늘 하루는 푹 자게 놔둘 거란다."

"……기분이 안 좋아 보이던가요?"

어딘가 조심스러움이 느껴지는 말투였다. 러너는 할아버지와 아버지의 역할을 동시에 수행할 좋은 기회라는 생각이 들어 일부러 더 다정한 목소리로 물었다.

"다윈이 기분이 안 좋아질 만한 일이 있었던 거냐? 네가 술을 마신 이유도 그 일과 관계가 있는 거고? 뭔지 나한테 한번 말해 보려무나. 내가 중재해 줄 수 있는 일이면 해 줄 테니."

"신경 쓰실 필요 없어요. 저희 둘 일이에요."

러너는 자신의 진심을 빈 깡통보다 못하게 내팽개치는 아들에게 서운함과 함께 분노가 일었다.

"내가 꼭 너희들이랑 전혀 상관없는 외부인인 것처럼 말하는구나. 내 아들 일이 내 일이 아니고, 내 손자 일이 내 일이 아니라면 이제 와 내 일이랄 게 뭐가 있겠냐. 이젠 날 네 아비로도 생각 안 하는 거냐?"

니스는 그제야 자신의 경솔함을 깨달았는지 "그런 뜻으로 한 말은 아니에요."라면서 이어 말했다.

"어쨌든 알겠어요. 아버지 말씀대로 오늘은 푹 자게 놔두세요. 일어나는 대로 저한테 전화하라고 해 주시고요."

니스는 끊는다는 말도 없이 먼저 전화를 끊어 버렸다. 러너는 그런 버릇없는 태도 역시 심기에 거슬렸지만 오늘만은 마음에 담아 두지 않기로 했다. 이 무뚝뚝한 아들이 세상에서 가장 사랑하는 존재가 바로 자신의 방에 누워 잠을 자고 있었다. 그것만으로도 오늘은 아들과의 대립에서 유리한 고지를 점한 셈이었다. 러너는 어느 왕국의 왕자를 인질로 붙들고 있기라도 한 것처럼 의기양양한 기분이 들었다. 이제 자신의 임무는 아픈 왕자를 완벽하게 회복시켜 월요일 아침, 어느 때보다 건강한 모습으로 프라임스쿨로 돌려보내는 것이었다. 그게 사랑하는 아들에게 자신이 할 수 있는 가장 근사한 복수였다.

러너는 방문과 시계를 몇 번이나 번갈아 확인했다. 분침은 같은 트랙을 벌써 세 바퀴째 돌고 있는데 방문은 꼼짝할 기미가 보이지 않았다. 다원이 충분히 숙면을 취하고 스스로 방을 나오도록 깨우지 않고 기다릴 생각이었는데 예상보다도 그 시간이 너무 늦어지고 있었다. 애나가 와서 "뭐든지 먹게 하고 다시 재우는 게 낫지 않을까요?" 물었다. 같은 생각을 하고 있던 참에 러너는 자기가 가서 보고 오겠다며 조심스레 문을 열고 방으로 들어갔다. 그러고는 살그머니 침대로 다가갔는데, 자는 줄만 알았던 다원이 눈을 뜬 채로 천장을 바라보고 있었다.

"벌써 일어나 있었구나. 일어났으면 밖으로 나오지 않고. 배도 고플 텐데. 아침부터 굶고 속에 것을 게워 내기까지 했는데 허기지지 않아?"

다윈이 아무 말도 없어 러너는 침대 곁에 앉으며 재차 물었다.

"아직도 속이 불편한 거냐. 어디, 열은 내렸는지 한번 보자."

그런데 이마에 손을 올려놓으려는 순간, 다윈이 이불을 뒤집어쓰며 반대편으로 돌아누웠다. 뜻밖의 거절에 러너는 뻗은 손을 다시 거두지도 못할 만큼 몸이 굳었다. 단순히 서운하다는 정도로 넘기기에는 마음이 너무 황량했다. 자신이 아는 손자라면 절대 하지 않을 행동이었다. 설령 열 때문에 자기도 모르게 그런 행동을 했다 치더라도 평소의 다윈이라면 곧 잘못을 깨닫고 "죄송해요, 컨디션이 안 좋아서."라며 바로 품에 안겼을 것이다. 그러나 다윈은 아무 말 없이 계속 이불 속에만 틀어박혀 있었다. 꼭 온몸으로 나가 달라고 말하는 것 같았다. 낯설고 서먹한 감정이 방 안을 휘감았다.

러너는 다윈에게 향했던 손을 초라한 기분으로 거두며 창밖으로 시선을 돌렸다. 한낮이 됐는데도 안개는 물러설 생각이 없어 보였다. 안개 하나로 실버힐이 이제까지와는 전혀 다른 장소가 된 것 같았다. 다윈 역시 마찬가지였다. 손을 한 번 뿌리치더니 꼭 어릴 때 제 아버지가 돼 버린 것 같았다.

러너는 쓸쓸함을 느끼며 말했다.

"다윈 너는 니스랑 다른 줄 알았는데, 오늘 보니 네 아버지 어렸을 때랑 똑같구나."

그 말에 다윈이 이불을 걷고 밖으로 얼굴을 내보였다. 입은 여전히 닫혀 있었지만 눈빛은 이야기를 더 해 주길 바라고 있었다.

"열여섯 살, 그래, 지금의 네 나이였지. 명랑하고 건강했던 녀석이 갑자기 매일 구토를 하고 묻는 말에 대답도 안 하면서 갑자기 다른 사람으로 바뀌어 버린 게. 다윈 너를 보니 갑자기 그때가 떠오르는구나."

드디어 다윈이 입을 열었다.

"열여섯 살이면…… 제이 아저씨가 죽은 뒤였겠네요."

러너는 기억을 되짚은 다음 머리를 내저었다.

"아니, 제이의 죽음과는 상관없는 일이었단다. 구토를 하고 말을 안 하는 반항을 한 건 그 전부터 시작된 거였으니까. 사춘기 한번 참 제대로 겪었지. 물론 제이가 죽은 뒤로 잘 다니던 교회까지 안 간다 할 정도로 힘들어하긴 했지만, 시간이 흐르고 나자 니스는 오히려 훨씬 올곧아졌단다. 그 전까진 아무 흥미 없어 하던 공부도 열심히 하면서 모범생으로 탈바꿈했지. 물론 고등학교 입학식 날 다시 기절해 쓰러지는 바람에 간담을 서늘하게 한 적은 있었지만……. 의사가 성장기 아이들한테서 종종 일어나는 일이라고 하더구나. 육체의 성장을 정신이 따라잡지 못하다 보니 갑자기 고꾸라져 버리는 경우도 있다는 거야. 그런 일들을 몇 번 겪고 나니 이젠 도리어 정신이 훌쩍 성장해 버린 건지, 어느 날 보니 니스가 갑자기 어른이 되어 서 있더구나. 하나뿐인 아들의 어린 시절이 너무 일찍 사라진 것 같아서 아비인 나로서는 많이 서운하기도 했지."

다윈이 몸을 일으켜 세워 앉았다. 땀에 젖은 머리칼이 막 태어난 새끼 동물의 털처럼 이마에 엉겨 붙어 있어 러너는 손으로 일일이 머리카락을 떼어 주었다.

다윈이 물었다.

"아버지가 어렸을 때도 이렇게 다정하게 해 주셨어요?"

"그랬으면 좋았겠지만, 그랬다고는 말 못 하겠구나."

"왜요?"

"그땐 그냥 풍토가 그랬단다. 아버지는 다정하기보다는 엄격해야 한다는 게 사회 분위기였지. 하지만 지금 와 생각해 보면 그건 핑계고……. 사실은 아버지 노릇을 어떻게 해야 하는지 잘 몰랐던 것 같구나. 아버지가 되어 본 게 처음이라서 우왕좌왕했지. 특히나 니스가 어렸을 땐 더욱더 그랬단다. 어떻게 안아 줘야 하는지조차 몰랐지. 그래도 니스가 열여섯 살 정도가 되면 좋은 아버지가 될 자신이 있었는데……."

"왜 열여섯이에요?"

러너는 옛 생각에 미소를 띠며 대답했다.

"내가 열여섯 살이 되었을 때 비로소 부모님의 가치와 사랑을 느꼈으니까. 그래서 아버지가 나한테 한 그대로 나도 내 아들에게 해 줄 수 있다고 생각했지."

"그 전엔 할아버지 부모님이 사랑해 주지 않으셨어요?"

러너는 어깨를 으쓱해 보이고는 대답했다.

"그건 잘 기억이 나지 않는구나. 물론 사랑해 주셨겠지. 자기 자식을 사랑하지 않는 부모가 어디 있겠니. 다만 그때 내가 철이 들어서 뒤늦게 부모님의 사랑을 깨달았다는 게 맞겠지. 아무튼 니스가 열여섯이 되면 정말 좋은 아버지가 될 자신이 있었어. 내가 부모님께 받은 사랑을 그대로 전해 주면 되니까. 사업에 성공하고 사회적으로도 인정받아서 자랑스러운 아버지가 되고 싶었지. 그런데 그때가 되니 이번엔 니스가 나를 필요로 하지 않더구나. 아버지랑 시간을 보내기에는 이제 어른이 되어 버린 거지."

다윈이 혼잣말처럼 "열여섯에 어른……?" 하고 나지막이 중얼거렸다.

러너는 그 말을 흘려듣지 않고 설명해 주었다.

"30년 전이니까. 그 시절엔 지금보다 훨씬 더 일찍 어른이 됐단다. 나는 그보다도 더 일찍 어른이 됐다고 생각했지."

"할아버지도요?"

단번에 "그럼." 하고 대답한 러너는 곧 자신이 뱉은 말에 스스로 어이가 없어 웃으며 고개를 내저었다.

"지금 생각하니까 기가 막히는구나. 어떻게 그때는 열두 살, 열세 살에 다 큰 어른이 되었다고 생각했는지……. 이 할아비는 말이다, 오히려 열여섯이 되니까 다시 아이로 돌아가고 싶었단다. 어른인 척 뻐기고 다니는 동안 잃어버렸던 것을 도로 다 찾고 싶었지. 시간이란 지독하게 비정해서 한번 지나가고 나면 절대 되돌아오지 않지만."

러너는 장밋빛으로 달아오른 다윈의 뺨을 쓰다듬으며 말을 이었다.

"그러니 너는 부디 천천히 자라서 가능한 한 아이로 오래 있어 주렴. 네가 갑자기 어른이 돼 버리면 할아버지도 아버지도 너무 외로워질 것 같구나. 겉으론 혼자 세상을 다 상대할 수 있는 것처럼 굴지만, 어쩌면 니스도 가끔은 후회하는지도 모르지. 굳이 서두르지 않아도 자연히 가게 될 그 길을 너무 빨리 갔다고 말이야. 그래서 사사건건 이 할아비랑 그렇게 의견 차이를 보이는 거 아니겠니? 너무 일찍 어른이 되어 버렸기 때문에 아직 마음속에 덜 자란 아이가 있는 거지. 이제 와 부끄러워 말은 못 하지만 니스도 속으론 이 할아비한테 기대고 싶은 건지도 모른단다. 딴에는 자존심이 강해서 그러진 못하겠으니 대신 어제처럼 술로 해결하려 드는 거고. 어떠냐, 할아버지의 추론이. 그럴싸하지 않니?"

러너는 아무 말 없는 다윈의 뺨을 톡톡 두드린 뒤 침대에서 일어났다.

"이제 그만 나가자꾸나. 우리가 언제 나올지 애나가 노심초사 기다리고 있을 테니까. 맛있는 단호박 수프가 준비되어 있단다. 이 할아버지도 같이 만들었지. 오늘 안 건데 여자 혼자 자르기에는 단호박이 꽤 단단하더구나. 그래서 앞으로 단호박은 꼭 할아버지가 잘라 주기로 약속했지."

문을 여는데 다윈이 "할아버지." 하고 불렀다. 여윈 목소리에 러너는 다시 침대로 돌아가 다윈을 살펴보았다.

"왜, 못 일어나겠니? 일으켜 줄까?"

"제이 아저씨는 어떤 사람이었어요?"

뜬금없는 질문에 러너는 다시 침대 한쪽에 걸터앉았다.

"제이? 갑자기 제이는 왜?"

"그냥……. 할아버지가 아버지 어릴 적 이야기를 하시니까 갑자기 궁금해져서요. 제이 아저씨는 아버지 어린 시절에 큰 부분을 차지하는 친구였잖아요. 아저씨가 어떤 사람이었는지 알고 싶어요. 특별한 사람이었나요?"

러너는 머리를 갸웃거리며 대답했다.

"글쎄다, 난 그 애를 만난 적이 없어서 딱히 해 줄 말이 없구나."

"아버지랑 제일 친한 친구인데 집에 자주 안 왔어요?"

"그건 잘 모르겠구나. 그런데 왔어도 나는 사업 때문에 외국에 나가 있을 때가 많아서 마주칠 기회가 없었을 거다. 너에게 이런 말 하긴 부끄럽지만 니스의 교우 관계에 대해선 깜깜부지나 마찬가지였지. 네 아버지에게 제이 말고 버즈라는 다른 친구가 있었다는 것도 지난 체육대회 때야 처음 알았는데, 하물며 30년 전에 죽은 제이는 더 알 기회가 있었을 리가……. 아, 아니지. 그러고 보니 언젠가 내가 국내에 좀 오래 머물러 있었을 때 니스가 제이를 한 번 집에 데리고 와서 잠깐 본 적이 있구나. 그러다 얼마 지나서 제이가 죽었다는 소리를 듣고 어찌나 놀랐는지."

"그날이 기억나세요……? 제이 아저씨 첫인상은 어땠어요? 아버지랑은 많이 친해 보였어요?"

러너는 문득 걱정스러운 마음이 들었다. 쇠약해진 몸으로 종일 침대에 누워 있기만 했던 아이가 느닷없이 죽은 사람에게 흥미를 가지는 게 바람직해 보이지는 않았다.

"왜 그러는 거냐, 다윈. 니스가 너에게 무슨 말이라도 하던?"

다윈이 고개를 저으며 "아니에요."라고 하더니 되물었다.

"아버지는 아무 말씀 없으셨어요. 왜 그렇게 생각하세요?"

"아니, 난 또 니스 말고는 너에게 제이 얘기를 할 사람이 없으니까 니스가 무슨 얘기라도 해서 널 혼란스럽게 해 놓은 줄 알고……. 솔직히 말해서 나는 제이 그 애가 다윈 너에게 조그만 영향이라도 끼치는 게 반갑진 않단다. 니스는 자기 친구였으니 어쩔 수 없다지만, 너는 아무 상관 없지 않니? 네가 매년 추도식에 가는 것도 다른 사람 눈엔 지나쳐 보일 거야."

"할아버지는 제이 아저씨가 마음에 안 드셨어요?"

"아니, 그런 의미에서 하는 말은 아니란다. 그저 죽은 사람의 영혼이 너무 가까이 있는 게 좋은 것 같지가 않아서 말이다. 제이가 훌륭한 아이란 건 네 할머니한테 들어 알고 있었단다. 속도 없이 니스가 친구 자랑을 꽤나 한 모양이야. 아버지는 위대한 사진작가에 본인은 프라임스쿨에 합격해 놓고도 가지 않은 천재라나 뭐라나……. 그런데 막상 만나 보니 그렇게 대단한 점이 눈에 띄지는 않았던 것 같구나. 그러니까 여태껏 만난 적이 있다는 것도 까맣게 잊고 있었던 거겠지. 지금 생각해 보면 오히려 인사도 없이 겁먹은 얼굴로 날 한참이나 쳐다보던 게 조금 어수룩해 보이기도 했던 것 같고."

"왜 할아버지를 보고 겁을 먹었는데요?"

"그게 그러니까…… 아, 그래, 지난번에 루미가 왔을 때 내 뺨에 있는 흉터에 대해 잠깐 얘기했잖니. 정확히는 기억 안 나지만 아마 제이가 놀러 온 날이 하필이면 그 사고를 당하고 얼마 지나지 않아서였을 거다. 얼굴 한가득 반창고를 붙이고 있는 모습이 어린 녀석 눈엔 무서워 보였던 모양이야……. 아, 그런데 인사를 하는 둥 마는 둥 그러고 가더니 복도에서 다시 마주쳤을 때 나보고 뜬금없이 뭐라더라? 나랑 내 목걸이가 안 어울린다고 했던가? 그래, 그랬지. 나랑 내 금목걸이가 안 어울린다고 했어. 신기하구나. 만났던 사실도 잊고 있었는데 그때 들은 말이 어제 들은 것처럼 생생하게 떠오르다니. 아무튼 좀 황당한 애였지."

"무슨 목걸이였는데요?"

"뭐, 그냥 평범한 금목걸이였단다. 사업 파트너에게 선물 받은 건데 마음에 들어서 당시엔 늘 하고 다녔지. 지금 생각해 보면 자기가 갖고 싶어서 그랬던 건지 뭔지. 그렇게 말하면 내가 줄 줄 알았던 걸까? 아무튼 아직도 어린 시절 친구의 환상에 빠져 있는 니스에겐 미안하지만, 내 기억엔 그렇게 특출한 아이는 아니었던 것 같구나. 처음 만난 친구 아버지에게 그런 버릇없는 말을 한 걸 보면 오히려 좀 생각이 없는 편이었던 것 같기도 하고……."

혹시 몰라 러너는 검지를 입술에 갖다 대면서 다윈에게 단단히 당부해 두었다.

"니스에게는 비밀이란다. 네 아버지 앞에서 제이를 안 좋게 말하면 큰일 나잖니. 니스는 제이가 하느님이라도 되는 줄 아니까."

그때 애나가 문을 열고 들어와 "말소리가 들리는 걸 보니 이젠 식사할 준비가 되었다는 뜻이겠죠?"라고 물었다. 좋은 타이밍이었다.

"이젠 애나를 그만 기다리게 해야 할 것 같구나. 자, 다윈, 어서 나가자."

오래 누워 있어서 다리에 힘이 빠졌는지 다윈은 이제 막 걷기 시작한 새끼 동물처럼 힘겹게 걸음을 내디뎠다. 러너는 그런 손자가 안타까우면서도 더욱 사랑스러워 손을 내밀었다. 역시 아직은 다들 자신의 도움이 필요했다. 손자도, 그리고 필시 아들도.

패배

           새로운 주가 시작되는 아침마다 프리메라 여학교에서는 정기 조회가 열렸다. 반 대표를 필두로 학생들은 일제히 자리에서 일어나 학교가 추구하는 명예, 진리, 봉사에 일생을 바칠 것을 선서했다.

    "프리메라 학생으로서 명예를 지키며 진리를 밝히는 길에 앞장서 인류의 번영을 위해 봉사할 것을 맹세합니다."

    초록색 리본을 목에 단 순간부터 학생들은 진정한 프리메라인이 되기 위해선 명예, 진리, 봉사를 내면화하는 삶을 살아야 한다는 교육을 받았고, 1기 졸업생부터 현재 기수에 이르기까지 활발하게 활동하고 있는 프리메라 여학생 클럽은 그 정신을 실현하는 실천적 장이 돼 주었다. 루미도 오른손을 들고 선언문을 따라 읊었다. 그러나 여학생 클럽에서

220

하는 방식으로 프리메라의 정신을 계승할 생각은 조금도 없었다. 두 세대가 클럽에 모여서 하는 이야기란 고작 이번에 시음하는 차가 얼마나 귀한 것인지, 어떤 미술 전시회가 인기인지, 후원하는 아이들이 얼마나 가련한지 하는 것뿐이었다.

루미는 비슷한 차림으로 앉아 차를 마시면서 미술 작품 이야기를 하고 가난한 아이들에게 한 달에 한 번씩 후원금을 보내며 뿌듯해하는 일에 인생을 바쳐도 좋을 만한 명예와 진리, 봉사가 깃들어 있다고는 생각하지 않았다. 명예란 문명인으로서 행해야 할 의무를, 진리란 밝혀지지 않은 진실을 향한 탐구를, 봉사란 인류가 수천 년 동안 보전해 온 가치에 대한 헌신을 의미하는 것이었다. 루미는 마음속으로 자신만의 선언문을 따로 낭독한 뒤 손을 내렸다. 훌륭했던 한 인간의 죽음에 얽힌 비밀을 푸는 일이야말로 프리메라의 정신을 가장 올바르게 계승하는 일이 될 것이다.

조회가 끝나고 쉬는 시간이 됐지만 움직이는 사람은 없었다. 다들 책상에 책 한 권씩을 올려놓고 앉아 고개를 숙인 채 시험공부에 몰두했다. 학년말 고사가 다가오자 프리메라는 볕이 들지 않는 거대한 정원으로 변했다. 이 기간엔 새싹을 상징하는 밝은 초록색 리본도 아무 소용이 없었다. 때에 맞지 않는 싱그러운 색은 본연의 활기를 주기보다는 오히려 잎을 다 떨어뜨린 겨울나무에 인공 잎을 달아 놓은 것처럼 보여 더 깊은 황량함만 자아냈다.

패배

루미는 겉으로는 자신 역시 그 암울한 정원의 메마른 겨울나무 중 하나인 척했다. 그러나 마음속에선 자신만의 빛으로 싹을 틔우고 있었다.

학년말 고사만 끝나면 아빠의 통제도 풀릴 테니 그때부터 다시 제이 삼촌에 대한 조사를 벌이면 된다. 일단은 다윈과 다시 약속을 잡아야 했다. 다윈이 검사를 만난 후일담을 무척 궁금해하고 있을 것이다. 직접 만나 보니 로이드 검사는 삼촌을 살해한 범인이 아닐뿐더러 삼촌과의 소중한 추억을 간직하고 있는 좋은 친구였다고 말하면 다윈은 다행이라고 생각할까, 아니면 가장 유력한 용의자를 잃었다고 실망할까…….

갑자기 교실 여기저기서 가벼운 탄식이 터져 나왔다. 루미는 하던 생각을 멈추고 고개를 들었다. 생활지도를 맡고 있는 선생님이 앞문을 열고 교실로 들어오고 있었다. 한 달에 한두 번씩 예고 없이 이루어지는 소지품 검사였다.

선생님이 교탁 앞에 서서 말했다.

"쓸데없는 물건을 숨기는 데 프리메라 여학생의 명예를 걸지 않길 바란다."

루미는 선생님이 그 말을 하며 어쩐지 자기 쪽을 흘낏거리는 것 같은 느낌이 들었지만, '프리메라 여학생의 명예'라는 말에 자신이 지나치게 반응한 탓이라 생각하며 더는 신경 쓰지 않았다.

"위반 물품을 자진해서 신고하는 사람과 끝까지 숨기려

다가 적발되는 사람 사이엔 당연히 차이가 있겠지? 물론 행실 평가서에도 그대로 기록될 테고."

행실 평가서에 남는 한 줄의 부정적인 평가는 여학생 클럽에서의 나쁜 평판과 더불어 프리메라 학생들이 가장 두려워하는 것들 중 하나였다. 곧 하나둘 자발적으로 교칙에 위반되는 물품들을 책상 위에 꺼내 놓았다. 립스틱, 본인의 이니셜이 새겨진 팔찌, 다른 학교 남학생의 클럽 배지……

고개 숙인 학생들 사이를 천천히 걸어가던 지도 선생님은 향수병을 꺼내 놓은 학생 앞에 멈추어 서서 공중으로 향수를 한 번 분사한 뒤 "네 몸에선 이 향으로 가려야 할 고약한 냄새가 나니?"라고 물었다. 질문을 받은 학생은 아무 말도 못 하고 고개만 더 푹 숙였다. 지도 선생님은 향수를 제자리에 내려놓고 뒤쪽으로 걸어갔다. 학교에 향수를 가져오지 못하게 하려면 매번 향수를 압수하는 것보다 얼굴이 붉어질 정도로 모욕을 주는 게 훨씬 효과적이라고 생각하는 모양이었다.

루미는 지도 선생님의 걸음이 자기 책상 앞에서 멈추는 것을 느끼고 선생님을 올려다보았다. 책상은 깨끗했다. 화장품도, 액세서리도, 인기를 증명해 보이기 위해 가지고 다니는 남학생들 배지도 없었다. 그런 시시한 물건들을 숨겨 가지고 다니며 얻는 자기만족이 선생들 앞에서 고개를 숙이는 굴욕감보다 결코 크다고 생각하지 않았다. 흔해 빠진 향수에 자기 정체성을 부여하는 건 자신이 센트럴 백화점에서 파는 공산품 정도밖에 되지 않는다는 것을 인정하는 것과 마찬가지였다. 프리메라 여학생에 걸맞은 가장 우아한 치장은 어떤 물건으로도 자신의 취향을 드러내지 않는 것이었다. 학교에서 허용하는 머리띠와 무릎 아래까지 올라오는 검은 양말, 학생용 구두를 철저히 따르는 한 아무도 자신을 완전히 파악할 수 없고 쉽게 침범할 수 없었다.

지도 선생님이 물었다.

"루미 헌터, 신고할 물건이 하나도 없니?"

루미는 자신 있게 대답했다.

"네, 없습니다."

"그래? 그럼 가방을 한번 열어 볼래?"

루미는 꼼짝 않은 채 눈만 더 높이 치켜들었다. 팔짱을 낀 선생님이 꽉 조인 그 팔짱만큼이나 고압적인 눈빛으로 말했다.

"루미 헌터는 가방을 열어 보라는 말을 한 번 더 들어야 말뜻을 이해할 수 있나?"

루미는 그 눈빛에 맞대응하며 대꾸했다.

"말뜻은 이미 알아들었습니다. 다만 다른 학생들과 차별적으로 이뤄지는 선생님의 지시에 따라야 할지 말지를 판단하는 중입니다."

"차별인지 아닌지는 네 가방을 확인해 보면 알겠지. 마지막으로 말하마. 가방을 열어 봐."

루미는 선생님이 자신의 가방에 대해 이렇게까지 강한

확신을 하고 있는 것이 이해가 가지 않았지만, 대항해 봤자 얻을 것은 없었다. 오히려 시간을 끌면 끌수록 이 불공평한 지시에 명분만 주는 꼴이 될 것이다. 루미는 가방을 책상 위에 올려놓고 지퍼를 열었다. 가방 속은 책으로 꽉 차 있었다. 쓸데없는 물건도, 교칙에 위반되는 소지품도 없었다. 학년말 고사 기간에 요구되는 프리메라 여학생의 표준적이고 모범적인 모습 그대로였다. 루미는 지도 선생님이 표적을 정하는 데 실수가 있었음을 깨닫고 학생들 앞에서의 무안함을 거만한 얼굴로 감추며 자리를 뜰 것이라 생각했다. 그런데 선생님은 그 예상의 정반대를 요구했다.

"가방에 든 것들을 모두 책상 위에 꺼내 놓으렴."

루미는 자신을 향한 주변 아이들의 호기심 어린 눈초리를 느꼈다. 다들 가방 속에서 어떤 이상하고 특별한 물건이 나올지 기대하며 타인이 당하는 부당함을 지루한 학년말 고사 기간의 오락거리로 삼고 있었다.

소지품을 다 꺼내 놓자 지도 선생님이 책들 사이에 끼워져 있는 파일을 집어 들며 물었다.

"이건 뭐지?"

루미는 잠시 머뭇거린 뒤 대답했다.

"서류 파일입니다."

"열어 봐도 되겠니?"

내내 권위적인 통치를 해 오다가도 프리메라 선생들은 한 번씩 이렇게 본인들이 대단히 민주적인 것처럼 의사를 물어 오는 경향이 있었다. 그러나 실질적으로 학생들에게 허용된 대답은 선택권이 없었던 때와 똑같았다.

"네, 열어 보세요."

지도 선생님은 대답도 전에 이미 파일을 열고 그 안의 서류들을 훑어보고 있었다. 파일을 넘기는 선생님의 손가락을 유심히 지켜보며 루미는 검사가 끝난 뒤 선생님이 자신에게 어떤 결정을 내릴지 궁금했다. 잠시 뒤, 지도 선생님은 서류를 덮더니 아무 말 없이 그대로 파일을 들고 뒤로 걸어갔다. 뒷줄의 몇몇 학생들에게도 잠깐 멈추어 서서 "이게 학교생활에 필요한 건가?"라고 물었지만, 루미는 자기 선에서 이미 이 불시의 소지품 검사가 끝났다는 것을 알 수 있었다. 임무를 끝낸 지도 선생님이 교실을 나가면서 한 말이 그 의심에 확신을 주었다.

"루미 헌터는 하교 전에 지도부실로 내려오도록."

긴장감에서 벗어난 아이들이 주변으로 모여들며 소란스러운 소음을 일으켰다. "선생님이 왜 저러시는 거야?", "무슨 파일이었니?", "시험문제라도 입수한 거야?" 루미는 누구의 질문에도 대꾸하지 않은 채 바로 1교시 수업 준비를 했다. 이 중에 진실을 들려줄 만한 가치가 있는 사람은 한 명도 없었다.

루미는 복도 끝에 있는 지도부실 앞에 섰다. 입학한 이래 한 번도 와 본 적 없는 곳이었다. 와서는 안 되는 곳이었다.

프리메라에 들어온 이상 결점 없는 완벽한 학교생활로 스스로를 지켜야 한다고 생각했다. 그것이 자신의 선택이 옳았음을 부모님에게 증명해 보이는 유일한 방법이자 선생님들에게 굴복하지 않아도 되는 최선의 길이었다. 루미는 그 길을 막아서는 이 문 앞에 자신이 어떤 이유로 불려 온 것인지 알 수가 없었다.

루미는 숨을 한 번 깊게 내쉰 뒤 문을 노크했다. 안에서 들어오라는 선생님의 목소리가 들렸다. 루미는 문을 열고 들어갔다. 이 소환의 목적이 무엇인지는 모르지만, 선생님이라고 해서 무조건 순순히 굴복할 생각은 없었다. 자신감만 잃지 않는다면 오히려 자신이 선생님을 굴복시킬 수도 있을 것이다.

"이게 뭐지?"

자리에 앉자마자 지도 선생님이 아침에 가져갔던 파일을 책상 위에 올려놓으며 물었다.

루미는 자세를 똑바로 해 선생님과 시선을 맞추며 대답했다.

"서류 파일입니다."

"내가 그걸 몰라서 묻겠니? 무슨 파일인지를 묻고 있는 거잖아."

"제 삼촌에 대한 자료입니다."

"3급 이상 공무원의 신상에 대한 정보 공개 청구 자료가 어떻게 네 삼촌에 대한 자료라는 거지?"

"그건 말하지 않을래요. 선생님께 제 가족사를 낱낱이 밝힐 필요는 없으니까요."

지도 선생님은 입을 다문 채 아무 감정도 느껴지지 않는 눈길을 하고 있다가 한참 만에 고개를 끄덕였다.

"좋아. 나 역시 루미 헌터 가족사를 낱낱이 알고 싶은 생각은 없으니까. 그럼 지금부터는 우리 둘 사이에 얘기할 필요가 있는 질문을 하지. 루미 헌터, 이 자료는 어떻게 입수한 거니?"

그 순간 루미는 선생님이 자신이 한 질문에 대한 답을 이미 알고 있다는 것을 직감했다. 선생님은 답을 구하기 위해서가 아니라 상대방의 정직성을 시험하려고 묻는 것이었다. 조금의 거짓말이라도 했다가는 바로 그 함정에 걸려들게 될 것이다.

루미는 솔직하게 대답했다.

"정보 공개 청구를 신청했습니다."

"정보 공개 청구라 함은 스무 살 이상의 성인에게만 허용된 제도를 말하는 건가? 그런데 어떻게 아직 열여섯 살인 루미 헌터가 그것을 신청할 수 있었지?"

"아빠의 신분증을 잠시 빌렸어요."

지도 선생님이 기다렸다는 듯 말했다.

"그 말은 곧 위법으로 얻은 자료라는 얘기군."

"어쩔 수 없었어요."

"뭐가 어쩔 수 없었다는 거지?"

루미는 충분히 정상참작 받을 수 있는 자신의 입장을 변호했다.

"삼촌의 죽음과 관련 있는 사람을 알아내기 위해선 그렇게 할 수밖에 없었어요. 저희 가족 중 그 일에 관심이 있는 사람은 저밖에 없으니까요. 전 헌터 가문을 대표해서 그 자료를 청구한 거예요. 공소시효가 다 되어 가는데 부모님은 전혀 범인을 밝혀낼 노력도 하지 않고 있기 때문에 제가⋯⋯."

지도 선생님이 손을 들어 말을 중단시켰다.

"그만, 그만. 조금 전에는 가족사는 밝히고 싶지 않다더니, 본인이 불리한 상황이 되니까 바로 입장을 바꾸는구나. 그런 기회주의적이고 교활한 태도는 프리메라 여학생답지 않지."

루미는 얼굴이 붉어졌다. 향수로 모욕을 당한 아이보다 훨씬 더 냄새나는 구정물을 뒤집어쓴 것 같았다.

"헌터 가문을 대표해서 한 일이라면 위법에 대한 벌 역시 헌터 가문을 대표해서 받을 각오가 돼 있겠네, 그렇지?"

"벌을 내리신다면 받겠지만 그게 절 뉘우치게 하지는 못할 거예요, 조금도."

"어째서?"

"잘못한 게 없으니까요."

"위법한 방법으로 국가 정보를 얻은 것이 잘못이 아니란 말인가?"

"대단한 기밀 자료도 아니고 공무원들의 단순 인적 정보였을 뿐이에요. 신문 인사 발령란에 매일 공개적으로 게시되는 정보를 한데 모은 것에 불과하다고요. 제가 그 정보를 얻음으로써 누군가에게 피해를 주기라도 했나요? 피해를 입은 건 오히려 저예요. 진실을 밝히는 데 방해가 되는 잘못된 법 때문에 원치 않게 위법을 저질러야 했으니까요."

말을 마친 루미는 흥분으로 뜨거워진 숨을 들키지 않으려고 입을 굳게 다물었다. 선생님은 팔짱을 낀 채 몸을 조금 뒤로 기울였다. 예상 밖의 강공에 대한 후퇴의 표현인지, 아니면 다음 공격을 위한 숨 고르기인지 선생님의 생각이 잘 읽히지 않았다.

아무 말도 없이 물끄러미 바라만 보고 있던 선생님은 잠시 뒤 몸을 다시 앞으로 기울이며 입을 열었다.

"그렇다면 아카이브의 기밀 자료에 접속한 건 어떠니? 그 사안에 대해서도 지금과 같이 누구에게도 피해를 주지 않았으므로 불법이 아니라는 궤변을 떳떳하게 주장할 수 있겠니?"

루미는 이로 입술 안쪽을 세게 깨물었다. 세상에서 그 일을 알고 있는 사람은 자신을 제외하고는 다원뿐인데……. 약속이 어긋난 주말 사이 다원에게 무슨 일이라도 생긴 걸까? 혹시 다원이 누군가에게 비밀을 얘기한 걸까?

"어디 한번 좀 전의 자신감으로 말해 봐. 그 일도 잘못한 일이 아니니? 조금도?"

루미는 입 속에서 뜨겁게 데워진 숨을 내뱉으며 물었다.

"……어떻게 아셨어요?"

"너한텐 문제의 본질보다 어떻게 알았는지가 더 중요하니?"

"네, 저한텐 중요해요."

선생님은 비웃듯 어깨를 으쓱하며 말했다.

"아카이브에서 학교로 연락이 왔단다. 국정감사 기간에 맞춰 시스템 점검을 하던 중에 고위 공무원이 아카이브에서 자료 검색을 한 기록을 발견했다면서 말이야. 3급 이상 공무원이 자료 검색을 위해 아카이브를 직접 방문하는 경우는 드문 일이고, 직접 오는 경우에도 기밀상 담당자에게 검색을 할 별도의 장소를 요청하는데 최근엔 전혀 그런 일이 없었다며 이런저런 설명을 하는데, 처음엔 그게 우리 학교와 무슨 상관이냐 싶었지. 물론 잘 알겠지만 뒤이은 설명에는 고개를 숙일 수밖에 없었단다. 아카이브에서 접속 기록을 조사한 결과 그 시간에 아카이브 검색실 컴퓨터가 사용된 건 딱 한 대뿐인데, 그곳 담당자가 프리메라 여학생과 프라임스쿨 남학생이 그날 하루 종일 검색실에 머물러 있는 걸 봤다더구나. 공교롭게도 둘 다 교복을 입고 와서 확실히 기억에 남았고, 여학생은 두 번째 방문이라서 특히나 인상적이었다며. 물론 방문 일지 기록에도 두 사람의 서명이 남아 있었고."

루미는 다시 한 번 입술을 깨물었다. 데스크에 있던 그 여자, 어쩐지 처음부터 마음에 들지 않았는데 기어코…….

선생님의 목소리가 높아졌다.

"타인의, 그것도 고위 공무원의 아이디를 도용하는 건 단순히 아빠 신분증을 훔쳐 내는 것과는 또 다른 심각한 불법이야. 그 정도는 알고 있겠지? 그것도 무려 문교부 차관의 아이디를 도용했더구나."

루미는 지지 않고 반박했다.

"아카이브에 저장된 저희 할아버지 사진을 보기 위해서였어요. 할아버지가 찍은 사진을 손녀가 못 보게 막아 놓은 게 정당한 법인가요?"

그 순간 선생님이 손으로 책상을 내리치며 외쳤다.

"변명은 그만해. 자꾸만 법이 정당하냐를 따지는데, 이 나라 법에 그렇게 불만이 많거든 네가 훗날 의회에 입성한 다음 고치도록 해. 법을 준수하지 않은 자가 과연 법을 제정할 권리를 가지는 게 네 말대로 정당한 일인지는 의문이지만 말이야."

선생님이 위압적인 목소리로 이야기를 이어 나갔다.

"루미 네가 저지른 일탈은 단순히 프리메라 여학교의 명예만 먹칠한 게 아니라 이 사회의 규칙을 무너뜨리는 심각한 위법 행위야. 처벌이 내려진다면 학교에서도 막아 줄 수 없지. 막아 줘서도 안 되고. 신분증 도용과 아이디 도용, 이 두 가지 범죄는 목적을 이루기 위해서라면 수단과 절차쯤은 아무 죄의식 없이 위배해 버리는 루미 헌터의 일관된 인성을 보여 주는 것이니까. 아마 학교를 떠나는 것까지 각오해야 할 거야."

자신의 인성에 대한 단편적인 평가에 항의하고, 수단과
절차는 그것들이 떠받드는 주인이 정의로울 때만 존중받을
수 있는 것이라 주장하려던 루미는 학교를 떠나야 한다는
얘기를 듣는 순간, 온몸이 굳어 준비한 그 말 중 어느 것도
입 밖으로 꺼낼 수가 없었다.

선생님은 마치 그런 표정이 만족스럽다는 듯 빤히 바라
보다가 물었다.

"그런데 루미 헌터, 이보다 더 심각한 일이 무엇인지 아
니?"

루미는 아무 생각도 나지 않았다. 상상력을 발휘하는 것
에서만큼은 누구보다도 뛰어날 자신이 있었지만, 법적으로
징계를 받고 프리메라에서 퇴학당하는 것보다 더 심각하고
나쁜 일은 이 세상에 없는 것 같았다.

선생님이 말했다.

"아이디 도용 사실을 통보받은 니스 영 차관께서 두 학생
중 프라임스쿨 남학생이 자신의 아들임을 밝히시며 본인이
아이들에게 아이디를 알려 줬다고 말씀하셨다더구나. 학교
숙제를 하는 데 필요한 자료가 있다기에 별생각 없이 알려
주셨다고. 이런 경우엔 아이디를 빌려준 영 차관도 함께 처
벌받을 수밖에 없지. 국정감사 기간엔 티끌만 한 잘못도 바
위처럼 거대해지기 마련이니까. 우리나라 교육을 책임지고
있는 공무원이 겨우 아들 숙제를 위해 국가 기밀 자료를 함

부로 누출시켰다는 사실이 알려지면 여론이 얼마나 들끓을지……. 물론 프라임스쿨에서 국가 기밀 자료에 접속해야지만 해결할 수 있는 숙제란 것을 정말 내줬는지 조사하면 니스 영 차관의 말이 사실인지, 아니면 자제분을 보호하기 위해 한 거짓말인지도 밝혀지겠지. 후자라면 영 차관의 신뢰도에 큰 타격이 갈 거야. 대중은 위법한 행동보다도 그걸 모면하기 위한 거짓말을 훨씬 싫어하니까. 그 당사자가 고위 공무원인 경우엔 특히 더."

루미는 책상 밑에서 치마를 꽉 움켜쥐었다. 니스 아저씨가 자신을 위해 거짓말을 했다는 사실도 놀라웠지만, 자신이 한 일로 아저씨까지 피해를 입었다는 것은 벌써 퇴학 통지서를 받은 것만큼이나 충격적이었다. 충격은 곧 두려움과 죄책감으로 변했다. 어떤 말이라도 하고 싶은데 말은 나오지 않고 입술만 떨렸다.

"어때, 네가 한 행동이 얼마나 무모하고 경솔한 일이었는지 이제 좀 실감이 나니?"

루미는 말없이 고개를 떨어뜨렸다. 완전한 패배였다. 더 이상 선생님 주장에 반박할 힘도, 스스로를 변호하고 싶은 의욕도 생기지 않았다. 이 부끄러운 자리에서 그만 퇴장하게 선생님이 어서 심문을 끝내고 판결을 내려 주면 좋겠다는 생각만 들었다. 무모함과 경솔함에 더해 자신이 이렇게 나약한 인간이었음을 처음으로 깨달은 순간이었다.

선생님은 자신의 승리를 조금 더 맛보려는 건지 판결을

미룬 채 불필요한 사건을 더했다.

"참 안타까운 일이야. 개인적으로 존경하는 분인데 아이들이 벌인 이런 사소한 일로 경력에 흠집이 나다니. 자제분이라는 프라임스쿨 학생도 마찬가지지. 루미 네 할아버지 사진을 확인하려고 했다는 걸로 보아 호의로 널 도와주려고 한 것 같은데, 이런 결과가 나올지 어떻게 알았겠니. 프라임스쿨은 우리 프리메라보다 규율이 더 엄격하니 분명 강력한 징계를 내리겠지. 어때, 너의 부적절한 행동으로 인한 출혈이 너무 크지 않니?"

루미는 자신의 게임이 이미 끝났다고 생각했다. 그런데 그 순간, 아직 쓸 수 있는 마지막 패가 떠올랐다. 바로 손에 들고 있는 모든 카드를 내려놓고 순순히 '죽는 것'.

루미는 고개를 숙인 채로 말했다.

"선생님 추측대로 니스 아저씨, 아니 차관님은 저희를 위해 거짓말을 하신 거예요. 차관님은 이 일과는 아무 상관도 없으세요. 다원 역시 제가 졸라서 어쩔 수 없이 도와준 거고요. 그러니 벌은 저 혼자 받겠어요. 국정감사장이든 프라임스쿨 징계위원회든 제 자백이 필요한 곳이면 어디든 가서 사실대로 말할게요. 다 제 잘못이라고."

선생님의 냉소적인 목소리가 귓가에 들려왔다.

"각오가 대단하네."

평소 같으면 그런 비웃음을 그대로 듣고만 있지는 않았겠지만 오늘은 모든 모욕을 받아들여야 했다.

그런데 그때, 선생님이 방금 전의 목소리와는 완전히 다른 어조로 말했다.

"그런데 만약 그 각오로 다른 선택을 할 수 있다면 어떻게 하겠니, 루미 헌터?"

루미는 고개를 천천히 들었다.

"……다른 선택이라뇨?"

지도 선생님이 몸을 앞으로 기울이며 속삭이듯 말했다.

"루미 네가 이 모든 일에 책임을 지는 것이 아니라, 이 일을 처음부터 끝까지 아예 없었던 일로 만드는 거지."

믿기지 않는 제안이었다.

"……그게 어떻게 가능해요?"

"그래, 가능하지 않은 일이지. 루미 네가 저지른 잘못과 네 입장만 생각한다면 말이야. 그런데 고맙게도 아카이브 측에서 먼저 그런 제안을 해 왔단다."

그건 더 믿을 수 없는 이야기였다.

"……어째서요?"

"자기네 소관에서 아이들이 벌인 장난 때문에 문교부 차관 자리가 위태로워지는 걸 보고 싶진 않은 거지. 그쪽 역시 문교부 산하기관인데 지휘 계통상 자기들 위에 있는 분을 고발하는 게 쉽겠니? 엄밀히 말해선 방문객 관리를 제대로 하지 못한 아카이브 측도 상당 부분 책임이 있고. 학생 관리를 잘하지 못한 우리 프리메라에도 책임이 있듯이."

지도 선생님은 책상 앞으로 몸을 더 가까이 내밀며 말을 이었다.

"다만 이 일이 완벽하게 성사되려면 니스 차관님도, 아카이브 담당자도, 프라임스쿨 학생도, 그리고 무엇보다도 루미 네가 서로를 지켜 주는 방패막이가 되어야 해. 한 명이라도 일탈을 해선 안 되지. 그 말은 즉, 루미 너는 아카이브에 간 적도 없고, 아이디를 도용한 적도 없고, 기밀 자료에 접속한 적도 없다는 뜻이야. 무슨 말인지 이해가 되니?"

루미는 지도 선생님이 미처 짚지 못한, 아니 짚을 수 없는 점을 속으로 되뇌었다. '그리고 사진이 삭제된 사실 역시 없어요.'라고.

지도 선생님은 피고의 심리를 관조하려는 재판관처럼 다시 몸을 뒤로 빼며 말했다.

"어때, 감히 상상할 수도 없는 대단한 자비 아니니? 모든 죄를 사면, 아니 아예 없었던 것으로 만들어 주겠다니. 그러면 이제 우리 영리한 루미 헌터가 어떤 선택을 내릴지 한번 들어 보자꾸나. 학교를 떠나고 법적 징계를 받는 한이 있더라도 타협 없는 진실을 추구할지, 아니면 자신과 다른 사람들의 이익을 위해 진실을 덮을지. 자, 어느 쪽이니? 네 선택에 따라서 내일 아침 교실에 책상을 하나 치울지 그대로 둘지가 결정될 거야."

잠시 뒤, 루미는 고개를 끄덕였다. 지도 선생님이 "그게 무슨 뜻이니?"라고 물었다. 고약하게도 이미 답을 알고 있으면서 확실한 패배감을 안겨 주기 위해 언어를 고문 도구로 삼고 있었다.

루미는 선생님이 바라는 대로 해 주었다.

"……아카이브에서 제안한 대로 하겠어요."

패배 선언이 끝나자마자 지도 선생님이 책상 위에 있는 서류 파일을 집어 들며 말했다.

"그렇게 선택했으면 불법으로 얻은 이 자료도 마땅히 폐기하는 게 맞겠지?"

선생님은 시간을 들여 서류를 한 장 한 장 일일이 찢었다. 루미는 선생님이 찢고 있는 게 단순한 종이가 아닌 자신의 자존심이라는 것을 알았다.

선생님은 일어나 조각난 종이들을 쓰레기통에 버린 뒤 책상 바로 앞에 서서 말했다.

"머리는 프리메라 여학생이라는 자부심으로 꽉 차 있으면서 하고 다니는 행동은 실망스럽기 짝이 없어. 비단 외부에서 일어난 일들만을 두고 하는 말이 아니야. 3년 동안 지켜봤는데 루미 너는 스터디 그룹도, 클럽 활동도 거의 참석하고 있질 않더구나. 왜, 그 모임에 섞이기에는 너 스스로 너무 뛰어나 보이니? 아니면 그런 자리에 가서 들러리로 있는 게 죽기보다 싫어? 잘 들어. 루미 헌터는 그 교복을 입고 있을 자격이 없음에도 모든 사람의 아량으로 한 번 더 기회를 얻은 거야. 이 순간부터 너는 친구들보다 한 계단 아래 있다는 것을 늘 명심하고, 앞으로는 그 교복 차림에 걸맞은 행동을 해서 스스로의 격을 높이도록 해야 할 거야. 옳은 행동이 따르지 않는 자부심은 꼴사나운 교만에 불과하다는 걸 명심하고, 다신 이 지도실에서 볼 일이 없길 바라마. 부모님을 걱정시키는 일은 더 이상 하지 않아야겠지?"

저녁이 다 돼 집으로 돌아온 루미는 거실 소파에 앉아 있는 아빠와 마주쳤다. 아빠의 얼굴을 본 순간 따져 묻고 싶은 기분이 잠깐 들기도 했지만 그대로 말없이 2층으로 올라갔다. 아빠 역시 계단을 올라가는 모습을 지켜보기만 할 뿐, 아무 말도 하지 않았다. 마치 학교에서 무슨 일이 있었는지 다 알고 있는 것처럼.

루미는 방문을 닫은 뒤 잠시 문에 기대섰다. 창이 어둠에 물들고 있었다. 바깥 풍경이 사라진 창 위로 자기 얼굴이 비쳤다. 루미는 순간 자기도 모르게 시선을 피했다. 처음 느껴 보는 자기혐오였다. 모든 것을 그대로 지켰는데도 아이러니하게 자신에게 남은 건 아무것도 없는 것 같았다. 공무원들의 이름을 나열한 종이 뭉치를 잃은 건 손실 축에 끼지도 못했다. 진실을 밝히는 것을 최우선의 가치로 믿어 온 신념, 다윈과 니스 아저씨의 신뢰, 프리메라 학생으로서 지켜 온 자부심, 제이 삼촌의 죽음을 밝힐 용기……. 이것들을 잃은 것이야말로 진정한 상실이었다. 루미는 어디서부터 이 상처를 회복해야 할까 생각했다. 문제는 복잡해도 답은 간단했다. 한시라도 빨리 다윈과 니스 아저씨에게 사과해야 한다.

구 토

　　　　　　　　책 속 글자가 거꾸로 뒤집히더니 반
박할 수 없는 진리가 아무 가치도 없는 낙서가 되어 버렸다.
책을 시작으로 눈앞에 있는 것들이 모두 뒤섞여 가장행렬
무리처럼 빙글빙글 돌아가기 시작했다. 다원은 괴이한 가
면을 쓴 무리에 손이 붙들려 점점 그 속으로 끌려 들어가는
기분이었다. 무엇이 빛이고 무엇이 어둠인지, 어디가 안이
고 어디가 밖인지, 누가 사람이고 누가 사람인 척하고 있는
건지 분간할 수가 없었다. 가까운 어디선가 이상한 냄새가
풍기고 어떤 무리는 알 듯 모를 듯한 말을 돌림노래처럼 쉬
지 않고 반복했다. 다원은 어지럼증을 견뎌 내려고 손에 쥔
연필을 지지대 삼아 세게 움켜쥐었다. 그 힘을 이기지 못한
연필에서 금 가는 소리가 들렸다. 다원은 빛 한 줄기도 새어

들어올 수 없게 두 눈을 감았다. 이대로 눈을 감고 버티면 가장행렬 무리는 손을 놓아주고 퇴장할 것이고 어지럼증도 가라앉을 것이다.

실제로 눈에 보이는 것들이 다 사라지자 회전이 느려지고 얼룩덜룩해졌던 색들도 원래의 무채색으로 돌아오기 시작했다. 안심한 다원은 목에 고인 침을 삼켰다. 그런데 그 순간, 역류를 막고 있던 둑이 붕괴하듯 목 안의 무언가가 무너져 입 속으로 세찬 물이 밀려 들어왔다. 다원은 참지 못하고 입을 틀어막은 채 화장실로 달려갔다.

한번 시작된 구토는 멈출 기미를 보이지 않았다. 학교로 복귀한 뒤로는 증상이 더 심해져 일상을 장악해 버렸다. 기숙사, 교실, 도서관……. 엄숙한 장소일수록 강도가 높아졌고 아침, 낮, 밤, 어둠이 몰려올수록 빈도가 잦아졌다. 아무도 알 리가 없는데 모두가 알고 있는 것 같았다. 어느 저녁, 도서관에서 나와 기숙사로 이어지는 회랑을 혼자 걸어가고 있는데 그림자 진 벽 가득 "살인자, 살인자, 살인자."라는 글씨가 휘갈겨 있었다.

다원은 변기를 붙들고 속에서 밀려 나오는 것들을 모두 게워 냈다. 끼니를 연이어 거른 탓에 나오는 것이라곤 산성화된 물뿐이었다. 식도가 타 들어가는 것 같았다. 다원은 벽에 기대 앉아 가쁜 숨을 진정시켰다. 숨에서도 구토 냄새가 났다. 더럽고 수상하고 불안한 냄새였다. 다원은 무릎에 얼굴을 묻고 다리를 끌어안았다. 자기 몸에서 이런 냄새가 난다는 게 참을 수 없게 싫었다. 발원지가 있다면 못 나오게 틀어막고 싶었다.

그때 밖에서 문 두드리는 소리가 들렸다.

"뭐 해? 괜찮은 거야?"

"아……. 응, 금방 나가."

다윈은 일어나 세면대 앞으로 갔다. 거울 속에 잘 모르겠는 사람이 서 있었다. 얼굴과 이름과 존재감이 각기 다른 거울에서 깨진 조각을 가져와 붙여 놓은 것처럼 어긋나 있었다. 그날 밤, 그 거울 속에 비쳐 보였던 것도 이런 것이었을까……. 그 순간 거울이 빙그르르 돌기 시작했다. 다윈은 얼른 입을 씻어 내고 화장실에서 나왔다.

문을 열자마자 에단이 기다렸다는 듯이 의료실에 가 보라고 했다.

"시험 때문에 스트레스 받는 건 이해해. 그런데 솔직히 네가 토하는 소리까지 들어야 하는 나는 더 괴롭다고."

이 기간에 구토가 시작된 건 어떤 면에선 행운인지도 몰랐다. 11월에 프라임스쿨 학생에게 발생하는 모든 신경학적 증상은 학년말 고사로 원인을 돌릴 수 있으니까.

"그래, 가 볼게……. 미안해."

비밀이라고 생각했던 자신의 구토 증상을 다른 사람이 알고 있다는 사실에 다윈은 얼굴을 들 수가 없었다. 그동안 학교 여기저기서 만났던 사람들이 자신의 몸에서 이 냄새를 맡았을 거라고 생각하니 숨을 쉴 수 없게 부끄러웠다. 다원은 기숙사를 나왔다. 어쩌면 답답한 공기 때문에 더 구토가 밀려오는지도 모른다는, 가능성 없는 희망을 품고서.

날카로운 바람이 바짝 야윈 나뭇잎을 더욱 혹독하게 채찍질했다. 땅엔 말라붙은 시체들이 그득했다. 자연은 가장 힘든 계절을 겪어 내고 있었다. 다원은 해가 지는 쪽을 바라보고 앉아 노을이 만들어 내는 풍광을 유심히 지켜보았다. 자연 역시 수많은 눈들을 가지고 이쪽을 바라보았다. 다원은 자신이 자연을 감상하고 있는 것인지, 아니면 자연이 자신을 감시하고 있는 것인지 모르겠다는 생각이 들었다.

그러고 얼마가 더 흘렀을까, 근처를 지나가던 누군가가 큰 소리로 농담을 거는 소리가 등 뒤에서 들려왔다.

"다원, 진화론에 대해 생각하고 있는 거야?"

다원은 뒤돌아보지 않았다. 목소리의 주인공은 더 말을 걸지 않고 그대로 지나쳐 갔다.

종탑 주변으로 번지는 노을의 모습이 꼭 첨탑에 찔린 하늘이 흘리는 피 같았다. 자연을 오래 감상하다 보면 한 순간 십계명이 아닌, 하늘을 물들인 노을이나 한 줄기 소슬바람에서 하느님의 존재와 뜻을 느끼게 된다고 했다. 다원은 문득 이때까지 자신이 하느님의 유무와 존재 방식에 대해 한 번도 깊게 생각해 본 적이 없었다는 것을 깨달았다. 하루 종일 종교적인 건물에 둘러싸여 있는데도 유리창에 채색된 성화나 수도사들이 남긴 책 속 어록을 자세히 들여다본 기억이 없었다. 역사학의 일부로 배우는 신학에도 특별히 흥미를 느끼지 못했다. 신을 부정해서였을까……. 다원은 고개를 저었다. 신을 부정해서가 아니라 신에 대해, 그 보이지 않는 전지전능한 힘에 대해 생각할 필요가 없었다. 자신을 세상에 태어나게 해 주고, 먹여 주고, 걷게 도와주고, 언어를 가르쳐 주며 절대적인 사랑을 전해 준 사람은 보이지 않는 하늘 위가 아니라 바로 자기 곁에 있었으니까.

기억이 안 나는 시간들까지 포함해 16년 10개월의 하루하루를 천천히 되돌아본 다원은 '필요가 없었다'고 하는 것보다는 '겨를이 없었다'고 하는 것이 더 옳은 표현일지도 모르겠다고 생각했다. 다원은 눈을 감았다. 그 말이 맞았다. 아버지의 사랑을 받는 것만으로도 하루하루가 바빠 신에 대해 생각할 겨를이 없었다. 하느님이 존재한다면 존재하는 것이고, 존재하지 않는다면 아버지가 하느님이었다. 아버지라는 존재로 인해 아무런 갈등 없이 유신론자이면서 무교이고, 무신론자이면서 신자일 수 있었다.

'……그런데 하느님과 동격인 아버지가 사람을 죽였다. 그것도 가장 친한 친구를…….'

머릿속에 떠오른 그 문구를 성서 속 한 구절로 받아들인 순간, 다원은 시들어 가는 풀밭에 대고 또 구토를 하고 말았다. 신물이 바닥을 드러냈는지 이제는 쓴맛이 느껴졌다. 다원은 입술을 손등으로 쓸며 자신이 뱉어 낸 것을 바라보았다. 그 물질의 정체가 무엇인지 알 수 없었다. 왜 계속해서 쉬지 않고 구토가 나오는 걸까. 이걸 멎게 하려면 어떻게 해야 하는 걸까. 오래 보고 있으니 문득 뱀의 몸에서 흘러나온 진액 같다는 생각이 들었다. 자기 아버지가 지은 죄로 뱀도 지금까지 고통을 당하고 있는 걸까. 이 광활한 자연의 인자들 중에서 그런 괴로움을 겪고 있는 존재는 자신과 뱀 단 둘뿐인 것 같았다.

그때였다.

"뭘 찾고 있는 거야?"

목소리만 듣고도 뒤에 서 있는 사람이 누구인지 단번에 알 수 있었다. 허리를 숙인 채 토사물을 살피는 모습이 풀밭에서 뭔가를 찾고 있는 걸로 보였다고 생각하니 조금 우스웠다.

다원은 등을 일으켜 세우며 대꾸했다.

"별거 아냐……. 그냥 신기한 곤충을 본 것 같아서."

레오가 가까이 다가와서 말했다.

"역시 다원답네. 우리 아버지도 내 이름을 레오 말고 니체나 아인슈타인으로 지었어야 하는 건데. 물론 그러려면 자기 아들이 정신병에 걸릴 위험까지 감수해야겠지만."

얼마 만인지도 모를 정도로 오랜만에 처음으로 웃음이 나왔다. 다원은 레오를 마주 보았다. 모든 프라임스쿨 학생들이 피곤하고 예민한 눈초리를 하고 있는 기간이지만, 레오의 얼굴엔 신경증적인 흔적이 조금도 배어 있지 않았다. 다원은 문득 외국어의 불규칙 동사가 생각났다. 프라임스쿨의 일원으로 있으면서도 이 분위기에 완전히 지배당하지 않는 레오가 과거 현재 미래에서 자유롭게 변화하는 하나의 불규칙 동사 같았다.

레오가 물었다.

"얼굴이 안 좋아 보이는데 무슨 일 있어?"

다원은 고개를 가로저으며 가볍게 미소 지었다.

"요즘 같은 때에 생기가 도는 게 더 이상한 일 아니야?"

"그렇다고 결핵에 걸린 수도사처럼 하고 다닐 필요는 없잖아. 11월만 되면 내가 학교에 있는 건지, 수도원에 있는 건지 헷갈릴 정도야."

"시험을 당한다는 의미에선 별로 다를 것도 없잖아."

"재밌는 말이네. 그래, 그게 우리 학교의 뿌리지. 그런데 기왕 이렇게 시험을 당할 바에는 수학, 문법, 철학 같은 시시한 것 말고 절도, 배신, 살인으로 시험을 당하면 그 뿌리에 더 부합할 수 있을 텐데. 수도원이야말로 온갖 범죄의 온상이었으니까."

다원은 자신이 토한 흔적이 있는 수풀 쪽을 바라보았다. 그렇다면 프라임스쿨의 이 많은 나무들은 죄를 지은 수도사들과 그 사실을 알게 된 수도사들이 서로 모르게 뱉어 낸 토사물을 비료 삼아 오늘날까지 무럭무럭 자란 걸까.

레오가 얼굴을 가까이 갖다 대며 말했다.

"아무튼 기운 좀 내. 다원 너까지 녹슨 청동상 같은 얼굴을 하고 있으니까 난 누구랑 말을 해야 할지 모르겠어. 넌 성적에 목매는 그런 얼간이들이랑은 다르잖아."

"……다르지 않아. 아니, 어쩌면 내가 프라임스쿨에서 가장 얼간이인지도 모르지."

"다윈 영 입에서 그런 말이 나오다니. 아무리 시험 스트레스 때문이라도 네가 그런 말 하는 걸 알게 되면 위원장님께서 충격받으실 것 같은데. 다윈 네 덕분에 시험 과목이 좀 줄어드는 거 아냐?"

다윈은 다시 속이 메슥거리는 것을 겨우 참아 내며 말했다.

"그러시진 않을 거야."

"그러시진 않을 거라고? 왜?"

"말 그대로 얼간이라는 말 정도로 충격받지는 않으실 거라는 뜻이야. 그동안 훨씬 더 충격적인 일도 많이 겪으셨을 테니까."

레오는 대수롭지 않게 여기며 "뭐, 그렇긴 하시겠지. 우리보다 세 배의 인생을 더 사셨으니까."라고 대꾸했다. 세 배의 인생이라는 말에 다윈은 자신이 모든 걸 안다고 생각해 왔던 아버지가 사실은 '니스 영'의 삼분의 일밖에 되지 않는다는 것을 깨달았다. 그러자 어쩌면 아버지들끼리 친구였다는 사실을 자기보다 먼저 알고 있던 지난번처럼 이번에도 레오가 자기는 모르는 아버지의 남은 부분을 더 알고 있진 않을까 하는 생각이 들었다.

다윈은 걸음을 옮기며 물었다.

"레오, 혹시 너희 아버지가 제이 아저씨 이야기 한 적 있

구토

어?"

"제이 아저씨? 갑자기 제이 아저씨는 왜?"

"그냥……. 충격적인 일이라고 하니까 갑자기 떠올라서."

"그렇대도 너무 과거로 거슬러 간 거 아니야?"

레오가 웃더니 이어 말했다.

"하긴, 너희 아버지 인생에서 제이 헌터의 죽음이 가장 충격적인 사건 중의 하나일 수도 있겠지. 그러니까 지금까지도 널 데리고 추도식에 참석하시는 걸 테고……. 그런데 우리 아버지한테는 그렇게까지 인생에 영향을 끼칠 만한 충격적인 일은 아니었나 봐. 루미를 처음 만났을 때 옛날 친구였다고 말한 것을 제외하고는 우리 아버지가 제이 아저씨 이야기를 한 적은 한 번도 없거든. 너도 알다시피 우리 아버지는 지금껏 추도식에도 가지 않았잖아. 이번에 간 것도 사실은 너희 아버지를 만나려는 불순한 의도가 있었던 거고."

다원은 레오의 이야기 뒤로 그 이야기 길이만큼의 공백이 생길 때까지 침묵하다가 입을 열었다.

"그럼 우리는 세 분 사이가 진짜 어땠는지는 알 수 없는 거네."

"세 사람 사이가 어땠는지가 궁금해?"

"……정확하게는 우리 아버지와 제이 아저씨 사이가."

"왜?"

다원은 자신이 거짓말을 하는 건지, 아니면 진실을 말하는 건지 헷갈리는 기분으로 말했다.

"네가 지난번에 그랬잖아. 아무리 아버지 친구라도 한 번도 만나 본 적 없는 사람의 추도식에 내가 가는 게 놀랍다고. 나도 생각해 보니까 갑자기 내가 30년 전에 죽은 아버지의 친구 추도식에 간다는 게 놀라워서."

레오가 장난기 어린 얼굴로 말했다.

"학년말 고사 스트레스가 심하긴 한가 보네. 그런 생각까지 다 하고. 이래서 사람은 너무 오래 앉아 있으면 안 되는 거야."

그러고는 금세 진지한 목소리로 덧붙였다.

"그런데 다원, 그건 이미 네 말 속에 답이 있는 거 아니야? 30년 전에 죽은 친구 추도식에 아들까지 데려갈 정도면 너희 아버지와 제이 아저씨가 얼마나 진실된 친구였는지 바로 보이잖아."

동감을 바라는 레오의 푸른 눈동자에 다원은 고개를 끄덕거릴 수밖에 없었다. 너무나 선명하게 보였던 빛이 사실은 따라가서는 안 됐던 속임수였음을 알게 된 지금에도 여전히 그 빛의 위력에서 벗어나지 못하고 있는 것 같았다.

그때 갑자기 레오가 물었다.

"다원, 만약에 내가 제이 아저씨처럼 죽는다면 너도 내 추도식에 네 아들을 데리고 참석해 줄 거야?"

다원은 순간 또 목으로 치밀어 오르는 힘이 느껴져 그것을 억누르기 위해 무거운 목소리로 말했다.

"제이 아저씨 같은 일이 너에게 일어날 일은 없어."

"그래서 만약이라고 했잖아. 나도 당연히 제이 아저씨처럼 죽고 싶은 생각은 추호도 없지. 하지만 생각해 봐. 자신을 잊지 않고 30년간이나 추도해 주는 친구가 있다는 건 굉장히 멋진 일이잖아. 그것도 아버지가 돼서 자기 아들과 함께. 응? 다원 넌 내 추도식에 참석해 줄 거야?"

다원은 그 질문을 돌려 주었다.

"레오 넌? 내 추도식에 참석해 줄 거야?"

레오는 단번에 "물론이지."라고 답하더니, 곧 쑥스러운 얼굴로 어깨를 으쓱했다.

"그런데 별로 신용 있는 대답은 아니지? 우리 아버지의 행적으로 내 미래를 따져 보면 말이야."

"너랑 아저씨는 별개의 사람이잖아. 아저씨가 그러셨다며? 자식이 아버지를 닮는 건 가장 하찮은 일이라고."

레오가 웃으며 대꾸했다.

"그래, 자식이 아버지를 닮는 건 가장 하찮은 일이지. 그 투박한 말을 프라임스쿨 누군가의 격식 있는 말로 바꾸면, 인간은 과거에서 유래하긴 했지만 완전히 새로운 존재라는 명언이 되는 거고. 그렇지?"

다원은 레오를 따라 가볍게 웃었다.

잠시 뒤 대화의 여운이 사라질 무렵, 레오가 덧붙였다.

"그런데 내 추도식에 참석해 줄 여부만 따져 보면 난 너랑 너희 아버지가 별개의 존재가 아니길 바라야겠는데."

시험 준비로 다들 실내에 머무르고 있는 탓에 프라임스쿨 교정은 버려진 장소에서나 느껴질 법한 특유의 운치가 풍겼다. 인적이 없어서인지 숨을 쉴 때마다 새어 나오는 입김이 유난히 더 짙게 느껴졌다. 다원은 자기 숨과 레오의 숨이 한데 섞이는 걸 보는 게 괴로웠다. 그 오염을 방관하고 있는 것만으로도 레오에게 죄를 짓는 것 같았다. 진실을 숨긴 채 어정쩡한 미소와 어설픈 질문들로 레오를 속이고 있는 것은 차마 죄목으로도 넣을 수 없어 아예 눈을 감아 버렸다.

동기숙사까지 함께 걸어와 준 레오가 현관에 이르러 말했다.

"다원, 난 어쩌면 프라임스쿨을 그만둘지도 몰라."

갑작스러운 이야기에 다원은 레오를 돌아보았다. 레오는 별일 아니라는 식의 미소를 지었다.

"그렇게 놀랄 거 없어. 오래전부터 생각해 온 거니까…….
'단편 다큐멘터리 필름 콘테스트'라고 들어 본 적 있어? 아마추어들을 위한 경연인데 작년까진 성인들만 참가할 수 있다가 올해부터 연령 제한이 없어졌어. 우리 아버지가 이곳을 통해 데뷔했는데, 나도 여기에 출품해 보려고."

다원은 레오의 결정이 홧김이 아니라 진지한 계획에 따른 것임을 알고 안심했지만 그렇다고 학교를 떠난다는 결정까지 지지해 줄 수는 없었다.

"굳이 학교를 그만둘 건 없잖아. 졸업한 뒤에도 얼마든지 할 수 있는 일인데. 정 하고 싶으면 방학 동안에도 기회가 있을 거고."

"사실 학교를 그만두는 건 이것과는 별개야. 이 상태로 프라임스쿨을 계속 다녀 봤자 뭐하겠어? 교수님들 스트레스만 쌓이고, 나는 내 시간만 낭비하는 거지. 그것보단 이제라도 하고 싶은 일을 찾아서 시작하는 게 나을 것 같아."

"그 말은 지금까지 프라임스쿨에서 너를 붙잡을 만한 게 하나도 없었다는 뜻이야?"

"다윈 네가 그립긴 할 거야. 프라임스쿨에 오지 않았으면 너와 친구가 되지 못했을 테니까. 하지만 우린 학교를 벗어나도 계속 친구일 거잖아. 그럼 아무 문제 없어. 그렇지?"

"물론이야. 그런데 너희 부모님이랑 의논은 하고 결정한 거야? 많이 놀라실 텐데."

"아직. 겨울방학 동안 작품을 어느 정도 만들어 놓은 다음 얘기할 생각이야. 괜히 입으로만 떠드는 사람이 되긴 싫으니까."

"그래도 너희 아버지한테는 조언을 구해야 하지 않아? 그 분야에서 아저씨만 한 멘토도 없잖아."

그러자 레오는 마치 성숙의 단계에서 한 계단 위에 선 사람처럼 웃었다.

"다윈 넌 한 번도 아버지가 네 적이라고 생각해 본 적이 없나 보구나."

"……적이라니?"

"평생에 걸쳐 싸워야 하는 상대 말이야. 아버지는 나에게 꿈을 불러일으켜 준 사람이기도 하지만, 내가 이겨 내야 하는 적이기도 해. 적에게 배울 순 있지만 도움을 기대할 순 없잖아. 버즈 마샬의 아들이라서 수상했다는 이야기는 절대 듣고 싶지 않으니까. 물론 아버지 역시 나를 도와줄 생각 같은 건 전혀 없을 테고. 아버지는 내가 이런 생각을 하고 있다는 것도 모르셔. 우린 거의 얘기를 안 하니까."

"무슨 문제라도 있는 거야?"

"모르겠어. 무슨 문제가 있는지는…… 그냥 처음부터 우리는 늘 이래 왔어. 아마 아버지는 이런 상태가 문제라고 생각하지도 않으실걸."

다원은 레오의 이야기에서 아버지를 떠올렸다. 아버지에게 연락하지 않은 지 일주일이 되어 가고 있었다. 할아버지가 아버지에게 다시 전화를 걸어 주라고 했을 때 "감기 걸린 목소리를 들으면 걱정하실 거예요. 할아버지가 대신 공부하고 있다고 전화해 주세요."라고 둘러댄 이후 쭉 아버지와의 연락을 피해 왔다. 아버지 역시 식탁에서 나눈 언쟁만 기억할 뿐, 무엇이 진짜 문제인지는 전혀 모르고 있을 것이다.

그때였다. 레오가 "다윈, 저기를 봐." 하며 서쪽 하늘을 가리켰다. 다원은 아버지 얼굴을 미처 지우지 못한 채 레오가 보고 있는 곳으로 시선을 돌렸다. 그곳엔 짙은 노을 속으로 날아가는 커다란 새 한 마리가 있었다.

레오가 감탄한 목소리로 말했다.

"자유로워 보이지? 나도 저런 작품을 만들고 싶어. 보는 것만으로도 사람들에게 다른 세상으로 날아가고 싶도록 만드는 작품 말이야."

다원은 "레오 너라면 충분히 그럴 수 있을 거야."라고 격려해 주었다. 그러나 자신의 눈에는 아무리 봐도 죄를 지은 새가 괴로움을 이기지 못하고 스스로 불길을 향해 뛰어드는 것으로밖에는 보이지 않았다.

재발

외부 일정을 마치고 집무실로 돌아온 니스는 방문객 소파 앞에서 걸음을 멈추었다. 짧은 찰나, 자기도 모르게 눈살이 찌푸려졌다. 약속도 잡지 않고 불시에 찾아오는 불청객이 하루에 몇 명쯤은 늘 있지만, 대개는 이 9층에 닿기 전 경비실과 비서실에서 먼저 걸러지기 마련이었다. 그 관문을 뚫고 집무실 문 앞까지 이르렀다는 것은 교육정책과 관련해 비서를 설득할 정도의 절박한 문제가 있거나 어떤 식으로든 거짓말을 했다는 것을 뜻했다. 당황스러웠던 감정은 곧 불쾌감으로 깊어졌다. 이 반갑지 않은 방문객은 당연히 후자일 터였다. 일개 프리메라 여학생에게 문교부 차관과 시급히 만나야 할 교육 이슈 같은 게 있을 리가 없으니. 또 어떤 능란한 거짓말로 경비와 비서를 속이고 여기까지 온 걸까.

니스는 무거워진 숨을 속으로 삼켰다. 너무 오래 한자리에 멈춰 서 있었는지 뒤따라온 보좌관이 "차관님?" 하고 부르며 주의를 환기시켰다. 다른 때 같았으면 보좌관에게 눈짓을 해 바로 돌려보냈을 것이다. 거짓말쟁이, 특히 어린 거짓말쟁이는 상대하고 싶지 않았다.

"아저씨, 아, 여기선 차관님이라고 불러야 맞는 거겠죠?"

그러나 자신을 "아저씨."라고 부르며 반갑게 인사하는 지인의 딸을 문전 박대할 순 없는 노릇이었다.

니스는 한참 만에 걸음을 옮기며 입을 열었다.

"웬일이니, 루미야? 넌 늘 예고 없이 나타나는구나."

"놀라셨다면 죄송해요. 집에 몇 번이나 전화를 했는데 아주머니가 전해 드리지 않는 건지 아무 연락도 못 받아서요. 비서실도 일정이 꽉 찼다면서 약속을 안 잡아 주고요. 집으로 찾아갈까 하다가 그러면 안 좋아하실 것 같아서 사무실에 한번 와 봤어요. 막상 와서 다윈 일로 차관님을 찾아왔다고 하니까 바로 여기로 안내해 주던걸요?"

니스는 마리와 달리 일처리를 제대로 못한 비서를 힐끗거렸지만 그를 탓할 순 없었다. 다윈과 관련해서 오는 연락은 사안과 시기를 불문하고 바로 연결하라고 지시했던 게 자기 자신이었으니.

"다윈 때문이라니? 무슨 일 있니?"

"다른 약속이 있으신 게 아니면 안으로 들어가서 얘기하면 안 될까요?"

마뜩잖았지만 이제 와 마땅히 거절할 구실도 없었다. 이 자리를 피하려 든다면 이 집요한 아이는 퇴근 시간까지 문 앞에서 버티고 있다가 집으로 따라올 게 분명했다. 이 아이를 다시 집 안에 들이고 싶은 마음은 추호도 없었다. 어떻게 알았는진 모르지만 제 추측대로 꼭 만나야 한다면 집보다는 사무실이 차라리 나았다. 게다가 이번에도 분명 꾸며 낸 말이긴 하겠지만, '다원 일'이란 게 뭘지 내심 궁금하기도 했다. 아무리 시험 기간이라지만 학교로 복귀한 후 지금껏 한 번도 연락이 없으니…….

"그래, 들어가자. 다원 얘기라니 잠깐이라도 안 들을 수가 없구나."

지금으로선 바쁜 일정을 쪼개 시간을 내는 거라는 인상을 주어 빨리 돌려보내는 게 최선일 것이다. 니스는 보좌관에게 "10분만 쉬지."라고 말한 뒤 먼저 집무실로 들어갔다. 뒤따라 들어온 루미는 청사 전경이 내다보이는 유리창으로 한달음에 달려가 "와, 멋져요."라고 감탄하더니, 또 금세 책상 근처로 관심을 돌려 위에 올려져 있는 액자들을 들여다보았다.

"다원 입학식 때네요. 지난번에 할아버지 댁에서도 똑같은 사진을 봤는데. 아저씨 집안의 유대감은 정말 특별한 것 같아요. 보통은 집에 여자가 없으면 남자들은 데면데면하게 지내면서 이런 소소한 것들은 잘 안 챙기잖아요. 그런데 아저씨랑 할아버지랑 다원이 함께 있는 거 보면 전혀 빈 자리가 안 느껴져요. 이건 승마장에서 찍은 사진이에요? 다원이 승마도 하는 줄은 몰랐는데."

니스는 먼저 자리를 잡은 뒤 자신의 오른편 소파를 가리키며 "여기 앉으렴." 했다. 아버지 집에선 어쩔 수 없었다지만 자신의 공간까지 제멋대로 들여다보게 하고 싶지는 않았다. 곧 비서가 차를 가지고 들어와 테이블에 놓고 나갔다.

니스는 루미가 차를 한 모금 마시기를 기다리고 있다가 찻잔을 내려놓자마자 지체 없이 바로 물었다.

"그런데 정말 무슨 볼일이니? 다원과 관련한 일이란 건 뭐고?"

"그보다 먼저 아저씨께 사과를 드리고 용서를 구해야 할 것 같아요."

"사과와 용서라니……. 루미가 나에게 사과하고 용서 구할 만한 일을 한 게 있던가?"

"보고받지 않으셨나요? 아카이브에서 있었던 일 말이에요. 먼저 그게 어떻게 된 건지 설명을 드린 다음……."

니스는 루미의 말을 중단시켰다.

"그 얘기라면 안 하는 게 좋겠구나. 그건 그렇게 끝내고 더 이상 거론하지 않기로 한 거 아니니?"

"네, 알고 있어요. 처음부터 끝까지 없던 일로 만들어야 한다고. 하지만 그건 공식적인 관계에서의 약속이고 저 개인적으로는 아저씨께 사과를 드리지 않고서는 도저히 없던 일로 할 수가 없어요. 아저씨를 뵐 때마다 빚진 기분이 들 텐데 어떻게 정말 아무 일도 없었던 척할 수 있겠어요? 아저씨, 믿으실지는 모르겠지만 전 정말 아저씨와 다원한테까지 피해가 갈 거라곤 조금도 생각하지 못했어요. 이렇게 일이 커질 줄 알았다면 당연히 다른 방법을 생각했을 거예요. 제가 얼마나 멍청한지 이번에 처음으로 뼈저리게 느꼈어요. 용서해 주세요."

진심이 느껴지는 루미의 사과에 니스는 약간 죄책감이 들었다. 하긴 아무리 강단이 있는 아이라도 이제 겨우 열여섯 살인데, 징계위원회니 국정감사니 하는 말을 듣고서 겁이 안 날 순 없었을 것이다. 물론 모두 허풍이었다. 다원이 아카이브에 관한 얘기를 꺼낸 뒤 국정감사 기간인 것을 핑계로 아카이브에 먼저 연락해 불법으로 접속한 기록이 있는지 확인해 보라고 했던 것과 아카이브 측에서 프리메라 여학교 측에 제안하는 모양새를 취해 엄한 훈계 정도에서 사건을 마무리하자고 했던 것 모두 외부에 알려지지 않고 조용하게 처리되었다. 그날 저녁 다원에게 한 얘기들 역시 다 거짓이었다. 큰 잘못을 저지른 줄 알고 떠는 다원의 모습에 미안한 마음이 들긴 했지만 어쩔 수 없었다. 두 사람이 다시는 아카이브와 사진에 관해 얘기할 수 없게 하려면 온갖 심각한 말들을 끌어모아 겁을 주어야만 했다.

"루미 네 기분은 알겠지만 교육계에 몸담고 있는 사람으

로서 학생 입에서 멍청하다는 말을 듣는 게 유쾌하지는 않
구나. 그것도 프리메라 여학생에게서. 결국엔 큰 문제 없이
잘 해결됐으니 너무 자책할 필요는 없단다."

니스는 일단 루미를 진정시킨 뒤, 마음에 걸리는 점을 짚
었다.

"그런데 루미야, 약속은 그냥 약속인 거지 공식적인 것과
사적인 것으로 구별하는 게 아니란다. 약속을 지키는 조건
으로 모두에게 용서를 받은 거라면 그걸 성실히 지켜야 하
지 않겠니? 아저씨는 네가 이렇게 찾아온 것부터가 약속을
지키지 않겠다는 뜻으로 생각되는구나."

루미가 고개를 내저으며 강하게 부정했다.

"약속을 깨겠다니, 그건 절대 아니에요. 이제 와서 제가
어떻게 그러겠어요. 그건 다른 사람들뿐만 아니라 저 자신
을 망치는 일이기도 한걸요. 제가 이 프리메라 교복을 입
고 있다는 건 약속을 지키겠다는 뜻이에요. 절 믿으셔도 돼
요."

"그래, 루미 너는 그 교복이 무척 잘 어울린단다."

루미는 "감사해요."라고 인사하더니 왜인지 곧 쓸쓸한
웃음을 지었다.

"예전 같으면 당연히 칭찬으로 받아들였을 그 말이 솔직
히 지금은 마냥 기쁘지만은 않아요. 제 모든 위선을 알고 던
지는 조롱처럼 느껴지거든요. 물론 아저씨 때문이 아니라
제 자격지심 때문이지만."

"조롱이라니, 그게 무슨 말이니?"

"지난번 체육대회 때 제가 말씀드렸죠? 저에게 가장 소중한 건 진실이라고. 그런데 막상 선택에 맞닥뜨리자 전 이 초록색 리본을 위해 그 신념에 위배되는 결정을 했어요. 요즘엔 선생님도 친구들도 모두 절 비웃고 있는 것만 같아요."

"루미 넌 지나치게 스스로를 의식하는 것 같구나. 아무도 널 조롱하고 비웃지 않는단다."

루미는 고개를 젓더니 "한 사람은 분명해요."라고 말했다.

니스는 약속을 지키겠다는 다짐을 받은 이상 이쯤에서 이야기를 마치고, 이 말 많은 아이를 그만 내보내고 싶었다. 아까부터 줄곧 대화를 끝낼 적당한 타이밍만 노리고 있었다. 그러나 유난히 확신에 차 하는 말에 호기심을 이기지 못하고 그만 "그 한 사람이 누구니?"라고 묻고 말았다.

루미가 어깨를 으쓱하며 대답했다.

"저희 아빠요."

생각지도 못한 인물에 니스는 깜짝 놀라 되물었다.

"조이?"

"네. 저희 아빠는 분명히 절 비웃고 있어요. 제가 이런 꼴이 된 게 우스워서 어쩔 줄 모르실걸요."

"조이가 널 비웃는다니, 왜 그런 생각을 하는지 이해할 수 없구나. 세상에 자식을 비웃는 부모는 없어."

"아저씨는 당연히 이해가 안 되실 거예요. 아저씨는 다윈을 이 세상에서 가장 사랑하시니까……. 그런데 저는 어릴

재발

261

때부터 항상 그런 느낌을 받아 왔어요. 추도식에 참석하실 때마다 그런 분위기를 못 느끼셨나요?"

"전혀."

니스는 일말의 여지도 없이 고개를 내저었다. 착하고 가정에 충실한 조이가 제 딸이 곤경에 처한 것을 비웃다니, 상상도 할 수 없는 일이었다. 그러나 루미는 이미 자신의 세계를 확고하게 구축해 놓은 것처럼 이야기했다.

"아빠는 절 싫어하세요. 아니, 단순히 싫어한다기보다는 뭐랄까…… 저에게 라이벌 의식 같은 것을 가지고 있는 것 같아요. 늘 제가 남들보다 못하고 평범해지기를 바라시죠. 그래서 제가 프리메라에 간다고 했을 때도 그렇게 반대하셨던 거고요."

니스는 열여섯 여자아이의 머릿속이 얼마나 제멋대로의 망상으로 부풀 수 있는지를 깨닫고는 어이가 없다 못해 두렵기까지 했다. 조이를 위해서라도 잘못된 오해를 풀어 줄 필요가 있었다.

"그건 싫어해서 그러는 게 아니란다. 루미 너는 아직 어려서 모르겠지만, 1지구엔 엘리트 교육을 부담스럽게 느끼는 학부모들도 많단다. 여러 가지 면에서 또래보다 더 일찍 상처받고 더 일찍 좌절할 일도 많으니까 말이야. 아저씨 역시 다윈이 프라임스쿨에 진학하겠다고 했을 때 선뜻 응원하고 기뻐해 주지만은 못했단다. 그게 얼마나 힘든 길인지 아니까 부모 된 심정에서 조금 쉬운 길을 갔으면 싶었지. 너는 아저씨가 다윈을 싫어해서, 아니 라이벌 의식을 느껴서 그런 마음을 먹었을 거라고 생각하니?"

루미는 웃으며 "절대 아니에요."라고 대답했지만 얼마 못 가 금세 굳은 얼굴로 돌아왔다.

"그런데 아빠는 그런 게 아니에요. 아저씨랑은 근본적으로 달라요. 사실 제가 이번에 학교에서 곤욕을 치른 것도 아빠 때문이거든요. 이 이상 문제를 크게 만들고 싶지 않아서 아무 말도 안 하고 있긴 하지만."

"그게 무슨 말이니? 아빠 때문이라니?"

"사실은 이번 일로 지도실로 불려 갔을 때 먼저 계기가 된 게 갑작스러운 소지품 검사 때문이었거든요. 선생님은 제 가방을 보지도 않고 그 안에 뭐가 있는지 다 알고 계셨죠. 누가 말해 주지 않은 이상 그걸 어떻게 아셨겠어요?"

"루미 네 말은 그 누군가가 아빠라는 거니?"

"아빠가 맞아요. 아빠가 몰래 제 가방을 훔쳐본 다음에 선생님께 대신 지도해 달라고 부탁한 거예요. 본인이 직접 했다가는 제가 말을 들을 것 같지도 않으니까 이번 기회에 공개적으로 제 콧대를 납작하게 만들고 싶으셨겠죠. 공교롭게도 그게 아카이브 사건과 들어맞아서 일이 더 커진 거고요."

니스는 시계를 흘낏거렸다. 한계치로 생각해 두었던 10분은 진즉에 지나고 아예 시각이 바뀌어 있었다. 니스는 모르는 사이 자신이 루미가 이끄는 쪽으로 상당 부분 끌려 들어와 있음을 깨달았다. 더 깊은 곳으로 끌려가기 전, 언제 묶어 놓았는지 모르는 그 교묘한 끈을 얼른 잘라 내고 이만 나가 보라고 하고 싶었다. 그러나 이 상태로 루미를 내보낸다면 오히려 남은 하루 동안 손에 남은 끈 자국만 더듬으며 뒤에 숨겨진 이야기를 궁금해할 것 같았다. 잠들기 전에 이 아이 의 얼굴을 떠올리는 것은 절대 하고 싶지 않은 일 중 하나였 다. 이왕 시작된 이야기라면 차라리 이 방에서 완전하게 끝 내 다시는 되새길 여지를 두지 않는 것이 현명했다.

"여학생의 소지품을 함부로 물어보는 건 예의가 아니지 만, 이쯤 되니 도대체 가방 안에 뭐가 들어 있었던 건지 묻지 않을 수가 없구나."

"그건……."

루미는 잠시 머뭇거리더니 곧 "아저씨께 또 거짓말을 하 고 싶진 않으니까 사실대로 얘기해야겠죠?"라며 말했다.

"사실 아빠 신분증을 이용해서 정보 공개 청구를 요청한 자료가 있었어요. 그런데 별건 아니고 3급 이상 공무원에 대한 신상 자료예요. 굳이 정보 청구를 하지 않더라도 몇 년 간 신문에 보도된 인사 현황을 모두 스크랩하면 얻을 수 있 는. 시간을 절약한다는 게 결국 위법이 되긴 했지만요."

니스는 팔걸이를 세게 움켜쥐었다.

"아카이브가 다가 아니었다니. 당황스럽고…… 솔직히 말해 화도 나는구나."

루미가 재빨리 말했다.

"예상했어요. 아카이브 사건에 이 얘기까지 알게 되면 아저씨가 저에게 실망하고 화를 내실 거라고. 그래도 이제는 아저씨께 모두 사실대로 말하고 싶어요. 왜냐하면 아저씨는 아빠랑 다르니까요. 아빠는 제 말을 들으려고도 하지 않지만, 아저씨는 자초지종을 들으시면 절 이해하고 도와주실 거잖아요. 아저씨는 정의롭고 용감한 분이시니까. 또 제이 삼촌의 가장 친한 친구였기도 하고요……. 아저씨, 사실 전 삼촌을 죽인 범인은 9지구 후디가 아니라 1지구의 고위직에 있는 사람이라고 생각해요. 제가 아카이브에서 아저씨 아이디를 도용한 것도, 또 아빠 신분증으로 정보 공개 청구를 한 것도 다 그 사람을 알아내기 위해서였어요."

아무 반응도 보이지 않자 루미가 "놀라지 않으세요?"라고 물었다. 니스는 평온하게 대답했다.

"……이번 아카이브 일로 다원에게 대강은 들었단다."

"정말요? 그럼 제 추측이 맞는 것 같으세요?"

팔걸이를 매만지며 대답을 미루는 사이 루미가 다시 물었다.

"아, 그러고 보니까 아저씨는 그 사라진 사진이 뭔지 아실 수도 있겠네요. 삼촌이 할아버지한테 선물받은 사진들로 만든 앨범에서 12월의 폭동 때 찍힌 사진들 기억 안 나세요? 후디 애들이 모여 있는……."

니스는 이번에는 지체 없이 대답했다.

"앨범은 뭔지 알겠지만 워낙 사진들이 많아서 특정한 사진은 잘 기억나지 않는구나……. 제이가 워낙 그 앨범을 보물처럼 여겨서 잘 보여 주지도 않았고."

"그래요?"

루미가 아쉬운 목소리로 말했다.

니스는 그만 여기서 대화를 끝내고 싶었다.

"아무튼 어떤 방식으로든 네가 제이를 잊지 않고 관심을 가져 주는 것은 고맙구나."

그런데 루미는 인사치레에 불과한 그 말로 또 새로운 대화의 물꼬를 텄다.

"그렇죠? 아이가 자기 가족 일에 관심을 가지면 어른은 아저씨처럼 당연히 칭찬해 주는 게 일반적인 반응인 거죠? 그런데 아빠는 삼촌의 죽음에 관해 조금만 물어봐도 쓸데없는 일에 관심 갖는다고 화부터 내세요. 왜 그렇게 화를……. 아니, 겁을 내시는지 모르겠어요. 아저씨, 아저씨는 아빠가 뭘 두려워하는 것 같으세요? 형의 죽음에 얽힌 의문을 제가 해결하는 걸 겁내시는 걸까요? 제가 아빠를 또 이길까 봐? 로이드 검사님이 아니었으면 전 삼촌이 어렸을 때 검사가 되고 싶어 했다는 것도 몰랐을 거예요. 아빠는 너무 어려서 기억이 나지 않는다는 핑계를 대면서 삼촌과 관련한 옛날 얘기는 거의 안 해 주시거든요. 열 살 정도면 모든 걸 기억할 나이인데……."

니스는 루미의 말을 중단시키며 물었다.

"로이드? 로이드 검사라면……."

"네, 아저씨가 생각하시는 그 리암 로이드 검사님이 맞아요. 아저씨랑 중학교 동창이고 삼촌과 3학년 때 같은 반이었던."

"네가 리암 검사를 어떻게 아는 거니?"

루미가 웃으며 이야기했다.

"실은 바보같이 제가 한동안 검사님을 삼촌을 살해한 진범으로 의심하고 있었거든요. 그런데 만나고 보니 그런 의심이 모두 걷혔어요. 검사님은 정말 다정하시고 좋은 분이었어요. 삼촌을 살해하기는커녕 아저씨처럼 여전히 삼촌을 그리워하고 계시더라고요. 살아 있었으면 삼촌도 훌륭한 검사가 되었을 거라는 얘기도 하시고…… 아, 그런데 검사님 말로는 삼촌이 그렇게 죽지만 않았다면 아버지의 날 학교 행사 때 검사님 아버님이랑 만나기로 돼 있었다던데, 혹시 아저씨도 아세요? 검사님 아버지도 검사였는데 별명이 특수부 저승사자였대요. 반동분자들을 색출하는 저승사자요. 검사님 아버님이 잡아들인 반동분자들을 모두 줄 세우면 검찰청이 1층부터 꼭대기 층까지 꽉 찰 거라고 하셨어요. 대단하죠? 제이 삼촌도 어른이 돼서 그런 일을 하고 싶었나 봐요. 그래서 삼촌이 리암 검사님께 꼭 한 번 검사님 아버지를 뵙고 싶다고…… 아저씨, 왜 그러세요?"

니스는 사력을 다해 소파 팔걸이를 붙들었다. 조금만 힘이 약했어도 테이블 위로 쓰러졌을 것이다. 니스는 눈을 한 번 힘주어 감았다가 떴다. 학창 시절 이후 이런 강도의 어지럼증을 느껴 본 적은 거의 처음이었다. 목 바로 위까지 구토가 치밀어 올랐지만 안간힘을 써 가며 그 신물을 다시 목 뒤로 삼켰다. 귓가에서 "괜찮으세요?"라는 말소리가 들려왔다. 니스는 목소리가 들리는 쪽을 향해 시선을 돌렸다. 그 순간 바로 앞에 제이가 앉아 있었다. 온몸에 식은땀이 흘렀다. 그러나 그런 일이 가능할 리 없었다. 니스는 다시 한 번 눈을 감았다가 떴다. 역시 제이가 아니었다.

"어디 아프세요? 안색이 안 좋아 보이시는데."

루미가 곁으로 다가와 걱정스러운 눈길로 살펴보며 "누구를 좀 부를까요?"라고 물었다. 니스는 고개를 내저었다. 루미는 "하지만 힘들어 보이세요." 하며 얼굴을 바짝 갖다 댔다. 어지럼증에 의한 착시라고 생각했는데 가까이서 보니 루미는 제이와 더 닮아 있었다.

니스는 무심코 말했다.

"루미야……. 넌 정말 제이를 많이 닮았구나."

"정말요?"

"그래……. 널 볼 때마다 제이를 보고 있는 것 같은 착각이 든단다."

루미가 활짝 웃었다.

"할머니도 늘 그러시긴 하는데, 아저씨가 그런 말을 해 주시니 더 기뻐요."

"어째서?"

"아저씨는 가족의 일원으로서가 아닌 독립체로서의 제

이 헌터를 가장 잘 아시는 분이니까요. 아저씨가 그렇게 생각하실 정도면 제가 삼촌을 닮은 게 확실하다는 거겠죠?"

"루미 넌 제이를 닮았다는 말이 좋은가 보구나."

"네. 어느 정도냐면 삼촌의 딸로 태어날 것을 삼촌이 일찍 죽는 바람에 할 수 없이 아빠의 유전자를 빌려서 태어난 거라는 생각을 할 만큼요."

"조이가 들으면 무척 서운해할 말이구나."

"전혀요. 아빠는 아예 제가 아빠 딸이 아니길 바라실 거예요."

"같은 아버지로서 장담컨대 그건 네가 잘못 생각하고 있는 거란다. 세상 모든 부모에게 가장 소중한 존재는 자식이야. 인간으로 태어난 이상 누구도 그 법칙을 거역할 순 없어."

"전 늘 제 느낌이 맞는다고 생각하지만 이번엔 아저씨 말이 맞았으면 좋겠어요. 그럼 다른 사안에서도 제가 틀렸을 가능성이 생기니까요."

"다른 사안?"

"아저씨가 절 싫어하신다는 생각요."

"……내가 널 싫어한다고 생각했니?"

루미는 대답 없이 고개만 끄덕였다.

"어째서?"

"그냥…… 느낌이 그랬어요."

니스는 물끄러미 루미의 얼굴을 바라보았다. 제이를 닮

은 강한 눈빛 밑으로 어른 마음에 들고 싶어 애를 쓰는 연약한 아이의 마음이 비쳐 보였다.

니스는 천천히 입을 열었다.

"그렇다면 조이에 대해 네가 가지고 있는 생각도 역시 오해한 게 맞겠구나."

"그건 아저씨가 절 싫어하시지 않는다는 뜻인가요?"

"싫어할 이유가 뭐가 있겠니? 아니…… 내가 어떻게 널 싫어할 수 있겠니? 이렇게 제이를 닮았는데…….'

니스는 어떤 힘에 끌리듯 자기도 모르게 손을 뻗어 루미의 뺨을 쓸어내렸다. 루미는 순간 당황한 것 같았지만 곧 환하게 웃으며 품에 안겼다.

"오늘 아저씨를 만나러 오길 정말 잘했어요."

니스는 가만히 루미의 등에 손을 올렸다.

"그래……. 정말 잘 왔단다."

손바닥에서 루미의 맥박이 느껴졌다. 작고 따뜻한 게 꼭 어린 새 같았다. 죄책감……. 그래, 어리석은 죄책감 때문이었다. 정상적 사고를 마비시키는 그 어리석은 힘이 아무 죄도 짓지 않은 이 작은 아이를, 자기만의 눈부신 생명력을 가진 이 어린 여자아이를 그렇게 두려워하고 미워하게 만든 것이다. 니스는 신뢰감이 깃든 눈동자로 자신을 바라보는 루미의 눈빛에서 그동안 자기가 얼마나 치졸하고 유치했는지를 깨달았다. 단순히 생일이 같고 얼굴이 닮았다는 이유로 죽은 사람이 환생한다는 미신을 믿다니, 어린아이처럼…….

수행원 없이 루미와 단둘이 1층으로 내려온 니스는 인사를 건네 오는 직원들에게 가볍게 눈인사를 했다. 직원들은 차관의 에스코트를 받는 여학생에게 흥미를 느끼는 것 같았다. 여기저기서 "프리메라 학생이네."라고 속삭이는 소리가 들렸다. 니스는 그들의 객관적인 시선에서 확답을 얻었다. 그렇다. 여학생이었다. 루미도 사양했고 보좌관 역시 난처한 기색을 비쳤음에도 굳이 직접 1층까지 배웅을 나온 것은 스스로에게 그 사실을 확인시키고 싶어서였다. 옆에서 걸어오는 루미 헌터는 30년 전에 죽은 사람의 혼령이 아니라 명석하고 열정이 넘치는 귀여운 여자아이일 뿐이라는, 살아 있는 모든 인간의 눈이 증명하는 명확한 진실. 얼굴을 마주하는 것을 두려워할 필요도, 함께 걸으며 이야기를 나누는 것에 긴장할 필요도 없다. 미워할 이유는 더더욱 없다. 더 이상 죄를 늘리지 않을 것이다.

루미가 정문에 서서 말했다.

"정말 감사드려요. 아저씨 덕분에 마음이 조금은 홀가분해졌어요."

"다행이구나. 곧 학년말 고사인데 마음이 무거우면 안 되지."

"다원은 시험공부 잘하고 있나요? 혹시 전화가 오면 저에게도 연락 좀 달라고 해 주시겠어요? 지난번에 만나기로 한 약속을 못 지켜서인지 그 이후로 연락이 안 와요. 다원에게도 사과해야 하는데."

니스는 방금 자신과 한 다짐을 이 자리에서 증명해 보이기 위해 주저 없이 말했다.

"그래, 전해 주마. 그런데 요즘은 나에게도 연락이 없단다. 아마 시험이 끝날 때까진 기다려야 할 것 같구나."

루미는 아쉬운 표정을 지으면서도 "어쩔 수 없죠, 프라임 스쿨이니까."라고 수긍했다. 그때 나이 든 관료 무리가 차를 타고 이동하느라 주차장 쪽에서 어수선한 분위기가 만들어졌다. 의전 격식을 따지느라 간단한 길을 놔두고 비효율적인 동선대로 움직이는 것이었다. 늘 겪는 일이긴 하지만 니스는 여전히 그런 격식을 이해할 수 없었다.

그런데 그쪽을 응시하던 루미가 문득 물었다.

"아저씨, 저 사람들은 다 자격이 있는 사람들일까요?"

"자격이 있는 사람들이라니, 어떤 기준에서?"

"사법적 관점이나 자기 양심의 기준 모두에서요. 더 이상 범인을 추적할 단서는 없지만, 1지구 고위직 중에 범인이 있다는 생각엔 지금도 변함이 없어요. 그래서 관공서를 나오는 사람들만 보면 혹시 저 사람이 삼촌을 죽인 사람은 아닐까 생각해요. 범인이 절 보면 분명 두려워서 도망갈 거예요. 전 아저씨도 착각할 만큼 제이 삼촌과 닮았잖아요. 자기가 30년 전에 죽인 사람이 그대로 살아나 있는 걸 보면 얼마나 놀라겠어요. 저와 마주치고 뭔가 안색이 변하는 사람, 그 사람이 범인일 가능성이 높겠죠? 지금은 잠깐 쉬어 갈 수

밖에 없지만 저희 집안을 위해서도, 또 30년 동안이나 삼촌
을 추모해 준 아저씨를 위해서도 전 반드시 범인을 잡을 거
예요. 절대 이곳에서 편안하게 살게 두지 않아요. 기필코 잡
아서…….”

니스는 루미가 끝맺지 않은 말을 되뇌었다.

“……잡아서?”

루미가 턱을 살짝 들어 올렸다가 내리며 말했다.

“척결해야죠.”

1층 로비를 지나 왔던 길을 되돌아가는 동안 니스는 마주
치는 모든 직원들의 인사에 조금 전과 똑같이 성실히 응대
했다. 도중에 만난 한 교육정책 사무관과는 5분 정도 멈춰
서서 학년말을 앞두고 시행되는 일선 학교 평가 계획안에
관한 구체적인 이야기도 나누었다. 중위, 하위 지구 교육청
에서 평가 기준 완화를 지속적으로 요청해 오고 있어 검토
가 필요할 것 같다기에 그건 협상할 대상이 아니라며 원안
에서 조금의 수정도 없이 진행하라고 지시했다. 사무실로
들어오자 보좌관이 “장관님께서 전화 달라세요.” 했다. 니
스는 “그래, 바로 하지.”라고 말하며 집무실로 들어갔다. 그
리고 문을 잠갔다. 문을 잠금과 동시에 속에 있던 것들이 역
류했다. 니스는 입을 틀어막은 채 화장실로 뛰어 들어갔다.
밖에서는 노크 소리와 함께 전화벨이 계속 울렸다.

시험과 변화

　　학년말 고사 마지막 날 이른 새벽, 촬영 팀과 함께 프라임스쿨에 들어온 버즈는 의식적으로 발소리를 죽여 걸으며, 제작진에게도 촬영 외의 불필요한 이야기는 삼갈 것을 지시했다. 그것이 힘든 시간을 겪고 있는 프라임 보이들에게 자신이 보일 수 있는 최소한의 배려였다. 교정엔 정적이 흘렀다. 체육대회 때 타올랐던 열기는 흔적도 없이 소진돼 같은 장소가 맞나 의심이 들 정도로 적막했다. 아직 학생들의 활동이 시작되지 않은 이른 시각인 탓이 크겠지만 심정적으로는 학년말 고사 마지막 날이 주는 중압감이 프라임스쿨 대기가 상승하는 것을 짓누르고 있는 것 같았다.

　　제작 초기, 학교 측에서는 시험 분위기를 조금이라도 해

칠 우려가 있는 촬영은 절대 허가할 수 없다는 강경한 태도를 취했다. 시험이 치러지는 대강당은 프라임스쿨 관계자들에게도 쉽게 개방하지 않는 장소인데 그런 곳을 '소란스러운' 방송 관계자들이 함부로 드나들게 할 수는 없다는 것이었다. 다소 거슬리는 표현이 있긴 했지만 이해할 수 없는 입장은 아니었다. 1년간의 수련을 마무리 짓는 의식에 그 의식의 가치를 잘 모르는 외부인을 들여 지금까지 지켜 온 전통에 흠집을 내고 싶지는 않을 테니. 그러나 그 때문에 버즈는 더 물러설 수 없었다. 프라임스쿨의 정수라 할 수 있는 학년말 고사를 빼놓고 프라임스쿨 다큐멘터리를 만들라는 것은 전기 작가에게 인물의 고난기를 거론하지 않고 그의 인생을 기술하라는 것이나 마찬가지였다. 버즈는 그런 실패작을 만들 바에는 아예 학교의 촬영 협조를 구하지 않고 '프라임스쿨이 나오지 않는 프라임스쿨 다큐멘터리'를 찍는 것으로 제작 방향을 바꾸겠다고 맞섰다. 그 안에 어떤 내용이 담길지는 장담할 수 없다는, 위기 때마다 늘 사용해 온 말을 덧붙이면서.

협의 끝에 중재안으로 합의한 것이 학년말 고사 마지막 날, 시험이 치러지는 대강당 안에 카메라만 설치해 놓고 촬영 인력은 전부 철수하는 것이었다. 통제 불능의 자연 다큐멘터리를 찍는 팀들이나 사용하는 방법이었지만, 버즈는 그 정도에서 타협하기로 했다. 학생들이 1년간 힘들여 쌓아 온 탑의 마지막 층을 올리는 날에 혹여 방해가 될 일을 하고 싶지 않기는 마찬가지였다.

버즈는 교직원의 안내를 받아 대강당으로 들어갔다. 학교를 몇 차례 방문하긴 했지만 대강당을 둘러볼 기회는 이때껏 한 번도 없었다. 프라임스쿨의 가장 큰 보물이라고 알려진 대강당은 학교 측이 설명했던 대로 학년말 고사를 제외하면 입학식이나 졸업식, 종업식 같은 큰 행사 때만 개방되는데, 그조차도 프라임 보이들에게만 입장이 허락돼 있어 학부모들은 식이 진행되는 동안 학교가 마련한 다른 장소에서 기다려야 했다. 프라임스쿨을 졸업한 학부형에게는 당연한 전통이었지만, 어려서나 나이를 먹어서나 문 너머의 공간을 상상하는 것으로 만족해야 하는 비프라임 출신 학부모들에게는 적잖은 소외감을 주는 정책이었다. 물론 그러한 폐쇄적인 특권들이 프라임스쿨의 정통성을 유지하는 방책이라는 것은 모두 잘 알고 납득하는 바였다.

교직원이 불을 켜는 순간, 버즈는 왜 이곳이 프라임스쿨의 보물로 불리는지를 온몸의 감각으로 느낄 수 있었다. 단순한 회합 장소를 넘어선 종교적인 유적이었다. 사방에서 내뿜는 신성성에 압도되어 감탄조차 선뜻 나오지 않았다.

예상했던 반응이라는 듯 교직원이 자부심이 깃든 표정으로 말했다.

"아름답죠? 수도원 시절의 벽화와 조각이 그대로 보존돼 있어요. 처음 이곳에서 시험을 치르는 신입생들 중 일부는 눈물을 흘리기도 한답니다. 물론 시험이 주는 압박감이

겹쳐서 그러기도 하겠지만."

팀원들이 카메라 장비를 꺼내는 동안 버즈는 교직원과 대화를 이어 나갔다.

"이렇게 굉장한 곳에서 치르는 시험이라면 충분히 눈물이 날 만도 하겠네요. 서품식을 하는 수도사들 중에도 몇몇은 분명히 눈물을 흘렸을 테니까."

"1지구 전통에 냉소적인 의견을 가진 분이라고 생각했는데 공감을 해 주시니 뜻밖인데요. 레오 때문이겠죠?"

버즈는 어깨를 으쓱하며 말했다.

"아들과는 상관없이 그냥 제가 열네 살 소년으로 돌아가서 여기에 와 있다고 생각하니, 그 환희와 두려움이 전해지네요. 이에 비하면 일반 학교 고사장에서 치른 프라임스쿨 입학시험은 쪽지 시험으로 여겨질 정도예요. 그 정도로도 떨려서 긴장을 완화해 주는 약을 먹은 애들이 있었는데 하물며 이런 곳에서는……."

"프라임스쿨 출신은 아니신 걸로 알고 있는데, 꼭 그 고사장에서 입학시험을 본 분처럼 얘기하시네요?"

"시험만 보고 떨어졌죠."

교직원이 "저런." 하며 탄식 섞인 대구를 했다.

버즈는 곤란한 얼굴이 된 그에게 웃으며 말했다.

"그러실 것 없어요. 어머니 성화에 억지로 시험장까지 끌려가 반항심에 일부러 시험을 망친 것이었으니까. 그땐 기숙사에서 6년을 지내야 한다는 걸 상상도 할 수가 없었죠.

프라임스쿨의 엄격한 규칙을 지킬 자신은 더욱더."

교직원은 자칫 불편해질 수 있었던 상황을 피한 것에 안
도했는지 "과연 1지구의 반항아 버즈 씨답네요."라며 웃었
다. 버즈도 어깨를 으쓱대며 따라 웃었다. 교직원은 이어서
시험이 어떻게 진행되는지 간략하게 들려주었다.

"프라임스쿨 학부형이시기도 하니 대강은 아시겠지만,
학생들은 하루에 세 과목 혹은 한 과목씩 시험을 치르는데,
매번 시험이 시작되기 전에 손을 들고 선서를 합니다. 물론
신에게는 아니고 프라임스쿨에서 배출한 세계적 학자들을
향해서죠. 역사에 영원히 이름을 남긴 선배들 앞에서 자신
역시 학문에 헌신할 것을 선서하는 겁니다. 시험 시간은 과
목에 따라 다른데 한두 시간인 게 있는가 하면 오늘처럼 하
루에 한 과목만 보는 경우엔 정해진 시간 없이 무제한입니
다. 원한다면 밤·열두 시까지도 앉아 있을 수 있죠. 물론 그
동안엔 화장실과 식사를 포기해야 하지만요. 필수 법학 과
목들이 이렇게 하루씩 단독 시험으로 배정되는데 그래도
평균적인 시험 시간은 서너 시간 정도입니다. 이 경우 학생
들은 답안지를 작성하는 대로 시험장에서 먼저 나갈 수 있
습니다. 보이시죠? 모든 책상마다 스탠드가 있어요. 시험
이 시작되면 지금의 조명은 꺼지고 저 스탠드 불빛만으로
이곳을 비추게 됩니다. 학생들은 펜을 드는 것과 동시에 자
신의 불을 켰다가 답안 작성이 끝나면 직접 불을 끄고 나가
게 되죠. 세 시간 정도 흘렀을 때 처음 문이 열리기 시작해서

이후로 쉴 새 없이 문이 여닫히면서 자리가 빕니다. 이때부터 학생들은 서서히 압박감을 느끼기 시작하죠. 그리고 좀 더 지나 이 큰 강당에 겨우 서너 개 불빛만이 켜져 있게 되면 갈등은 절정에 이릅니다. 각자 선택해야죠. 불완전한 답안지를 내고 친구들을 따라 나갈지, 아니면 마지막까지 시험장에 머무르는 부끄러움을 이겨 내고 답안지를 완벽하게 완성할지."

버즈가 혀를 내두르며 말했다.

"시험에 또 시험이군요."

교직원은 당연하다는 듯 "그게 프라임스쿨이죠."라고 대꾸했다.

두 시간에 걸쳐 카메라를 설치하고 밖으로 나오니 이제야 막 동이 트려 하고 있었다. 대강당을 둘러보는 것 못지않게 프라임스쿨에서 막 떠오르는 태양을 보는 것도 아무나 경험할 수 없는 특권일 것이다. 버즈는 신을 믿지는 않지만 오늘만은 프라임 보이들을 위해 우주에서 가장 너그러운 신이 존재했으면 좋겠다고 생각했다.

오전 아홉 시 반, 드디어 이 해의 마지막 시험을 위한 학생들의 입장이 시작되었다. 과목은 3, 4학년이 많이 수강하는 법학 통론이라고 했다. 이백여 명에 이르는 학생들이 일정한 간격을 이루어 대강당 안으로 걸어가는 모습이 언뜻 고행에 들어가는 수도사들 같은 인상을 주었다. 버즈는 자신의 상상력에 씁쓸한 웃음이 나왔다. 비록 땅에 끌리는 긴 수도복을 입고 있진 않지만, 일시적으로 약해진 아이들의 다리는 언제 어디서나 무릎을 꿇기에 손색이 없어 보였다.

열 시가 되자 종지기의 타종으로 시험이 시작되었다. 버즈는 종소리에 귀를 기울였다. 오래전 시간에서 온 것 같은 청동 소리 때문인지 한순간 프라임스쿨이 엄숙함을 미덕으로 여기던 수도원 시절로 돌아간 것 같았다. 그때와 다른 점이라면 무조건적인 확신보다는 의문에 대한 끊임없는 질문이 한 인간을 완성시키는 데 더 크게 기여할 거라는 정도랄까.

버즈는 학생들의 눈에 띄지 않는 꼭대기 층 강의실 창을 통해 대강당의 육중한 문이 닫히는 장면을 촬영했다. 직접 대강당 안에 들어가 시험 문제를 받아 든 학생들이 내뱉는 한숨과 한곳에 멈추어서 움직일 줄 모르는 펜, 답안지를 제출하고 나오는 순간 얼굴에 교차되는 자신감과 자책의 감정을 카메라에 담을 수 있다면 더 바랄 게 없을 테지만, 아쉬운 대로 대강당을 둘러싼 외부의 풍경을 더 관심 있게 지켜보면 됐다. 버즈는 대강당 주변으로 카메라 렌즈를 돌렸다. 전날에 먼저 시험을 마친 학생들이 대강당 안과 대비되는 자유를 만끽하고 있으리라는 예상과 달리, 교정 어디에서도 소란스러운 분위기는 감지되지 않았다. 마지막 시험이 끝날 때까지 모두 시험에 임하는 자세로 도서관이나 기숙사에서 조용하게 시간을 보내고 있었다.

버즈는 수첩을 꺼내 이 풍경에 어울리는 문장을 신중하게 적었다.

시험 첫째 날, 우리는 실수 없는 완벽한 답을 찾기 위해 싸웁니다. 둘째 날엔 전날보다 나은 답을 찾기 위해 싸웁니다. 셋째 날엔 가장 훌륭한 답을 찾기 위해 싸웁니다. 넷째 날에도, 다섯째 날에도, 여섯째 날에도 그 싸움은 계속됩니다. 그러다 마지막 날, 문득 깨닫게 됩니다. 우리가 찾아내야 하는 것은 시험지 속 문제에 대한 답이 아니라 자신에 대한 답이라는 것을. 수학은 자신의 논리적 체계성에 대한 물음입니다. 외국어는 자신의 포용 능력에 대한 물음입니다. 과학은 자신의 세계관의 범위에 대한 물음입니다. 법학은 자신의 인간관의 근원에 대한 물음입니다. 매년 겨울 우리는 이 15일간의 여정을 통해 스스로를 찾아가고 있습니다.

버즈는 펜을 놓고 다시 창밖으로 눈길을 돌렸다. 고사장 안 학생들이 느낄 중압감에는 비할 바가 아니겠지만, 닫힌 문을 오래 보고 있으려니 어쩐지 자기까지 초조하고 우울해지려고 했다. 마음속에 무거운 추가 내려앉는 것 같았다. 추는 점점 깊숙한 곳으로 가라앉더니 30년 넘게 헤쳐 보지 않은 밑바닥까지 도달했다. 쇳덩어리가 단단한 바닥을 헤집자 프라임스쿨 입학시험이 치러지는 고사장에 앉아 시험지가 나오기를 기다리며 손톱 끝을 다 물어뜯은 한 소년이 떠올랐다. 어머니에게는 아침에 5분 늦게 깨웠다고 버럭 화를 냈던가……. 떠올리고 싶지 않은 옛날 일이 꿈틀대자 버즈는 얼른 카메라를 세팅하는 일로 기억을 물리쳤다.

한 시쯤 버즈는 필립을 데리고 대강당 계단 앞으로 갔다. 교직원의 귀띔대로라면 이제 곧 문이 열릴 것이다. 버즈는 긴장하며 촬영을 준비했다. 심리적으로나 체력적으로나 위축됐던 아이들이 시험을 마친 뒤 고사장 밖에서 첫 숨을 들이쉬며 다시 팽창하는 모습을 놓쳐서는 안 된다. 20분가량 흘렀을 때, 드디어 첫 학생이 시험장 밖으로 걸어 나왔다. 남아 있는 친구들에게 방해가 되지 않게 조심히 문을 닫는 손짓에서부터 공중으로 길게 피어오르는 하얀 입김까지 버즈는 모든 장면을 세심하게 포착했다. 그러나 주변을 살피지 않고 빠르게 어딘가로 걸어가는 모습이 자신감의 표출인지, 아니면 미련을 두지 않으려는 방어기제인지까지는 카메라 렌즈로 분간하기 어려웠다.

첫 번째 탈출자를 필두로 학생들이 속속 대강당을 빠져나왔다. 아침에는 과하게 엄숙해 보이던 얼굴들이 시험장을 나오면서부터는 서서히 제 나이들을 찾아가고 있었다. 학생들은 식당으로 가 늦은 점심을 먹든지 기숙사로 돌아가 쉬든지 할 것이다. 필립이 도중에 "레오가 나오네요."라고 알려 주었지만, 버즈는 다른 쪽을 찍느라 미처 레오를 보지 못했다. 원하는 그림을 얻은 후 뒤늦게 고개를 돌렸을 때는 금세 어디로 가 버렸는지 보이지 않았다. 세 시가 지나면서 해는 빠르게 기울었고, 바람은 더 날카로워졌다.

필립이 어깨에 짊어지고 있던 카메라를 내려놓으며 말했다.

"이만하면 시험장 스케치는 다 된 것 같은데요?"

버즈는 꼼짝 않고 서서 말했다.

"스케치가 아니야. 단 한 번만 그릴 수 있는 그림이지. 그러려면 어떡해야겠어?"

필립이 한숨을 뱉으며 다시 카메라를 짊어졌다.

"마지막 한 명까지 기다려야 하는 거겠죠."

매서운 바람에 교정의 나무들이 휘청댔다. 프라임스쿨 하늘에 막 내린 노을을 걷어 내 버릴 만한 강풍이었다. 대강당 근처로는 인적이 끊겼다. 시험을 마친 수험생들은 진즉에 점심 식사를 마친 뒤 따뜻한 기숙사로 돌아가 밀린 잠을 자고 있을 것이다. 그러나 시험은 분명히 계속되고 있었다. 한 시간 전에 나온 학생이 지친 기색으로 "아직 한 명 남아 있어요."라고 알려 주었고, 시험 감독을 맡은 선생들 역시 아직 나오지 않은 상태였다.

필립이 냉소적인 목소리로 투덜거렸다.

"지금까지 남아 있는 걸 보면 지독하게 멍청한 녀석인가 보네요."

버즈는 프라임스쿨 학생을 얕잡아 보는 필립이 신경에 거슬려 핀잔을 주었다.

"말 같지 않은 소리. 프라임스쿨에 멍청한 애가 들어올 수나 있어?"

필립은 지지 않고 투덜거렸다.

"그럼 그냥 지독한 녀석이든지요."

그때 드디어 대강당 문이 열리면서 마지막 학생이 나타났다. 버즈는 재빨리 카메라에 얼굴을 붙이고 렌즈가 그 모습을 잘 포착하고 있는지를 살폈다. 위엄 넘치는 거대한 문이 그나마 있는 빛마저 가려 아직은 아이의 존재감이 확실히 드러나지 않았다. 뒤이어 나온 선생 한 명이 애정과 격려의 표시인 듯 그 아이의 어깨를 가볍게 두드렸다.

선생이 지나가고 아이의 얼굴이 렌즈에 확실히 드러난 순간, 버즈는 깜짝 놀라 카메라에서 비켜 나와 외쳤다.

"다윈! 다윈이구나."

버즈는 카메라를 필립에게 맡긴 뒤 얼른 다윈에게로 달려갔다. 다윈은 무척이나 지친 기색으로 "안녕하세요."라고 인사했다. 버즈는 다윈의 어깨에 팔을 두르며 말했다.

"설마 다윈 네가 마지막으로 나온 학생일 줄이야……. 그래, 그러고 보니 제이 추도식에서 만났을 때 레오랑 같은 법학 과목을 수강한다고 했던 것도 같구나."

"오늘 마지막 촬영을 한다는 이야기를 듣긴 했는데, 제가 나올 때까지 기다리고 계셨던 거예요?"

"그게 너일 줄은 몰랐지만 결과적으론 너를 기다린 게 돼 버렸구나."

"죄송해요. 제가 너무 오래 있었죠?"

"무슨 소리. 네 덕분에 프라임 학년말 고사의 정수를 보게 돼서 큰 수확이었단다."

그때 필립이 끼어들었다.

"여기서 춥고 배고픈 사람은 저뿐이에요?"

버즈는 그제야 다윈이 지금까지 내내 굶었을 거라는 생각이 들었다. 그런 마음으로 바라보아서인지 다윈의 얼굴이 지난 첫 촬영과 체육대회에서 봤을 때와는 달리 유독 가냘퍼 보이는 것 같기도 했다. 아니, 단지 외형적인 모습뿐만이 아니었다. 바람에 머리칼을 날리며 서 있는 분위기가 왠지 모르게 금방 꺼져 버릴 것 같은 촛불처럼 위태롭게 느껴졌다. 언뜻 제이가 죽고 난 뒤의 니스 같기도 했다.

식당엔 이른 저녁을 먹으러 온 학생들이 더러 있었다. 버즈는 다윈과 함께 창가 쪽 작은 식탁에 자리를 잡은 뒤 필립에게는 적당히 눈치를 줘서 자리를 비키게 했다. 무슨 일 때문에 이렇게 얼굴이 수척해진 건지 아무래도 다윈과 단둘이 이야기를 해 봐야 할 것 같았다. 필립은 "전 저기 학생들한테 시험이 끝난 소감을 물어봐야 할 것 같아서, 그럼."이라고 말하며 자연스럽게 다른 식탁으로 옮겨 갔다. 학년말 고사로 고생하는 학생들을 위해 특별한 메뉴가 준비되어 있었지만, 다윈은 숟가락을 낯선 도구처럼 손에 쥐고만 있을 뿐 입으로 가져갈 생각을 하지 않았다.

버즈는 다윈의 안색을 살피며 물었다.

"배가 많이 고플 텐데 입맛이 없니?"

다윈이 기운 없는 미소를 지으며 대답했다.

"잘 모르겠어요, 배가 고픈지…….."

"너무 지쳐서 그런 거야. 아무튼 밥도 안 먹여 가면서 시험을 보게 하다니, 대단한 학교야. 정말 애들을 수도사로 만들 생각인 건지."

다윈은 고개를 저었다.

"제가 문제를 빨리 풀었으면 일찍 나와서 점심을 먹을 수 있었을 거예요."

수프를 휘젓는 다윈의 숟가락은 여전히 접시 속에서만 맴돌고 있었다.

버즈는 다윈 쪽으로 몸을 기울이며 넌지시 물었다.

"그런데 정말 얼마나 어려운 문제였기에 이 시간까지 애를 먹은 거니? 먼저 나온 애들은 다들 시험을 포기한 건가?"

"그 애들에겐 쉬운 문제였나 봐요."

"너에게만 어렵고?"

"아마도요."

"그럴 리가 있나. 시험 문제가 뭐였는데?"

다윈은 말없이 시선을 내리더니 잠시 뒤 "결국 적어 내긴 했어요."라고 대답했다. 얘기하고 싶지 않다는 간접적인 거부나 마찬가지였다. 시험장에 마지막으로 남아 있었다는 사실이 프라임 보이의 높은 자존감에 상처를 준 걸까. 버즈는 만날 때마다 순수의 결정체 같은 모습으로 자신을 즐겁게 했던 아이 안에 이렇게 굴곡진 면이 있었다는 것에 놀랐다. 그러나 시험만으로도 충분히 힘들었을 아이를 자신의 이기적인 호기심으로 괴롭히고 싶지 않아 대답하기 수월한 것으로 화제를 돌렸다.

"그래, 아버지는 요즘 어떠시니? 잘 계시지?"

그런데 다원의 얼굴에 미소를 되찾아 올 최적의 질문이라고 생각해서 한 그 질문에 웬일인지 다원이 그나마 들고 있기는 했던 숟가락마저 내려놓더니 아무 대답도 않고 시선을 창밖으로 돌렸다. 버즈는 혼란에 빠진 나라의 반군 지도자와도 무리 없이 인터뷰를 진행했던 자신이 질문을 하면 할수록 제한된 환경 속에 사는 모범생의 입을 다물게 하고 있다는 사실에 당황스러웠다. 니스와 다원 사이에 무슨 일이 있었던 걸까? 아니면 아버지라는 단어가 주는 부담감이 시험에서 입은 상처를 더 깊게 건드린 걸까?

버즈는 더 이상 다원의 근황을 중심으로 대화를 이끄는 건 어려울 것 같아 자기 쪽으로 이야기를 돌렸다.

"너희들이 시험을 끝낸 것처럼 나도 오늘로 촬영을 다 끝냈단다. 물론 내 경우엔 진짜 끝이라곤 할 수 없지. 이제 겨우 장만 봐 놓은 거니까."

그제야 다원이 다시 대화할 마음이 생겼는지 시선을 이쪽으로 돌리며 "요리가 남았군요."라고 거들었다. 버즈는 다원의 적절하고도 아이 같은 반응에 다소 안도가 돼 "그래, 요리가 남았지."라며 재킷 안에 넣어 두었던 수첩을 꺼냈다.

"이게 내 레시피란다."

촬영 정보와 그때그때 떠오르는 영감을 적어 놓은 문구들은 쉽게 공개하지 않는 비밀 일기에 가까웠지만, 버즈는 다원에게 선뜻 먼저 수첩을 보여 주었다. 이렇게라도 다원의 관심을 끌어 대화를 이어 나가다 보면 좀 전에 실패한 질문들을 다시 시도해 볼 수 있을 거라는 전략이 세워졌기 때문이다. 그러나 사실 마음 깊은 곳에선 그런 복잡한 계산보다는 단순히 어린 시절의 니스와 이야기를 나누는 것 같은 기분이 들어서인지도 몰랐다.

다원이 수첩을 살펴보며 물었다.

"내레이션도 아저씨가 직접 쓰시는 거예요?"

"물론."

"읽어 봐도 되나요?"

"영광이지. 이제 막 시험을 끝낸 너에게 또 활자를 들이미는 게 미안하긴 하지만."

다원은 곧 몰두하는 눈빛으로 조심스럽게 수첩을 한 장한 장 넘겼다.

버즈는 다른 사람의 소중한 것을 진지하게 대할 줄 아는 다원의 신중한 태도가 더욱 마음에 들었다.

"다큐멘터리에서 영상 못지않게 중요한 게 소리란다. 내레이션을 어떻게 하는지에 따라 분위기가 완전히 달라지거든. 이번엔 특히 고민이 많단다. 과연 프라임스쿨을 대변하

는 목소리를 어디서 어떻게 구할지. 후보자들은 몇 명 있는
데 다들 뭔가 부족해서 말이야."

그때 다윈이 '기숙사 풍경에서'라는 제목이 붙은 장에서
손을 멈추더니 혼잣말 같은 나지막한 목소리로 읊조렸다.

나는 한순간 외롭고, 고독하고, 쓸쓸해졌습니다. 부모님과 친척
들, 선생님들, 친구들, 수많은 사람의 축하와 격려를 받고 들어온 이
높은 성이 어느 날 갑자기 세상에서 가장 훌륭한 시설을 갖춘 고아
원으로 돌변해 버렸기 때문입니다. 가까이 있던 사람들 모두 제 삶
에서 물러나고 나는 아직 길도 다 외우지 못한 이곳에서 완전히 혼
자가 됩니다. 토요일 밤, 멀리 마을이 내다보이는 창밖을 바라보고
있으면, 모두의 사랑을 받고 있으면서도 모두에게 잊히고 있다는
슬픔이 몰려옵니다. 그럴 땐 프라임스쿨의 가치를 묻지 않을 수 없
습니다. 나는 무엇을 이루기 위해 여기 와 있는 걸까 하고요.

읽기를 마친 다윈이 말했다.

"여기 '가장 훌륭한 시설을 갖춘 고아원'이라는 문장이
인상적이에요. 학교에서는 싫어할지도 모르겠지만요."

그 순간, 버즈는 수첩을 돌려주는 다윈의 손을 덥석 잡으
며 자기도 모르게 외침과 같은 소리를 질렀다.

"다윈 너였구나!"

다윈이 당황한 듯 물었다.

"무슨 말씀이세요?"

버즈는 가슴을 달구는 흥분을 진정하지 못하고 목소리를 높였다.

"프라임스쿨의 목소리가 돼 줄 사람 말이야. 이렇게 가까이 있었는데 왜 이제껏 몰랐을까. 다원, 우리 다큐멘터리의 내레이션을 맡아 주지 않겠니? 아니, 꼭 해 줘야 한단다."

다원이 머리를 내저었다.

"전 어떻게 하는 줄도 모르는걸요."

"모르긴, 지금과 똑같이 읽기만 하면 되는데."

"잘 모르겠어요. 너무 갑자기 얘기하셔서……."

버즈는 느닷없는 제안을 받은 다원의 입장이 충분히 이해가 돼 "그래, 내가 너무 뜬금없긴 했지."라며 바짝 들이밀었던 몸을 뒤로 뺐지만 거절을 당할지도 모른다는 초조함에 붙들고 있던 손만은 더 꼭 쥐며 말했다.

"다원, 그런데 너에게 조금도 해가 되는 일이 아니니 머뭇거릴 필요 없단다. 해가 되기는커녕 너를 더 빛나게 해 줄 일이지."

"하지만 저 혼자 결정할 수 있는 일이 아닌 것 같아요. 학교에서 허락을 안 해 줄 수도 있고……."

"그거라면 나에게 맡겨라. 이 철옹성 같은 프라임스쿨 문을 열게 한 것처럼 단번에 허락을 받아 낼 테니까. 그런데 아마 허락을 받고 말고 할 것도 없을 거야. 학교에서는 자기 학생이 이런 영광스런 역할을 맡게 된 것에 보나마나 환영일 테니까."

다윈은 그래도 마음을 정할 수 없는지 시선을 피했다. 버즈는 아무나 받을 수 없는 이 영광스러운 제안을 기꺼이 받아들이지 않는 다윈이 잘 이해가 가지 않았다. 정식으로 후보 공모를 낸다면 도리어 후원금을 내고서라도 하겠다 할 사람이 프라임스쿨 교문 밖까지 줄을 설 것이다. 버즈는 다윈이 이렇게까지 신중할 수밖에 없는 이유가 니스에게 있을 거라는 데 생각이 닿았다. 프라임스쿨 위원장이라는 아버지의 특수한 지위가 다윈에게 부담감을 주고 있는 게 분명했다.

"아버지 때문에 그러니? 하긴 니스는 처음에 이 다큐멘터리에 소극적이긴 했지. 물론 이해는 한단다. 매사에 많은 생각을 해야 하는 자리에 있으니 당연히 신중해질 수밖에 없겠지. 그런 거라면 걱정 말고 나한테 맡겨 주렴. 혹시 반대한다고 해도 설득할 자신이 있으니. 프라임스쿨 위원장이라는 직함만 제외하면 한 명의 학부형으로서 니스도 당연히 기뻐할 일이잖니."

그런데 뜻밖에도 그 순간, 다윈이 방금 전까지의 모든 머뭇거림을 일시에 떨쳐 버리는 명료한 목소리로 말했다.

"아뇨, 아버지 허락은 필요 없어요. 제가 결정한 다음 아저씨께 연락드릴게요."

버즈는 단호함을 넘어서 냉정함이 느껴지는 다윈의 말에 내심 큰 충격을 받았지만 "아…… 그래, 그럼 그렇게 할래?"라고 대수롭지 않게 반응하는 것으로 놀란 기색을 감추었다. 그러고는 곧 다윈은 느끼지 못하는 은밀한 시선으로 찬찬히 다윈을 살폈다. 머리칼에 그늘진 이마, 야윈 뺨, 이곳에 있으면서도 다른 데를 보고 있는 것 같은 눈동자…….
버즈는 오늘에야 비로소 다큐멘터리 해설자에 맞는 다윈의 특성을 알아본 것이 어쩌면 이런 모습 때문일지도 모르겠다는 생각이 들었다. 여름까지만 해도 마냥 빛이 난 길로만 걷는 소년인 줄 알았던 다윈이 겨울을 눈앞에 둔 지금은 그늘에 잠겨 잘 보이지 않게 된 길에서 잠시 걸음을 멈추고 자기가 있는 세계를 둘러보는 관찰자가 돼 있었다. 몸은 여위고 눈빛은 아직 흔들렸지만 단호한 목소리에서만큼은 기필코 아버지의 성안에서 벗어나겠다는 결연함이 느껴졌다.

버즈는 그것이 무엇을 의미하는지 알았다. 다윈은 지금 애써 어른이 되려 하는 것이다. 아무 씨앗도 날아들지 않는 정체된 하늘과 아직 충분히 영양이 차오르지 않은 마른 토질에서 어떻게 갑자기 그런 변화의 욕구를 싹 틔웠는지는 모르지만, 버즈는 다시 한 번 다윈이 프라임스쿨을 대변할 목소리의 적임자임을 확신했다. 홀로 서기 위해 내면에서 조용히 분투를 치르는 소년은 자신이 구현해 내고자 하는 프라임스쿨의 이상적인 모습 그대로였다.

식사를 마치고 밖으로 나온 버즈는 다윈의 어깨에 손을 얹으며 말했다.

"연락 기다리고 있으마. 물론 반가운 연락을."

다윈은 대답 없이 인사만 하고는 발길을 돌렸다.

버즈는 기숙사로 걸어가는 다윈의 뒷모습을 지켜보면서, 니스가 그랬던 것처럼 다윈도 머지않아 오늘과는 다른 사람으로 도약하리라는 것을 예감했다. 소년 시절이 저무는 것을 지켜보는 건 슬픈 일이지만, 그 하강이 결국엔 상승이 될 소년의 삶을 위해선 축복해 줘야 할 일이었다.

버즈는 학교 밖에서 대기하고 있던 팀원들을 불러 카메라를 철수하기 위해 다시 대강당으로 갔다. 직접 목격하진 못했지만 그러기에 더 자신의 분신인 카메라 렌즈가 프라임 보이들을 어떤 모습으로 담아냈을지 기대가 됐다. 미지의 필름을 재생시켜 볼 생각을 하니 이제부터 몇 주간 스튜디오에 꼼짝 않고 갇혀 지내야 할 시간도 마냥 즐겁게만 느껴졌다.

그때 곁에서 걸어가던 필립이 손을 들어 올리며 "레오!" 하고 외쳤다. 버즈는 필립이 가리킨 곳을 바라보았다. 대강당 문 앞에서 레오가 서성이고 있었다.

"어쩐 일이야? 아버지를 뵈러 온 거니?"

"그냥 지나가다가요."

"이제 막 카메라를 철수할 참이었어. 시험도 끝났는데 시간 있으면 구경할래?"

버즈는 필립의 경솔한 제안에 혀를 쯧 찼다. 조심스럽게 진행해야 할 작업에 아무나 들였다가 문제라도 일으키면 큰일이었다. 버즈는 세찬 바람에 옷깃을 여미며 레오에게 "춥다, 어서 기숙사로 돌아가서 쉬렴." 하고 말했다. 레오 역시 구경할 생각은 애초에 없었는지 단번에 "수고하세요." 하고는 발길을 돌렸다. 대강당으로 들어가며 스태프들에게 다시 한 번 주의 깊게 행동할 것을 당부하던 버즈는 문득 조금 전 다윈에게서 답을 못 들었던 질문이 생각나 "잠깐만." 하고 레오를 불러 세웠다. 걸음이 빨라 벌써 저만치까지 갔던 레오는 뒤돌아 금세 뛰어왔다.

"왜요?"

"오늘 법학 시험 문제가 뭐였니?"

"법학 시험 문제요? 그건 왜요?"

"다윈이 가장 마지막으로 시험장에서 나왔는데, 도대체 무슨 문제이기에 그렇게까지 어려워했는지 궁금해서 말이야. 물어봐도 확실하게 대답을 안 해 주더구나."

레오는 아무 대답도 없었다. 시험장을 나온 지가 언제라고 벌써 시험 문제를 까먹은 모양이었다. 버즈는 레오의 기억을 되살리기 위해 재차 "응? 시험 문제 말이야."라고 물었다.

재촉을 받고서야 레오가 입을 열었다.

"인간이 저지르는 범죄 중 자신이 생각하는 가장 용서받기 어려운 범죄에 대해서 변론과 반론, 판결을 하는 거였어요."

"말하자면 변호사와 검사, 판사가 다 되어 보는 거로구나. 과연 프라임스쿨답다. 그런데 그렇게 난해한 문제 같지는 않은데, 다원이 왜 그렇게 어려워했을까. 가장 용서받기 어려운 범죄라면 당연히 살인일 텐데."

"모든 범죄가 다 용서받기 어려워 보여서 하나만 고르는 데 시간이 걸렸나 보죠. 살인 같은 건 생각도 못 하는 순수한 애니까."

제 딴엔 친구라고, 제법 설득력 있는 추측이었다. 버즈는 알았다고 하고는 대강당 문을 열었다. 궁금했던 것을 알아낸 덕에 한결 후련한 마음으로 작업할 수 있을 것 같았다. 훗날 내레이션을 쓸 때 영감을 줄지도 몰랐다.

그때 아직도 뒤에 서 있었는지 레오가 "제가 뭐라고 썼는지는 궁금하지 않으세요?"라고 물었다. 버즈는 강한 바람이 밀고 있는 문을 지탱하고 있기가 힘들어 "그만 가 봐라." 하며 문을 닫고 안으로 들어갔다.

뜨거운 감자

학년말 고사 마지막 날, 집에 돌아와
책상 정리를 하던 루미는 서랍 속 한쪽 모퉁이가 비어 있는
것을 발견했다. 제이 삼촌 앨범에서 가져온 사진들을 놓아
두었던 자리였다. 집에서 이런 일을 꾸밀 사람은 한 사람밖
에 없었다. 저녁 식사 자리에서 루미는 아빠의 움직임을 유
심히 살피다가 물었다.

"서랍에 있던 제 사진 가져가셨어요?"

아빠는 샐러드를 찍은 포크를 입에 가져가면서 태연하게
대답했다.

"네 사진은 아니고 제이 형의 사진을 가져갔지."

"왜요?"

"말했잖니, 네 사진이 아니고 제이 형의 사진이라고. 허

락도 없이 네가 앨범에서 사진을 떼어 갔으니 나도 똑같이 한 거란다. 형의 유품을 물려받을 사람은 네가 아니라 동생인 나니까."

루미는 포크를 쥔 손에 힘을 주며 물었다.

"그게 무슨 사진인지는 알고 그러세요?"

"알고 싶지 않구나. 알아야 할 이유도 없고. 아무것도 아닌 사진 몇 장 때문에 다른 사람들에게 그만큼 피해를 줬으면 너도 이쯤에서 그만 정신을 차려야 하지 않겠니? 프리메라에 계속 다닐 거라면 말이야."

루미는 포크를 소리나게 내려놓으며 식탁에서 일어났다. 아빠가 자신을 곤란하게 만든 장본인이라는 것은 알고 있었지만, 밀고자임을 숨기기는커녕 그걸로 위협까지 하는 태도에는 섬뜩함이 느껴졌다. 가족도 아니고 부모도 아닌, 그냥 적 같았다. 그러나 이 자리에서 그 일을 따져 묻는다면 아빠 역시 자신의 신분증을 도용한 사실을 거론할 것이다. 더불어 니스 아저씨와 다원을 곤란하게 만들고 다시는 사진 이야기를 꺼내지 않기로 맹세한 것까지……. 승산 없는 싸움이었다. 루미는 아직 반도 먹지 않은 음식을 그대로 두고 방으로 올라갔다. 달래거나 붙잡는 사람은 아무도 없었다.

학년말 고사가 끝난 학교에는 잃었던 활기가 다시 돌았다. 그러나 루미는 그 생기 속에서 자유로움보다는 허전함을 느꼈다. 시험이 일시적으로 가려 주었던 빈 자리가 시험이 끝나자 오히려 전보다 더 휑하게 드러나 버린 것 같았다.

이 모든 게 다 빼앗긴 사진과 아빠 때문이었다. 딸을 위험에 빠뜨린 사람과 아무 일도 없던 것처럼 얼굴을 마주하고 있어야 하는 저녁 식탁은 연극 무대 위에 있는 것 같은 공허함을 주었다.

루미는 집을 나와 진짜 자기가 될 수 있는 곳으로 피신했다. 그러나 몇 달 새 급격하게 악화된 할아버지 병세로 더 이상 삼촌 방도 예전의 고요한 안식처가 아니었다. 할아버지가 느닷없이 할머니를 향해 폭언을 퍼부을 때면 루미는 마음속에 할아버지에 대한 사랑과 존경으로 세운 성이 조금씩 허물어져 가는 것을 느꼈다. 그 난폭한 말이 할아버지의 의식이나 의지와는 아무 상관 없이 이루어지는 발작이라는 것을 알지만 할머니에게 "매춘부" 운운하는 인격 모독은 도저히 참아 줄 수 없었다. 루미는 수치심과 분노로 몸을 떠는 할머니를 위해 조용히 집을 나왔다. 위대한 사진작가 해리 헌터의 영혼은 더는 이 세상에 존재하지 않았다.

12월로 접어든 하루하루가 의미 없이 흘러가고 있었다. 다른 아이들보다 한 계단 밑에 있는 거라는 선생님의 말 때문인지, 이전보다도 더 친구들에게서 동떨어진 기분이었다. 그러던 중 복도를 지나는데 우연히 어디선가 "그 애랑은 끝났어." 하는 말소리가 들려왔다. 루미는 그제야 시간이 지나도 채워지지 않는 마음속 빈 자리가 어디에서 연유한 것인지 알게 되었다.

한 달이 다 돼 가도록 다윈에게서는 아무 연락이 없었다.

처음에는 니스 아저씨 말처럼 학년말 고사 때문일 거라고만 생각했다. 그러나 시험이 끝남으로써 그것이 이유가 아니었음이 자연스럽게 밝혀졌다. 다윈이 연락을 끊은 데에는 시험 말고 다른 이유가 있었던 것이다. 단기간에 마음을 바꿔 놓을 만한 결정적인 이유가.

그러나 루미는 다윈의 부재와 소식을 궁금해하고 여전히 다윈에게 연락이 오기를 기다리면서도 사실은 다윈이 연락하지 않는 진짜 이유를 어느 정도는 짐작하고 있었다. 만나기로 한 날 일방적으로, 그것도 아빠를 통해 전화로 약속을 취소하고, 아카이브 일로 학교생활에까지 문제를 일으킨 '루미 헌터'에게 다윈은 실망한 것이다. 어쩌면 루미 헌터를 멀리하는 게 자신의 인생에 이롭겠다는 판단을 벌써 내렸는지도 모른다. 비록 그 가정은 이득을 따져 가며 행동하는 건 지금껏 자신이 알고 있는 다윈의 성품과 어긋나는 것이라는 의문을 낳지만.

이런 식으로 이별을 고한 사람이 다윈이 처음은 아니었다. 레오 역시 한동안은 가장 가까운 친구였지만 어느 순간 말도 없이 그 관계에서 발을 거둬 버렸다. 그때와 다른 점이 있다면 레오에게는 아무 잘못도 하지 않았지만 다윈에게는 분명 사과할 점이 있다는 것. 루미는 시간이 더 흘러 오해가 깊어지기 전에 다윈에게 사과를 해야 한다고 생각했다. 진심으로 사과하면 다윈은 니스 아저씨가 그랬던 것처럼 따뜻하게 받아 줄 것이다.

학교에서 돌아온 루미는 수화기를 든 채 잠시 고민하다가 지난번 실버힐에 갔을 때 받은 번호를 눌렀다. 다원에게 직접 전화를 걸지 못하는 상황에서 이야기를 전해 줄 사람은 니스 아저씨와 러너 할아버지뿐인데, 바쁜 니스 아저씨에게 더는 폐를 끼칠 수 없었다. 벨이 울린 지 얼마 안 돼 러너 할아버지가 직접 전화를 받았다. 할아버지 목소리는 다원에게 연락을 전해 달라는 부탁을 위해 전화한 게 미안해질 정도로 다정했다.

"오, 루미구나. 어쩐지 반가운 손님일 것 같더니만, 예감이 들어맞았어."

"잘 계셨어요?"

"그럼, 그럼. 나야 잘 지내지. 루미는 어떠니?"

"이제 조금 한가해졌어요. 학년말 고사가 끝났거든요."

"그래? 그러면 여기에 한번 놀러 오는 게 어떠니? 다원이 올 때까지는 통 손님이 없는데 루미가 와 준다면 정말 큰 활기가 생길 것 같구나."

자신을 이토록 반겨 주는 사람의 초대는 정말 오랜만이었다. 루미는 고민할 것도 없이 그 자리에서 흔쾌히 "좋아요, 갈게요."라고 답했다.

다음 날, 학교가 끝나는 길에 바로 실버힐로 향하는 버스를 탔다. 차창 너머로 보이는 실버힐의 전경은 계절의 속성을 노골적으로 보여 주고 있었다. 노인들이 압도적으로 많은 주민 구성 때문인지 잎을 잃은 나무가 하늘로 앙상한 가지를 뻗고 있는 모습이 다른 곳보다 더 쓸쓸해 보였다.

바람이 쌀쌀한데 러너 할아버지는 울타리 앞까지 마중 나와 있었다. 루미는 할아버지의 따뜻한 환대에 감사를 표한 뒤 함께 정원으로 들어섰다. 그런데 지나치면서 보니 우편함이 아무 장식도 하지 않은 예전 그대로였다.

루미는 돌아서서 할아버지에게 물었다.

"그때 저희가 간 다음에 조각을 완성하지 않으셨어요?"

할아버지는 "그게 말이다……."라며 머뭇거리는 기색을 보이더니 말했다.

"비둘기가 날아가 버렸단다."

루미는 그것이 자신보다 한참 어린 아이에게 일을 끝내지 못한 것을 들킨 어른이 겸연쩍어서 한 농담이란 것을 알아채고 그에 맞게 응대했다.

"하긴, 여기 겨울은 너무 추우니까요."

현관문을 열자 기분이 좋아지는 향긋한 냄새가 풍겼다. 루미는 할아버지에게 외투를 맡긴 뒤 소파에 앉았다. 곧 애나 아주머니가 향긋한 냄새의 진원지였던 차를 테이블에 놓으면서 "루미 양은 지난번보다 더 예뻐졌네요."라고 인사했다. 훌륭한 집과 친절한 사람들, 따뜻한 말. 루미는 집이 아닌 곳에서 자신이 그렇게나 원하던 인정과 위로를 받는 기분이 들어 무심코 말했다.

"다윈이 부러워요."

코트를 옷걸이에 걸고 온 할아버지가 맞은편 소파에 앉

으며 물었다.

"부럽다니, 무슨 말이니?"

"다원은 항상 이렇게 자신을 아껴 주는 사람들에게 둘러싸여 있잖아요."

"어쩐지 루미는 그렇지 않다는 말로 들리는구나."

루미는 대답 없이 쓴웃음만 지은 뒤 자신의 원래 목적으로 이야기를 돌렸다.

"그래서 다원은 저 같은 애 한 명쯤하고는 연락을 끊어도 아무렇지 않은 걸까요?"

할아버지가 미간에 걱정스러운 주름을 만들며 물었다.

"다원이 연락을 끊었다니 그럴 리가. 다퉜니?"

"다툰 건 아니고요, 지난달 다원이 휴가 나왔을 때 만나기로 했는데 제가 약속을 못 지켰어요. 아빠가 시험 기간이라고 전화도 못 하게 하고 외출 금지까지 시켰거든요. 그랬더니 지금까지 쭉 연락이 없어요. 다원이 먼저 연락을 하지 않으면 제가 연락할 수 있는 방법이 없잖아요. 다음 휴가 때까지 이렇게 무작정 기다리는 수밖에는."

할아버지는 혼잣말로 "지난달이라면……." 하고 중얼거리더니 "뭐가 문젠지 알 것 같구나."라며 문제를 해결한 것 같은 표정으로 말했다.

"다원이 루미 너에게 연락을 하지 않은 게 그런 이유 때문은 아닐 거다. 실은 네가 말한 그 한 달 전 일요일에 다원이 아버지도 없이 아침 일찍 혼자서 여기에 왔단다. 열이 나고 꽤 아팠지. 보아하니 제 아버지와 무슨 일이 있는 것 같더구나. 월요일에 프라임스쿨로 돌아갈 때까지도 썩 개운한 얼굴이 아니었지. 그런 일에 시험까지 겹쳤는데 너에게 기분좋게 연락할 마음의 여유가 있었겠니? 루미 네가 이해해 주렴."

루미는 놀라 물었다.

"무슨 일요?"

"뭐, 말로는 아무 일도 없다고 하는데, 그런 건 느낌으로알 수 있지. 말보다 피가 먼저 반응하니까."

"상상이 안 가요. 다원과 니스 아저씨 사이에 문제가 생기다니. 두 사람처럼 사이가 좋은 부자지간은 본 적이 없는데."

"나도 여전히 궁금하기는 마찬가지란다. 니스는 아침까지 못 일어날 정도로 술에 취해 있지를 않나, 다원은 아픈 와중에 느닷없이 제이에 대해 물어보지를 않나 이상한 게 한둘이 아니었지만, 다원은 모르는 나와 니스만의 일이 있듯니스와 다원에게도 내가 모르는 둘만의 일이 있을 테니까일단은 그대로 묻고 지나갔단다. 슬프긴 해도 조부는 한 다리 건너에 있는 거 아니겠니."

생각지도 않은 부분에서 거론되는 제이 삼촌의 이름에루미는 몸을 앞으로 바짝 끌어당겨 앉았다. 다원과의 일을해결할 때까지 한쪽으로 밀어 두려 했던 제이 삼촌이 도리어 다원의 근황을 통해 등장하고 있다는 게 아이러니했다.

"다윈이 제이 삼촌에 대해 물었어요? 뭐라고요?"

"별건 아니고 제이가 어떤 아이였는지 묻더구나. 니스 어렸을 때 얘기를 나누던 중이었는데 아버지의 유년 시절에 큰 영향을 끼친 사람이니 궁금하다면서 말이야."

"그래서 뭐라고 말씀하셨어요?"

"뭐, 말하고 말 것도 없었단다. 내가 제이를 직접 만나 본 건 딱 한 번뿐이었으니까."

루미는 러너 할아버지가 제이 삼촌을 만난 적이 있다는 사실에 깜짝 놀랐다. 여태껏 할아버지와 제이 삼촌을 직접적으로 연결해 본 적은 한 번도 없었다. 그러나 생각해 보니 삼촌과 가장 친한 친구였던 니스 아저씨의 부친인 할아버지가 제이 삼촌을 만난 것은 당연한 일이었고 오히려 한 번밖에 만난 적이 없다는 것이 더 놀라운 일인지도 몰랐다. 루미는 삼촌을 만나 본 사람과 마주 앉아 있다는 사실에 즐거운 호기심이 일어 할아버지에게 물었다.

"하지만 어쩔 땐 오랜 만남보다 순간의 만남이 그 사람의 더 진실된 면을 보여 주기도 하잖아요. 할아버지가 보신 제이 삼촌은 어떤 사람이었는지 궁금해요."

"그게 정말 말하고 말 게 없단다. 잠깐 인사만 나눈 정도였으니까. 내 목걸이를 보고 나와 어울리지 않는다는 말을 했다는 것만 기억에 남아서 다윈에게도 그대로 이야기해 줬지."

"목걸이요? 무슨 목걸이였는데요?"

할아버지가 웃으며 말했다.

"다윈과 똑같은 질문을 하는구나. 그런 게 있단다. 젊어서 하고 다녔던 금목걸이였는데, 제이 녀석이 보기엔 별로였던 모양이야."

그러나 루미는 아무 일도 아니라는 듯 웃어 넘기는 할아버지와 달리 그냥 지나칠 수 없었다.

"제 생각엔 삼촌이 아무 의미 없이 그런 얘기를 하지는 않았을 것 같아요. 할머니는 삼촌의 눈빛이 맹수처럼 모든 걸 꿰뚫어 보는 능력이 있다고 하셨거든요. 그래서 별명도 아기 호랑이였다고요. 분명 무슨 의미가 있어서 한 말일 거예요."

그제야 할아버지도 호기심이 동한 얼굴로 물었다.

"오호, 그러면 루미 생각엔 그 말 속에 어떤 뜻이 담겨 있을 것 같니? 나도 그 의미를 알 수 있으면 좋겠구나. 30년 만에 오해도 풀고, 다윈에게 진짜 이유도 말해 줄 겸."

루미는 곰곰이 생각에 잠겼다. 이런 순간이야말로 '아기 호랑이'라는 별명을 이어받은 후계자답게 제이 헌터가 되어 제이 삼촌의 머리로 생각하고, 제이 삼촌의 감각으로 느껴야 할 때였다. 그렇게 삼촌의 이미지에 오래 집중하고 있자 잠시 뒤 누군가 자신이 해야 할 말을 귓속에 속삭여 주는 기분이 들었다. 루미는 그 말을 전달하듯 천천히 입을 뗐다.

"단순히 외형적인 모습을 보고 그런 얘기를 한 게 아니라…… 뭐랄까, 좀 더 본질적인 문제였을 것 같아요. 그러니까 예를 들면, 삼촌은 할아버지를 만나기 전 니스 아저씨의 얘기를 통해 할아버지에 대해 나름대로의 이미지를 만들었을 거잖아요. 인자하다든가, 무섭다든가, 어떤 직업을 가졌다 같은, 친구 아버지에 대해 일반적으로 해 보는 생각요. 그런데 실제로 만나 보니 삼촌이 생각했던 것과 할아버지의 실제 모습에서 어긋난 부분이 컸던 거죠. 목걸이는 그걸 상징하는 거고요."

"루미 얘기를 들으니 더 궁금해지는구나. 내 어떤 점이 제이 녀석의 기대에 그렇게 어긋났던 건지."

"아, 제 말을 오해하진 마세요. 전 기대가 아니라 이미지라는 말씀을 드린 거였어요. 가령 니스 아저씨가 평소에 할아버지를 아주 수수한 학자 타입의 아버지로 묘사했다면 화려한 금목걸이를 하고 있는 모습이 삼촌에게는 이질적으로 보였을 수도 있잖아요. 좋다 싫다 같은 가치 판단을 떠나서요."

할아버지가 천천히 고개를 끄덕거렸다.

"그래, 무슨 말인지 알 것 같다. 납득이 되는 부분도 있고. 니스는 그때나 지금이나 사업가인 아버지를 별로 자랑스러워하지 않으니까. 확실히 1지구에서는 사업가를 낮추어 보는 풍토가 있으니 말이야. 루미 네 말대로 니스가 어린 마음에 친구에게 자기 아버지를 수수한 학자 타입으로 소개했다면 니스도 꽤나 괴로웠던 모양이구나. 하긴, 그 친구의 아버지가 위대한 사진작가 해리 헌터라면 아무리 친한 친구

여도…… 아니, 친한 친구이기에 더 열등감을 느꼈을 수 있지. 잘나가는 사업가의 상징이라고 생각해서 자랑스럽게 하고 다녔던 목걸이가 내 아들에게 그런 부끄러움을 일으켰을 줄이야…….”

러너 할아버지의 얼굴빛이 점점 어두워지고 있었다. 루미는 제이 삼촌을 축으로 펼친 자신의 추측이 의도치 않게 할아버지에게 상처를 준 것 같아 당혹스러웠다.

“어디까지나 제 상상이에요. 삼촌이 진짜로 어떤 생각을 했는지는 아무도 몰라요. 그리고 사실 전 제이 삼촌에 관한 상상력이 지나치다는 충고를 종종 듣기도 하거든요. 이번에도 제 상상이 선을 넘었나 봐요.”

할아버지가 미소를 지으며 손을 내저었다.

“아니, 아니, 전혀 과하지 않았단다. 충분히 설득력 있는 얘기야. 난 오히려 루미 덕분에 니스와 제이의 마음을 이해할 수 있어서 좋았단다. 이제 보니 루미는 사람 심리를 파악하는 데 탁월한 능력이 있구나. 탐정이 되어도 좋겠어.”

“집안에 의문사한 사람이 있으면 저절로 그런 능력을 갖게 되나 봐요. 이상하게도 저희 집안에는 저 한 명에게만 그 능력이 전해졌지만요.”

“의문사라니? 루미 너희 집안에 의문사한 사람이 있니?”

“제이 삼촌 말이에요.”

“의문사라니. 루미야, 아무래도 네가 뭘 오해하고 있는가 보구나."

할아버지는 노인이 아이에게 잘못 알고 있는 점을 일러 줄 때의 인자한 미소를 지으며 말했다.

"제이는 의문사한 게 아니라 살해당한 거란다. 9지구 강도 소행이었지. 제이 말고도 여러 사람이 당해서 당시 신문에는 9지구 사람들의 강도 짓이 심해지고 있으니 문단속을 잘하라는 기사가 지속적으로 실리기까지 했단다. 그 무렵엔 내가 잠시 사업을 쉬고 국내에 들어와 있을 때라서 정확히 기억하지."

루미는 제이 삼촌 일에 관한 한 자신이 일흔 살 중반의 노인보다도 훨씬 노련할 것이라는 자신감을 그대로 목소리에 담아 말했다.

"알고 있어요. 불행히도 그런 분위기에 합류되는 바람에 삼촌의 죽음이 많은 강도 사건 중 하나로 치부돼 버렸다는 것까지도요."

"그 말은 뭐니……. 그렇다면 루미 너는 제이가 강도에게 살해당한 게 아니라고 생각한다는 거니?"

루미는 고개를 끄덕였다. 할아버지가 놀란 얼굴로 "아니라면?" 하고 이어 물었다. 비밀 상자에 담아 놓은 제이 삼촌 이야기를 이렇게 갑작스럽게 꺼내게 될 줄은 몰랐지만, 그 비밀 상자를 들여다보고 싶어 하는 사람이 자신이 존경하는 니스 아저씨의 아버지이고 다원의 할아버지라면 기꺼이 보여 줄 수 있었다.

"전 당시 제이 삼촌의 주변에 있던 사람들 중에 범인이 있다고 생각해요. 지금은 정부 고위직에 있고요."

할아버지가 충격받은 얼굴로 물었다.

"믿을 수가 없구나. 근거가 있는 얘기니?"

"당시의 범행에 대해선 아마 할아버지가 저보다 잘 아실 거예요. 1지구의 다른 집에서 일어난 강도 사건에는 모두 절도 행위가 있었지만, 삼촌 방에선 없어진 게 아무것도 없었어요. 심지어 책상 위에 있던 지갑까지 그대로였죠."

"그래, 알고 있단다. 경찰에서는 제이가 최종 목표가 아니었기 때문이라고 발표했던 것 같구나. 강도는 헌터 씨 침실에 침입할 생각으로 제이의 방을 거쳐 간 것인데, 제이가 잠에서 깨는 바람에 제이를 죽였고, 당황한 나머지 그대로 도망친 것이라고."

"경찰은 1지구 사람들은 절대 사람을 죽이지 않는다는 맹신 속에서 모든 정황을 끼워 맞춘 거예요. 1지구 사람이 살인자라는 뼈아픈 진실을 밝히는 것보다 이미 죄로 얼룩진 9지구 사람에게 한 가지 죄를 더 덮어씌우는 게 사회 안정에 훨씬 도움이 되니까요. 간단하죠?"

이번에는 할아버지가 아무 대꾸가 없어서 루미는 이어서 얘기했다.

"그런데 알고 보면 아무것도 없어지지 않은 게 아니었어요. 삼촌에게는 할아버지에게 물려받은 사진들로 만든 앨범이 하나 있는데, 그 앨범 속 사진 한 장이 비어 있었거든

요. 그 사진이 유일하게 삼촌 방에서 없어진 물건이자 삼촌
을 죽인 범인이 가져간 거였어요."

그때 애나 아주머니가 와서 "식사 준비가 다 됐는데요."
라고 알렸다. 루미는 되도록이면 지금의 긴장된 분위기를
해치지 않는 상태에서 이야기를 이어 가고 싶어 할아버지
를 물끄러미 바라보았다. 다행히 할아버지도 같은 생각인
지 "괜찮으면 식사는 조금 이따 할까?"라고 물어 왔다. 루
미는 기쁘게 고개를 끄덕였다.

아주머니가 자리를 비키고 나자 할아버지가 머리를 갸웃
대며 끊겼던 이야기를 이어 나갔다.

"그런데 잘 모르겠구나. 사진이라니. 앨범에 빈 자리가
있는 건 그렇게 드문 일도 아니잖니? 범인이 아니라 제이가
떼어 낸 것일 수도 있고, 또 애초에 사진이 없을 수도 있는
거고……."

정보가 부족해 평이한 수준의 추론밖에 도달하지 못하는
할아버지를 위해 루미는 자신이 알고 있는 정보를 나눠 주
었다.

"범죄 사건을 수사할 땐 눈에 보이는 것만이 아니라 인간
의 행태, 심리까지 모두 고려해서 봐야 하는 거잖아요. 프라
임스쿨 시험에 합격한 것에서 알 수 있듯이 삼촌은 완벽주
의자였어요. 평소 생활도 마찬가지였죠. 할머니는 삼촌이
뭐든지 깨끗한 것을 좋아했다고 하시고, 아빠는 결벽증이
있었다고 할 정도로요. 그런 사람이 과연 완벽하게 줄이 맞

쳐 있는 앨범에서 거칠게 뜯은 흔적까지 남기면서 사진을 떼어 내거나 애초에 빈 자리를 만들어 두었을까요?"

그러나 할아버지는 여전히 설득되지 않은 얼굴이었다.

루미는 할아버지를 완벽하게 포섭하기 위해 할 수 없이 이번 한 번만 침묵의 카르텔을 깨기로 했다. 영 가문의 일원인 할아버지에게라면 니스 아저씨와 다윈에게 아무런 해가 되지 않을 것이다.

"삼촌의 앨범에서만 그 사진이 사라진 거라면, 그래요, 삼촌을 모르는 다른 사람에게는 제 근거가 약하게 들릴 수도 있을 거예요. 그건 저도 인정해요. 그러면 이건 어떠세요? 똑같은 사진이 국가 기록물을 보관해 놓은 아카이브에서도 삭제되었다면요."

그제야 할아버지가 다시 흥미를 보이며 말했다.

"더 자세하게 듣고 싶구나."

"아카이브에서는 할아버지가 찍은 사진들 중 역사적 가치가 있는 사진들을 저작권 계약을 맺어 보관하고 있었는데, 5년 전쯤 그 자료들을 디지털화했어요. 그 과정에서 일부는 3급 이상 고위 공무원들만 열람할 수 있는 특별 검색으로 지정이 됐고 삼촌의 앨범에서 사라졌을 것으로 추정되는 사진도 그 목록에 포함되었죠. 그런데 제가 조사를 해보니 앨범에서 사라진 것처럼 그 사진이 아카이브에서도 똑같이 삭제돼 있었어요. 그것만이 아니라 앨범에서 바로 옆에 있던 사진까지 한 장 더요. 그게 누군가의 개입 없이 단순히 우연으로 일어날 수 있는 일일까요?"

"이쯤 되니 도대체 그 사라진 사진이란 게 어떤 건지 묻지 않을 수가 없구나. 아카이브에서까지 사라진 사진이라니, 이제 와서 볼 수도 없는 노릇이고."

"네, 그 사진을 보는 건 불가능해요. 하지만 그 사진이 뭐였는지 추측은 할 수 있어요. 왜냐하면 옆에 있는 사진들과 연속적으로 찍힌 사진들 중에 하나였으니까요. 사실은 얼마 전까지만 해도 제가 그 옆에 남은 사진들을 따로 떼어서 보관해 놨는데……."

루미는 그제야 아빠가 사진을 가져간 일에 무기력하게 대처한 것이 후회됐다.

"아, 할아버지랑 이런 얘기를 하게 될 줄 알았으면 사진들을 더 깊숙이 숨겨 놨을 거예요. 그랬다면 할아버지에게 보여 드릴 수도 있었을 텐데. 제 가방을 뒤지긴 했지만 그래도 설마 아빠가 책상까지 뒤져서 사진을 가져가 버리리라고는 생각도 못 했거든요."

"그동안 많은 일이 있었던 모양이구나. 아빠가 책상을 뒤져 사진을 가져갔다니, 왜 사진을 가져간단 말이니?"

"아빠는 제가 쓸데없는 혼란을 일으킨다고 제이 삼촌의 죽음에 대해 밝히는 걸 싫어하거든요. 아빠뿐만이 아니에요. 학교에서는 범인으로 추정되는 사람들에 관해 모은 자료를 일방적으로 폐기했어요. 다들 지금의 평온함을 지키기 위해 진실이 자살하길 바라는 것 같아요."

"겁쟁이들이라서 그렇단다. 겁쟁이들은 자신이 모르는 것에 대해 듣는 것조차 겁을 내지."

루미는 처음으로 자신과 같은 부류의 사람을 만난 것 같아 기뻤다.

"맞아요. 그런 의미에서 할아버지가 제가 만난 사람들 중에 진실을 알길 가장 두려워하지 않는 분이세요."

"두려워할 이유가 없지. 자, 그러면 나머지 진실에 대해서도 두려움 없이 들어 보자꾸나. 루미 네가 가지고 있던 사진들이 무엇을 찍은 사진이었니? 해리 헌터 씨의 사진들 중에서도 아카이브, 그것도 3급 이상 공무원들만 볼 수 있는 특별 목록에 저장될 정도라면 예사 사진은 아니었을 텐데."

"네, 일반적인 사진은 아니에요. 12월의 폭동 때 모습을 찍은 사진이니까."

할아버지가 "12월의 폭동?"이라고 되물었다. 루미는 "네."라고 대답하며 할아버지의 관심과 흥미를 배가시키기 위해 지난여름 사진의 배경인 고아원에도 다녀왔다는 이야기를 하려 했다. 그러나 고아원의 첫 글자가 혀에 닿는 순간 멈칫했다. 아무래도 그날 자신이 먼저 다원에게 당부한 대로 9지구에 다녀왔다는 얘기는 누구에게든 숨기는 것이 좋을 것 같았다. 9지구에 다녀온 이야기는 아무리 지난 일이라고 해도 어른들에겐 지나친 걱정을 불러일으킬 테니. 만약 그 사실이 할아버지를 거쳐 니스 아저씨의 귀에 들어갔다가 혹시라도 다원이 자신도 함께 갔다고 털어놓으면 지난번에 아저씨에게 용서받은 게 모두 물거품이 될지도 모른다. 아저씨가 아무리 너그러워도 다윈을 위험한 하위 지구, 그것도 9지구로 이끈 것만은 쉽게 용서해 주지 않을 것이다.

루미는 나중에 아빠에게 사진을 되돌려 받아 할아버지한 테 보여 줄 것을 대비해, 직접 가 보지 않았다면 어디인지 알 수 없는 고아원이라는 단어 대신 재빨리 다른 적당한 말로 바꾸어 대답했다.

"후디들이 근거지에 함께 모여 있는 사진들 중에 하나 였어요."

그러고는 그 시대에 역시 10대였을 할아버지의 공감을 얻고자 물었다.

"할아버지, 할아버지는 12월의 폭동 때 몇 살이셨어요?"

"열다섯……? 열여섯……? 아니, 열넷쯤이었나."

할아버지는 식은 찻잔을 입으로 가져가면서 기억을 더듬 었다.

"그 사진 속에 있던 애들도 모두 그 정도 나이로 보이는 애들이었어요. 책으로 읽었을 때와 달리 그 애들의 얼굴을 보니까 너무 이상한 느낌이 들었어요. 할아버지도 그 사진 을 보셨다면 믿을 수 없으셨을 거예요. 어떻게 그런 어린 애 들이 나라를 뒤흔드는 폭동에 참여할 수 있었던 건지 하고 요."

할아버지가 찻잔을 내려놓으며 말했다.

"멍청해서 그랬겠지."

"할아버지는 12월의 폭동을 그렇게 평가하세요?"

"평가라고 하고 말 게 있니. 앞뒤 분간도 할 줄 모르는 애들이 사악한 사람들의 꼬임에 넘어가서 꼭두각시 노릇을 한 것, 그뿐인데."

"하지만 그렇게 폄훼할 수만은 없지 않나요? 왜냐하면 그 애들은 실제로 9지구에서 출발해 중위 지구까지 진격할 정도의 전투 능력이 있었으니까요. 만약 폭동이 성공했다면 어땠을까요? 그 애들이 새로운 세계를 만들어서 지금 이곳에 살고 있을 거예요. 그 힘을 무조건 평가절하하는 건 오히려 1지구 사람들이 그들을 두려워하고 있기 때문이란 생각은 안 드세요? 상위 지구에선 절대 그런 식의 변혁은 일으키지 못할 테니까요."

그때 할아버지가 갑자기 낮은 목소리로 "루미야."라고 부르며 말을 중단시켰다. 방금 전과는 확연히 달라진 할아버지의 목소리가 의아해 루미는 남은 말을 중단하고 할아버지를 바라보았다.

"너는 지금 네가 누리고 있는 것들이 얼마나 소중한 것인지 모르는 것 같구나. 아무렇지 않게 폭동이 성공했을 때의 일들을 떠올리고 그것을 새로운 세계라고 부르는 걸 보니……. 단언컨대 그 멍청한 꼭두각시들이 새로운 세계를 창조해 냈을 가능성은 없어. 역사에는 만약이 없다는 말이 있지? 단지 상상으로라도 그 폭도들이 지배하는 만약의 세계를 추정하는 건 폭동으로 희생당한 많은 사람들에 대한 모욕이란다."

지금까지 유연하게 의견을 주고받았던 할아버지가 갑자기 타협 같은 건 절대 염두에 두지 않는 그 시대의 정부군처럼 말하는 것에 루미는 약간 반발심이 일었다. 할아버지 나이대의 상위 지구 사람들이 12월의 폭동에 깊은 적대감을 가지고 있다는 건 알지만, 진보적인 생각을 조금도 허용하지 않는 모든 종류의 완고함에는 거부감이 느껴졌다.

"제가 이렇게 말할 수 있는 게 그 시대에서 많이 떨어져 있기 때문이라는 건 알아요. 하지만 원래 역사는 후대에 의해 평가되는 거잖아요. 불에서 막 꺼낸 뜨거운 감자를 바로 손에 올려놓고 살펴볼 순 없으니까요. 껍질을 까서 본질을 제대로 파악하기 위해선 감자가 식을 때까지 기다려야죠."

할아버지가 바로 반박했다.

"그래, 루미 네 말대로 식은 감자를 전해 받은 사람이 감자를 더 잘 살펴볼 순 있겠지. 그러나 그 감자가 얼마나 뜨거웠는지는 절대 알 수 없을 거야. 살가죽이 벗겨지는 화상을 입고 아파하는 사람을 보고는 뭐가 그리 뜨거웠냐 싶겠지."

"할아버지는 꼭 그 뜨거운 감자를 직접 만져 본 사람처럼 얘기하시네요. 하지만 엄밀히 말하면 할아버지도 식은 감자를 전해 받은 사람 아니신가요? 폭도들은 3지구에 몰려오기 전에 모두 진압됐으니까요. 정부나 군대, 저희 할아버지 같은 저널리스트를 제외하면, 당시 1지구 주민들은 폭동이 일어났는지도 모를 정도로 평온한 생활을 했다고 들었어요. 할아버지도 시간이 많이 흘러 사건이 다 진정된 뒤에 그런 일이 있었다고 알게 되신 거잖아요, 그렇죠?"

할아버지는 그제야 인정할 수밖에 없다는 태도로 "그래…… 그랬지."라고 고개를 끄덕였지만, 그것이 자신의 주장을 후퇴시킬 수는 없다는 듯 덧붙였다.

"그래서 더 두려웠을 수도 있지. 한번 생각해 보렴. 바로 저 너머에서 이 세계를 무너뜨리려는 약탈범들이 몰려오고 있는데 아무것도 모르고 일상생활을 하고 있었다는 걸 나중에 알고 얼마나 두려웠을지."

"할아버지처럼 겁이 없는 분도 두려우셨나요?"

"……두려웠지."

"어떤 점이요?"

할아버지는 팔짱을 낀 채 아무 대답도 없었다.

루미는 재차 물었다.

"어떤 점이 가장 두려우셨는데요?"

두렵지 않았다. 두려워할 게 뭐가 있나? 애초에 난 아무것도 가진 게 없는 빈털터리 고아였는데. 부모가 없고 집이 없듯, 나는 그 흔한 두려움조차 갖고 태어나지 못했다. 오늘 밤 길가에서 그대로 얼어 죽는대도 겁날 게 없었다. 목숨 걸

일이 없다는 게 오히려 시시하게 여겨졌다. 아무도 나 같은 고아의 목숨은 원하지 않았으니까.

"목숨 걸 만한 가치가 있는 일이란다. 잘못 만들어진 세상을 바꾸는 일이지. 다들 우리랑 같이 가자."

어디에서 온 건지 모르는 정체불명의 남자들이 어느 날 우리를 모아 놓고 그렇게 얘기했을 때, 나는 주저하지 않고 가장 먼저 그들의 손을 잡았다. 그들이 한 번도 먹어 본 적 없는 부드러운 빵과 우유를 주었기 때문만은 아니었다. 별 볼일 없는 내 목숨도 어딘가에 쓰일 데가 있다는 게 신기하고 감격스러웠다.

그런데 지독하게 멍청했던 당시의 내가 과연 '가치'라는 어렵고 고귀한 말을 이해하기는 했을까?

고아원은 곧 우리의 본부가 되었다. 모든 후원금을 착복해 우리를 종처럼 부려 먹던 원장은 진즉에 고아원을 버리고 도망갔다. 남자들은 우리를 군대처럼 조직해 지위와 무기를 주었다. 나는 가장 열성적으로 충성을 맹세했고, 그들은 나를 우리 부대의 대장으로 임명했다. 태어나 처음으로 영리하다는 칭찬도 받았다. 칭찬을 받은 날엔 빵을 실컷 먹었을 때보다도 훨씬 더 배가 불렀다.

우리는 삽시간에 9지구를 점령했다. 굳이 머리에 총을 들이밀 필요도 없었다. 우리의 외침을 들은 사람들이 저절로 몰려들었다. 세상을 바꾸자! 어떻게 바꾸겠다는 건지는 모르지만, 지금처럼 한겨울에 맨바닥에서 자는 생활만 아니라면 좋을 것 같았다.

어느 때보다도 추운 혹독한 겨울이었다. 후드 한 장을 걸친 채로 강풍에 맞서 달려가는 건 인간의 능력을 뛰어넘는 일이었다. 여기저기서 얼어 죽는 사람이 속출했다. 본부에서는 자금 사정이 좋아지면 우리에게 따뜻한 군복을 지급해 주겠다고 약속했다. 우리는 그들의 지도에 힘입어 쉬지 않고 진격했다. 나는 아홉 살 남짓한 어린아이들한테도 직접 나무를 깎아 만든 작살을 손에 쥐어 주며 "너희도 너희 몫을 해내야 해. 군인이니까."라고 격려했다.

우리의 세력은 점차 8지구, 7지구까지 퍼져 나갔다. 모두 우리의 주장에 동조했다. 나는 판자를 엎어 만든 연단 위로 뛰어 올라가서 외쳤다.

"이렇게나 많은 사람이 세상이 바뀌기를 원하고 있는데, 아무것도 바꾸고 싶어 하지 않는 인간은 대체 어떤 놈들이야!"

나처럼 멍청한 아이들이 우레와 같은 박수를 보냈다. 나는 황홀한 기분에 취해서 날마다 뭐라도 아는 척 더 크게 외쳐 댔다.

6지구에 입성하는 순간부터 정부군과 교전이 벌어졌다. 장갑차로 바리케이드를 만든 그들에게 맞설 수 있는 방법은 두 다리를 바퀴 삼아 똑같이 장갑차가 되어 달려가는 것뿐이었다. 우리는 얼마 안 되는 총과 얼기설기 만든 작살을 가지고 주저 없이 그들의 대포로 뛰어들었다. 대포 한 대를 무력화하기 위해서라면 기꺼이 목숨을 바칠 각오가 되어 있었다. 치열한 격전 끝에 우리를 얕본 정부군은 꽁무니를 내빼며 도망갔고, 우리는 환호성을 지르며 6지구에 깃발을 꽂은 뒤 5지구, 4지구로 올라갔다.

승리가 거듭될수록 본부에서는 나를 좋아하고 믿어 줬다. 그들은 내가 이미 어른이며 대장의 칭호를 받기에 부족함이 없다고 칭찬해 주었다. 나는 그들의 기대에 부응하기 위해 가장 격식을 차려 거수경례를 했다. 며칠 뒤, 진격을 끝내고 쉬고 있던 밤중에 우리 부대에 자원하고 싶다는 아이들이 수십 명 찾아왔다. 나는 반갑게 그들을 맞이했다. 또 칭찬받을 일이 생긴 것이다. 나는 이 사실을 보고하려고 서둘러 간부들이 지내는 막사를 찾아갔다.

문을 열려고 하는 찰나, 안에서 말소리가 들려 왔다.

"1지구까지 진격하고 난 다음에 저 후디들을 어떻게 할 셈이십니까?"

"제거해야지."

"달리 이용할 방법이 있지 않을까요?"

"이용은 무슨. 두고 보라고, 새로운 세상에 저 멍청한 애들이 분명 걸림돌이 될 테니까. 지금 가진 권력만으로도 저렇게 뭐라도 된 것처럼 의기양양하게 구는 걸 보면 우스워 죽을 지경이야. 하루살이보다 못한 총알받이 신세라는 것도 모르고. 지금은 실컷 날뛰게 놔둔 다음에 최후 입성을 하고 나면 대충 아무 죄목이나 씌워서 제거하면 돼. 굳이 죄목

같은 건 만들지 않아도 될 테지만, 그래도 1지구의 새로운 주인이 되었으면 그에 상응하는 합리적인 모습도 보여 줘야지. '본부의 통제권에서 벗어나 불필요하게 무력을 행사한 죄', 어때? 이 정도면 괜찮지 않겠어? 백 명씩 줄을 세운 다음에 한꺼번에 갈겨 버리면 보기도 좋고 오래 걸리지도 않을 거야. 9지구 바퀴벌레들이 1지구 땅에서 죽는 것보다 더 큰 영광도 없지."

"과연 전략가세요."

나는 막사 뒤에 숨어 내내 구토를 했다. 눈물이 얼어붙어 눈을 뜰 수가 없었다.

그래…… 그때 처음으로 두려웠던 것 같다. 인간이 두려웠다.

토할 것을 다 토하고 나자 머릿속을 떠돌던 앙금들도 깨끗하게 가라앉았다. 나는 이가 갈리는 추위 속에서 손에 잡히는 후드 끈을 만지작거리며 여러 가지 계획을 구상했다. 그들이 가르쳐 준 대로 발생 가능한 여러 경우를 철저히 따졌다.

구상을 끝낸 뒤 참모가 부대를 살피러 나간 틈을 타 막사 안으로 들어갔다. 백 명씩 줄을 세운 다음 나를 갈겨 버릴 거라고 말했던 대대장이 혼자 책상 앞에 앉아 전술 지도와 문서들을 살펴보고 있었다.

그는 아무 의심 없이 나를 반겨 주었다.

"우리의 충성스런 대장이 이 밤중에 웬일이지?"

"긴히 보고할 게 있어서 왔습니다."

"무슨 보고?"

"대원들 중에 스파이가 있는 것 같습니다."

그는 놀라서 나에게 가까이 오라는 표시로 손을 까닥거렸다. 나는 그의 곁으로 천천히 걸어갔다. 걸음과 함께 후드 끈이 흔들리는 게 느껴졌다.

"스파이라니? 대체 어떤 놈이야?"

그 순간 나는 등 뒤로 간 후드 끈을 한쪽으로 길게 빼 그의 목을 졸랐다. 꽉 막힌 하수구로 힘겹게 물이 지나가는 것 같은 소리가 들리더니 곧 숨이 끊어졌다. 나는 책상 위에 있는 자료들을 둘둘 말아 바지 허리춤에 꽂은 뒤 옷으로 가리고 밖으로 나왔다. 내 몸집보다 훨씬 큰 후드 덕분에 아무 의심도 사지 않고 자연스럽게 행동할 수 있었다.

낮엔 숨고 밤에는 미친 듯이 달려 3지구, 2지구까지 올라갔다. 상위 지구는 다른 세상처럼 평온했다. 목적지는 2지구에 있는 어느 사업가의 집으로, 우리가 침입해 자금을 확보하려던 집들 중 한 곳이었다. 나는 왜 그 많은 후보군 중 그 집을 골랐을까? 운명이었을까, 아니면 그저 그들의 성인 'Young'이 내가 읽을 줄 아는 몇 안 되는 단어들 중 하나였기 때문일까. 나는 어쩐지 그 단어가 마음에 들었다.

문을 두드렸다. 만약 사업가가 나를 죽인다면 죽고, 살려준다면 살 생각이었다. 어느 쪽이건 백 명씩 줄을 서서 총에 맞아 죽는 것보다는 나았다. 곧 문이 열렸다. 사업가는 없고 부인만 있었다. 나는 부인 앞에 무릎을 꿇고 숨김없이 내 정체를 털어놓으며 지금 하위 지구와 중위 지구에서 일어나고 있는 일들에 관해 얘기했다. 겁을 먹고 나를 그냥 내쫓으면 어떡할까 걱정했는데 부인은 침착하게 내 이야기를 들어 주었다.

그리고 내 이야기가 끝났을 때 나를 안아 주며 이렇게 말했다.

"가엾어라……. 아직 이렇게나 어린데."

그 한마디로 나는 구원받았다.

그때껏 폭도들의 게릴라식 전투에 무기력하게 당했던 정부군은 이후 그들의 이동 경로를 정확하게 찾아 폭동 지도자들을 사살하고 남은 추종 세력을 진압했다. 지휘 체계가 무너지니 후디들은 순식간에 오합지졸이 돼 속수무책으로 와해됐다. 모든 작전이 내가 사업가에게 전해 준 지도와 전술 문서를 바탕으로 이루어졌다. 시간이 흘러 모든 소요가 진정된 뒤 내가 '전쟁'이라고 믿으며 목숨을 바치려 했던 싸움은 '폭동'이라는 역사적 평가를 받아 상위 지구 언론을 통해 보도됐다. 상위 지구 사람들은 평화와 정의를 되찾은 것에 환호했다. 사업가 부부는 나를 안아 주며 모두 내 덕이라고 했다.

사업가 부부에게는 자식이 없었다. 그들은 내 신분을 '최근에 부모를 잃고 혼자가 된 먼 친척'이라고 속여 나를 양자로 맞아들였다. 어머니는 내가 달리기를 잘한다며 러너라는 이름도 새로 지어 주고, 생일이 뭔지도 몰랐던 나에게 내가 찾아온 날을 생일로 정해 주었다. 얼마 뒤, 우리 영 가문은 폭도들을 진압하는 데 결정적인 정보를 제공한 공으로 1지구로 옮겨 가게 되었다. 부모님은 나에게 행운을 몰고 온 아이라고 했다. 그렇게 9지구의 바퀴벌레였던 나는 열여섯 살에 러너 영, 인간으로 다시 태어났다.

"네? 할아버지."

무슨 얘기를 하고 있었지……? 아, 두려웠냐고.

그러고 보니 그때 또다시 두려웠던 것 같다. 그 사악한 사람들에게 끝까지 이용만 당하다가 이렇게 맛있는 음식 한번 못 먹어 보고, 따뜻한 침대에서 잠 한번 못 자 보고, 이 세상에 부모님처럼 훌륭한 사람들도 있다는 걸 모르고 길거리에서 그대로 죽었으면 어쩔 뻔했을까 하고.

그 뒤로 나는 가치라는 단어의 뜻을 막연히 이해만 하는 게 아니라 두 눈으로 직접 목격할 수 있었다. 1지구에서 새로 얻은 모든 것들이 목숨을 걸 만한 가치가 있는 일이었다. 존경하는 부모님, 사랑하는 아내, 목숨 같은 아들과 손자, 좋은 집, 사람들의 인정. 그러나 이렇게 행복한 삶도 이따금 불안에 휩싸일 때가 있다. 잊고 있던 나의 까마득한 과거가 불쑥 찾아와 내 뿌리를 흔들어 댈 때면…….

아니…… 아니, 그것은 더 이상 내 과거가 아니다. 내가 아니다. 결혼 전 아내에게 모든 사실을 털어놓았을 때 아내가 그러지 않았던가. 자기가 결혼하려는 사람은 9지구의 이름 모르는 고아가 아닌 1지구 남자 러너 영이니, 두 번 다시 그 누구에게도 내가 아닌 나에 대해 고백할 필요가 없다고. 훌륭한 남편과 훌륭한 아버지가 되어 자기와 함께 '새로운 과거'를 만들자고.

세상에서 가장 아름답고 강인한 여자를 만난 덕분에 나는 새로운 과거뿐만 아니라 미래까지 얻었다. 그러니 이 정도 가벼운 침울함쯤은 당연히 치러야 하는 거겠지. 소중한 것이 너무 많은 삶을 누리고 있는 것에 대한 대가이니까. 두려워할 필요 없다. 울적해질 이유도 없다. 무성하게 자란 나무가 드리우는 잠깐의 그늘일 뿐이다.

루미는 대답을 기다리며 러너 할아버지를 유심히 바라보았다. 감다시피 잠긴 할아버지의 눈꺼풀이 마치 잠을 자다 격렬한 꿈을 꿀 때처럼 움찔대고 있었다. 옛 추억에 너무 깊이 빠져든 나머지 그 시절에서 쉽게 헤어 나오지 못하는 모양이었다.

루미는 할아버지를 꿈속에서 빠져나오게 하려고 말을 걸었다.

"두려웠던 게 너무 많아서 대답을 못 하시는 거예요, 아니면 아무리 생각해도 두려웠던 게 떠오르지 않으시는 거예요?"

할아버지가 한참 만에 눈을 뜨고서는 "잘 모르겠구나. 하도 오래전 일이라 기억들이 뒤죽박죽돼서……."라며 입을 열었다.

"그런데 루미야, 이것 한 가지는 분명하게 말할 수 있단다. 인생에서 두려운 게 많다는 것이 결코 비겁하거나 나약한 것을 뜻하진 않는다는 것을. 이 세상에 태어나 땅 위에 아무것도 짓지 않은 사람은 무서울 것 역시 아무것도 없겠지. 그런 치들은 자신의 태만함을 용기로 착각하며 인생을 낭비하게 될 거야. 그러나 매일 성실하게 건축물을 차곡차곡 쌓아 올린 사람은 필연적으로 두려워해야 할 것도 많이 생기게 되는 법이란다. 행여 아이들이 그 속에서 놀다가 다치지는 않을지, 이웃들이 내 건축물 때문에 피해를 입지는 않을지, 갑자기 폭풍우가 몰려와서 기둥이 무너져 내리는 건 아닐지 끊임없이 염려해야 하니까 말이야."

다소 단정적이긴 하지만 노인으로서의 성찰이 돋보이는 의견에 루미는 미소 지었다.

"그럼 할아버지는 가장 많은 두려움을 가진 분이시겠네요. 땅 위에 이루신 게 많으니까."

"나야 이제 후손들을 위해 땅을 비워 줄 때지. 지금은 나보다도 아들과 손자가 뭘 쌓아 올릴지를 지켜보는 게 낙이란다. 물론 루미 너도 마찬가지고. 오늘 보니 루미의 건축물은 굉장히 흥미진진한 모양을 띠고 있을 것 같구나."

그때 애나 아주머니가 다시 와서 "더 기다리게 하셨다간 차갑게 식거나 까맣게 탄 스테이크를 드시게 될 거예요."라며 위협이 섞인 농담을 했다. 할아버지가 "그래선 안 되지.

귀한 손님이 오셨는데."라고 말하며 자리에서 일어나 식탁으로 안내했다. 루미는 할아버지를 따라갔다. 따뜻함이 느껴지는 음식 냄새가 현관문을 열었을 때처럼 환영받는 기분이 들게 해 주었다.

그런데 식탁이 있는 곳으로 막 들어서기 전 할아버지가 걸음을 멈추며 물었다.

"이야기가 다른 데로 새는 바람에 가장 중요한 걸 빠뜨렸구나. 루미 네 추측이 모두 사실이라면 도대체 그 범인이 사진을 가져간 이유는 뭐라니?"

루미는 러너 할아버지가 잊지 않고 제이 삼촌의 죽음에 관심을 가져 주는 것이 기뻤다. 그러나 얼른 기대에 부응하는 대답을 할 수가 없었다. 그것은 자신 역시 아직 답을 구하지 못한 질문이었다. 무엇보다도 12월의 폭동 때 찍힌 사진이라는 사실 말고는 사라진 사진의 실체가 무엇인지 확실하지 않다는 게 가장 큰 문제였다. 물론 범위를 좁힐 수는 있었다. 인물 사진을 주로 찍은 할아버지의 작품 성격이나 주변 사진들과의 통일성, 아카이브에서 삭제된 다른 사진과의 연결에 기반해 삼촌 앨범에서 사라진 사진 역시 군중이나 소규모 무리 혹은 특정인 한 명의 근접 사진일 가능성이 컸다. 그러나 그 추측을 범인의 정체와 연계하는 끈이 약했다.

삼촌을 죽인 범인이 9지구나 다른 하위 지구 출신이라면 사진에 찍힌 폭도의 과거 행적을 숨기기 위해서라고 추정해 볼 수 있을 것이다. 로이드 검사가 30년 전에 12월의 폭동에 가담한 반동분자들을 처벌하는 막바지 작업이 이루어졌다고 했으니 동기도 뚜렷했다. 그러나 범인을 1지구의 주민이자 현재는 고위직에 있는 권력자로 추정하는 순간, 그가설은 백지로 돌아간다. 아무리 생각해 봐도 1지구 주민에게, 그것도 그 시절에 태어나지도 않았을 고위 공무원에게 12월의 폭동 때 찍힌 사진을 숨겨야 할 이유가 없었다. 동기를 고수하기 위해선 범인을 포기해야 하고, 범인을 고수하기 위해선 동기를 포기해야 하는 모순에 맞닥뜨리게 되는 것이다. 그러나 그 이중의 벽 속에서도 루미는 두려움에 대한 러너 할아버지의 확고한 논조처럼 한 가지는 확실하게 말할 수 있었다.

"저도 아직 그 이유는 모르지만 이것만은 분명해요. 범인은 삼촌의 목숨보다 그 사진 한 장을 더 중요하게 생각했다는 사실요."

할아버지가 기가 막히다는 얼굴로 머리를 저었다.

"믿기 힘들구나. 이 세상에 사람 목숨보다 사진 한 장을 더 중요하게 생각하는 사람이 있다는 게."

"그렇죠?"

보통 사람들은 그 윤리적 비대칭성을 절대 이해할 수 없을 것이다. 그러나 범인은 실제로 그렇게 생각했고, 그 생각을 행동으로 옮겼다.

루미는 할아버지에게 질문을 돌렸다.

"할아버지는 어떤 절박한 상황에 처해야 사람 목숨보다

사진 한 장이 더 중요할 것 같으세요?"

할아버지는 조금의 머뭇거림도 없이 단번에 대답했다.

"아무리 절박해도 사람을 죽여야 할 만한 상황 같은 건 있을 수 없단다."

"물론 저도 그렇게 생각해요. 그래도 범인이 그런 결정을 내렸다고 가정했을 때, 어떤 이유라면 조금이라도 납득할 수 있을 것 같으세요?"

재차 묻자 할아버지는 심각한 얼굴로 곰곰이 생각하더니 입을 열었다.

"글쎄다, 만에 하나……. 그래, 만에 하나 그 사진 한 장에 가족의 목숨이 달려 있다면 어쩔 수 없이 그런 선택을 할 수 있을 것도 같구나. 물론 그 전에 내 목숨을 먼저 내놓겠지만."

할아버지의 결연한 말투에 루미는 친근했던 할아버지가 갑자기 자신과는 풍습과 사고방식이 전혀 다른 타 종족처럼 느껴졌다.

"대단하세요. 전 아무리 가족이라도 아빠 엄마를 위해 그렇게까지 할 순 없을 것 같은데."

할아버지가 호탕하게 웃으며 말했다.

"전혀 대단할 것 없단다. 이 세상 부모들은 다 나와 같은 선택을 내릴 거니까. 그게 부모와 자식의 차이지."

할아버지는 그러면서 "자, 이제 무거운 이야기는 여기서 다 털어 버리고 가벼운 기분으로 식탁에 앉자꾸나. 식사 시간만은 오직 살아 있는 사람들을 위한 것 아니겠니."
라며 의자에 앉았다.

루미는 '세상 모든 부모들은 아닐 거예요.'라고 말하고
싶은 충동을 속으로 삼킨 채, 할아버지를 따라 아늑한 빛이
감도는 식탁에 자리했다.

〈3권에 계속〉

다윈 영의 악의 기원 2

2017년 12월 15일 1판 1쇄
2021년 10월 30일 1판 3쇄

지은이   박지리
편집   김태희, 장슬기, 나고은, 김아름
디자인   홍경민
제작   박홍기
마케팅   이병규, 양현범, 이장열
홍보   조민희, 강효원
인쇄   천일문화사
제책   J&D바인텍

펴낸이   강맑실
펴낸곳   (주)사계절출판사
등록   제406-2003-034호
주소   (10881) 경기도 파주시 회동길 252
전화   031)955-8588, 8558
전송   마케팅부 031)955-8595 편집부 031)955-8596
홈페이지   www.sakyejul.net
전자우편   literature@sakyejul.com
페이스북   facebook.com/sakyejul
인스타그램   www.instagram.com/sakyejul

ⓒ 박지리

ISBN 979-11-6094-318-4 04810
ISBN 979-11-6094-050-3 (세트)